Sociologues au CNRS, au laboratoire Cultures et sociétés urbaines, Michel Pinçon et son épouse Monique Pinçon-Charlot travaillent depuis une vingtaine d'années sur la grande bourgeoisie et les élites sociales. Une synthèse de leurs travaux a été publiée sous le titre *Sociologie de la bourgeoisie* (La Découverte, 2003). À travers différents éclairages, leur ambition est de construire une anthropologie de la haute société française contemporaine.

Michel Pinçon
Monique Pinçon-Charlot

LES GHETTOS DU GOTHA

Au cœur de la grande bourgeoisie

Éditions du Seuil

TEXTE INTÉGRAL

ISBN 978-2-7578-1745-2
(ISBN 978-2-02-088920-9, 1re publication)

à Clément

L'Almanach de Gotha

Annuaire généalogique des maisons souveraines, seigneuriales et princières, *L'Almanach de Gotha* a été publié de 1763 à 1944 en Allemagne orientale, dans la ville éponyme. Le Gotha, c'est aujourd'hui la haute société, les familles de l'aristocratie et de la grande bourgeoisie.

Des militants peu ordinaires

La notion de militantisme est en général attachée aux mouvements politiques et syndicaux. Le militant emblématique était le communiste, l'*Huma Dimanche* fièrement brandi sur un marché ou proposé au porte-à-porte d'un quartier populaire. Le terme est étendu aujourd'hui aux membres des formations de droite ou d'extrême droite. On parle aussi volontiers de militantisme associatif à propos des classes moyennes. Peut-on parler de militantisme grand-bourgeois ?

Il ne serait venu à personne l'idée de qualifier de militante la belle-mère de Valéry Giscard d'Estaing lorsqu'elle distribuait des tracts dans les boîtes aux lettres de ses voisins de la rue du Cirque, dans le 8e arrondissement de Paris, entre l'avenue Matignon et l'avenue de Marigny, à deux pas de l'Élysée, qui avait été le logement de fonction de son gendre. Il s'agissait de protester contre le projet d'installation d'une galerie destinée à des marchands d'art, une opération immobilière montée par le groupe d'assurances AXA. La tranquillité des lieux, au cœur du Paris du luxe et du pouvoir, était remarquable et l'installation de cette galerie apparaissait comme une menace pour ce havre de paix.

Le sens du collectif est spontanément attribué aux classes populaires ou moyennes. Mais, de nos jours, s'il y a une classe consciente d'elle-même et attentive à défendre solidairement ses conditions de vie, c'est bien la grande bourgeoisie. Elle n'est pas la seule à être inquiétée par la densification urbaine, les menaces sur les espaces naturels ou la dégradation de certains monuments historiques. Mais, vigilante et discrète, elle est présente et combative sur tous ces points. Elle veille sur la qualité de ses lieux de vie. Quand il n'y a plus rien à gagner, il faut être encore sur ses gardes pour ne pas perdre les acquis des générations antérieures.

La mobilisation de la grande bourgeoisie pour la défense des beaux espaces est peu explorée par la recherche en sciences sociales. On dénoncera des passe-droits ou des cadeaux des pouvoirs publics en faveur des plus favorisés, mais sans se demander de quelle manière des décisions, irréprochables sous l'angle de la réglementation, ont pu être prises alors que d'autres urgences paraissaient plus évidentes. Ainsi de l'enfouissement et de la couverture de la route nationale 13, dans la traversée de la commune la plus huppée de la région Île-de-France, Neuilly-sur-Seine. N'y a-t-il pas d'autres priorités dans l'urbanisme de cette région ?

Les indicateurs de la mobilisation des beaux quartiers ne sont guère voyants. Peu de réunions publiques, pas d'occupation de mairies ou de blocage de lignes de transport. Il est plus aisé de recenser les rassemblements dits de démocratie participative que d'être invité aux dîners et aux cocktails où les tractations autour des aménagements projetés rue du Cirque ont été négociées entre personnes de bonne compagnie. Résidents et investisseurs, socialement proches, ont trouvé un terrain d'entente satisfaisant tout le monde. Le militantisme est réel, mais la concertation est de règle. Appréhender ce militantisme des coulisses n'est guère aisé. La mobilisation des élites passe en effet par la sociabilité mondaine où, entre gens de pouvoir, se dessinent les limites d'un parc naturel régional en fonction des propriétés qui comptent, ou les mesures de revalorisation des Champs-Élysées favorables aux intérêts immobiliers mis en péril par le « déclin » de l'avenue.

Le militantisme mondain s'ancre dans des lieux fermés. Il relève de la gestion des relations sociales. Le militant ordinaire est, lui, encarté, payant sa cotisation au parti ou à l'association où il s'est engagé. C'est le cas, parfois, des militants de la bonne société. Mais plus que la carte, ce sont des signes de reconnaissance subtils qui sont pertinents : la cravate aux couleurs du club, la notice personnelle dans le *Bottin Mondain*. Dans cette publication, les cercles dont on fait partie apparaissent immédiatement après le nom et le prénom, éléments de l'identité, avant le nom de jeune fille de l'épouse ou l'adresse.

Les cercles, qui peuvent paraître anodins, sont en réalité des lieux de concentration du pouvoir. S'y retrouvent des hommes et des femmes qui occupent des positions dominantes dans les différents univers de l'activité sociale. Ce qui est bien utile pour exercer son emprise sur les beaux espaces. Connaître des personnes éminentes dans les affaires, mais aussi dans l'urbanisme et divers secteurs administratifs, dans les arts et les lettres, et dans la politique, permet d'exercer un contrôle sur l'aménagement du territoire, les établissements scolaires, les lieux de spectacle et de résidence. Le Jockey Club, le Cercle de l'Union Interalliée ou l'Automobile-Club de France transforment des relations institutionnelles en relations interpersonnelles qui permettent de faire circuler de l'information et de prendre des décisions au plus haut niveau entre les élites.

Cette connivence de fait, aménagée dans des organisations *ad hoc*, ne signifie pas pour autant que le milieu grand-bourgeois fonctionne sur le modèle du complot. Si la RN 13 doit être couverte un jour à Neuilly, ce n'est pas à la suite de sombres tractations et de manipulations, mais en raison d'une solidarité qui est consubstantielle à la grande bourgeoisie. Cette société au sommet de la société cultive un collectivisme pratique qui induit des échanges de bons procédés dans toutes les directions. La structure n'est pas celle du don et du contre-don entre des individus, mais la production de services et de coups de main qui ne font pas forcément l'objet d'un rendu, même différé. C'est au groupe des grandes familles que l'on apporte son aide. La gratuité du geste n'est qu'apparente : elle est le prix à payer pour signer l'appartenance au groupe. Cette courtoisie de tous les instants, chacun étant toujours prêt à aider son semblable, est bien plus efficace que la réciprocité immédiate puisque la position sociale de chacun dépend de celle du groupe. En aidant à son maintien au sommet chacun participe à la pérennité de tous, et donc de soi-même.

Les lieux du pouvoir sont multiples. Il y a les espaces voués à son exercice : les assemblées d'élus, du niveau national au niveau communal, les ministères, les sièges sociaux des entreprises. Dans d'autres institutions, la grande bourgeoisie peut, à guichets fermés, élaborer ses stratégies, prendre des décisions, monter les combinaisons qui lui permettront d'atteindre ses objectifs. Ces lieux, où se concentrent les pouvoirs des élites, sont polyvalents, comme les cercles, ou spécialisés, comme les associations de défense du patrimoine.

La Demeure Historique oriente son action vers les châteaux habités par leurs propriétaires. Le Comité Vendôme se préoccupe des aménagements de la place, occupée par des joailliers de réputation internationale. L'Association pour le Rayonnement de l'Opéra de Paris assure la pérennité d'une musique très liée en France à la grande bourgeoisie. Le Golf de Morfontaine allie la pratique d'un sport à la vie de cercle. La Maison de la Chasse et de la Nature, à la fois musée et club chic, est un lieu de rencontre entre chasseurs. La grande bourgeoisie s'investit aussi dans des associations à l'éventail social beaucoup plus large où elle est très présente dans les instances de direction. SOS Paris défend les qualités urbaines de la capitale. La Sauvegarde de l'Art Français se consacre à la restauration du gros œuvre d'édifices religieux construits avant 1800. La Ligue Urbaine et Rurale (LUR) œuvre « pour la défense du patrimoine naturel et construit et la promotion d'un urbanisme contemporain ». Les amateurs de jardins font revivre les créations de Le Nôtre. La Société pour la Protection des Paysages et de l'Esthétique de la France (SPPEPF) défend la beauté des sites. Ce panorama des formes d'intervention de la bourgeoisie sur les beaux espaces devrait également inclure la forêt et le vignoble.

La spécialisation des engagements associatifs va de pair avec une concertation permanente et des structures de coordination. Les présidents de cercle se réunissent une fois par an et leurs directeurs se concertent chaque mois. « Sans qu'il y ait du tout le souci de vouloir créer une classe unique, il s'agit plutôt d'échanger sur des questions pratiques, concernant la gestion du quotidien, du personnel », nous a dit l'un d'eux, précisant qu'une revue, *Cercles et Clubs*, sert de lien entre les différents cercles. Le numéro 22, paru au cours de l'hiver 2006, relate un voyage à Stockholm des membres du Maxim's Business Club, mentionne les concerts et les conférences du Cercle France-Amériques, un concours de voitures anciennes au Polo de Paris, installé dans le bois de Boulogne. Une cinquantaine de membres du Nouveau Cercle de l'Union se sont retrouvés place de la Concorde le 15 mai 2006 pour une conférence donnée *in situ* par M. Étienne Poncelet, architecte en chef et inspecteur général des monuments historiques, à qui l'on doit la restauration du pyramidion doré situé au sommet de l'obélisque, ainsi que la réfection des deux fontaines de Hittorff. Les liens entre les membres du Nouveau Cercle de l'Union et le représentant de l'administration du patrimoine se sont donc resserrés à cette occasion, d'autant que la visite s'est conclue par celle des deux cryptes qui, depuis Louis-Philippe, permettent d'assurer la mise en eau de ces fontaines. La place de la Concorde cristallisait ce jour-là l'interaction dynamique entre un espace lié au pouvoir, des membres d'un cercle influent et un représentant de l'État, qui appartient par ailleurs à l'Association des Chevaliers Pontificaux, recensée par le *Bottin Mondain*. La revue *Cercles et Clubs* est donc un lieu d'échanges de ces institutions plus complémentaires que concurrentes. Leurs membres sont d'ailleurs souvent dans plusieurs clubs à la fois.

Les associations de défense dédiées au patrimoine se retrouvent dans une structure similaire, baptisée avec un certain humour G8. L'objectif est de coordonner les actions et les interventions auprès des ministères de huit associations reconnues d'utilité publique.

Le militantisme grand-bourgeois est ancien. Dès le XIXe siècle, les réglementations de protection du patrimoine historique se mettent en place. Les châteaux et les hôtels particuliers des grandes familles seront ainsi protégés. La loi sur les associations de 1901 est utilisée pour donner un statut aux clubs créés à la fin du siècle précédent et pour organiser les nombreuses sociétés informelles de défense des lieux de vie de la haute société. Ce militantisme sera alimenté par la sociabilité qui permet de recruter au cours des dîners ou dans les cercles. Malgré leur relative discrétion, ces associations se révèlent d'une grande efficacité. Il est vrai que les membres sont, comme dans les cercles, des personnalités d'influence par les positions occupées dans les affaires et la politique. En retour, dans la logique du cumul qui est celle de ce milieu, le militantisme renforce l'entre-soi et l'esprit de classe des grandes familles.

Cette mobilisation est une expression du pouvoir sur l'espace que ce groupe social entend exercer pour protéger son environnement. C'est aussi une des manifestations de son rapport au temps, là encore plus maîtrisé que dans d'autres milieux. La protection des éléments du patrimoine, qu'ils soient privés ou publics, est toujours aussi une protection de la mémoire et de l'inscription de ces familles dans la longue durée. Provenant des générations antérieures, les monuments, les hôtels particuliers et les châteaux, les forêts, les parcs et les jardins doivent être transmis aux générations futures pour qu'ils facilitent, grâce à leur valeur symbolique, le maintien dans les positions dominantes. Le militantisme bourgeois vise à la défense du cumul des différentes formes de richesse, économique, culturelle, sociale et symbolique dont le patrimoine des dynasties nobles et bourgeoises, inscrit dans la longue durée, est une expression qui semble défier le temps.

Le contraste est grand entre le discours de ces familles sur des sujets économiques et politiques, qui prônent la flexibilité du travail et la mobilité des salariés, et leurs propres pratiques qui visent au contraire à la multiplication des enracinements et à la continuité à travers les générations. La reproduction des rapports sociaux de domination entraîne ainsi d'étranges contradictions entre les paroles et les actes.

1

Espaces du pouvoir et recherche de l'entre-soi

Un espace à sa mesure

Surface sociale et surfaces habitables

En Île-de-France l'habitat des familles les plus fortunées est concentré dans quatre arrondissements de l'ouest de la capitale, le 7e, en particulier dans le faubourg Saint-Germain, le 8e, le nord du 16e et le sud-ouest du 17e. Depuis la Libération, Neuilly-sur-Seine est devenue une sorte de 21e arrondissement, comme se plaisent à le souligner ses habitants, un archétype de la banlieue chic dont on trouve quelques autres exemples dans le prolongement des beaux quartiers vers l'ouest.

Les appartements et les hôtels particuliers offrent de vastes surfaces habitables dont l'unité de compte est souvent la centaine de mètres carrés. Habiter dans 200, 300, 400 m², ou plus, conforte le sentiment de son importance, une perception flatteuse de la surface sociale de sa famille et donc de soi-même. Dans le numéro de mars 2007 de *Neuilly, journal indépendant*, on peut lire l'annonce immobilière suivante : « Ravissant hôtel particulier dans prestigieuse voie privée. Entrée, cuisine, s. à manger de plain-pied sur jardin arrière. 1er ét. : triple réception 62 m², suite parentale et mezzanine surplombant la réception, 3 chbres au dernier ét., ascenseur. Charme absolu, calme, clarté, soleil. 3 675 000 €. » C'est sans doute à cet hôtel particulier, situé près du bois de Boulogne, que devait penser Louis-Charles Bary, maire de Neuilly depuis 2002, lorsqu'il écrivit, dans sa « Tribune », publiée dans le même numéro de ce journal dit « indépendant », que « Neuilly est une ville attractive pour de jeunes couples qui savent y trouver un environnement agréable favorable à l'épanouissement de leurs enfants ».

Cette générosité de l'espace induit des comportements et des apprentissages spécifiques. Pour les collégiens, pas question de faire leurs devoirs sur le coin de la table de la salle à manger. Chacun a droit, dès le plus jeune âge, à l'intimité de sa chambre personnelle. Le corps lui-même, dans les pièces communes, salle à manger et salon, est modelé par sa mise en scène permanente devant le regard d'autrui. Il apprend à se tenir dignement, à être vu sans qu'il soit possible de dissimuler ses jambes sous la table. Petit à petit, l'enfant s'habitue à gérer ses gestes sous le regard des autres. Celui qui a grandi dans un logement ouvrier étriqué, encombré, sait combien il est difficile de maîtriser son corps dans une situation publique où l'on se trouve exposé aux regards. Ces expériences, qui peuvent paraître mineures, sont fondatrices de l'aisance ou du malaise en public.

Les espaces de réception offrent plus de place que nécessaire pour la famille qui vit là. Autour de la table majestueuse de la salle à manger, de nombreuses chaises attendent les convives. Les salons regorgent de fauteuils qui accueilleront les invités et leurs conversations feutrées. L'espace privé satisfait aux exigences de la sociabilité grande-bourgeoise. « On sacrifiait tout aux salons, se rappelle un membre du Jockey Club. Il y avait le grand et le petit salon et la salle à manger. C'était l'appartement type qu'il fallait avoir, ou vous étiez perdu. Les chambres étaient petites, mal conçues, un couloir filiforme desservait les pièces. Bref, tout était fait pour les réceptions. » Même restructurés, les appartements ou les villas continuent à sacrifier aux contraintes des dîners et des fêtes. D'ailleurs les annonces immobilières, dans des revues comme *Demeures et Châteaux*, insistent sur les « belles » ou les « vastes » pièces de réception. La configuration des appartements est révélatrice des modes de vie.

La richesse économique suppose en effet une richesse sociale, des réseaux de relations que l'on peut mobiliser à tout instant. On connaît beaucoup de monde, « le » monde, comme on dit, en signifiant que seuls comptent ceux qui occupent les positions sociales élevées. Les appartements grand-bourgeois sont aussi un lieu d'exposition du capital culturel de la famille. La qualité des meubles anciens, agrémentés d'objets d'art et de tableaux, doit certifier du bon goût des hôtes.

Dans la vitrine des agences immobilières de Neuilly, la proximité du bois de Boulogne est soigneusement mentionnée. Un argument de poids pour convaincre un acheteur potentiel, soucieux d'un environnement calme et verdoyant. Dans le 16e arrondissement, avenue Henri-Martin ou avenue Foch, la largeur des voies, les jardins devant les immeubles, les entrées spacieuses, agrémentées de plantes vertes, de colonnades et de vastes miroirs, signifient la position sociale de ceux qui habitent là. L'allure des passants, élégants et préservés par des conditions de vie confortables, renforce cette impression d'être dans un monde à part.

Pour ces raisons, les beaux quartiers, ou les stations balnéaires comme Deauville, conçus pour la haute société, ont été construits sur des terres vierges. Les grandes familles ont des modes de vie à ce point spécifiques qu'elles ne peuvent s'approprier des espaces créés pour d'autres catégories sociales. Telle duchesse qui habite dans un bel immeuble du 16e arrondissement raconte comment son arrière-grand-père a fait édifier tous les bâtiments qui constituent l'îlot, pour y loger ses enfants. Cousins, neveux et autres descendants sont aujourd'hui encore voisins de palier. Mais les contraintes nées de la configuration des lieux et des règlements d'urbanisme peuvent être telles qu'on ne peut s'en affranchir sans obtenir une dérogation. Selon un membre du Nouveau Cercle de l'Union, « les propriétaires, qu'on appelait des notabilités, demandaient au préfet de police ou au ministère intéressé, une dérogation pour construire l'immeuble sur un terrain qui n'était pas toujours constructible. C'est le cas de la moitié de l'avenue Henri-Martin, ou des rues adjacentes ». Avec les « beaux quartiers », on n'est pas comme avec les « quartiers sensibles » dans une catégorie de l'action publique, mais dans le pragmatisme des habitants qui ont créé et gèrent eux-mêmes leurs lieux de vie.

L'agrégation des semblables

La ségrégation urbaine est toujours aussi une agrégation. Cela est particulièrement vrai pour les grands bourgeois qui paient les prix les plus élevés du marché

1. Les domiciles des membres du Cercle du Bois de Boulogne résidant en Île-de-France (2007)

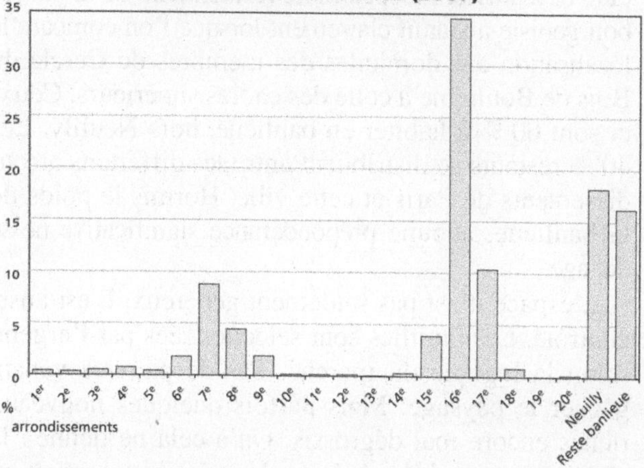

et peuvent donc habiter où bon leur semble. Pour mesurer ce phénomène nous avons utilisé les annuaires des grands cercles parisiens. Le graphique montre la distribution en 2007 des domiciles des membres du Cercle du Bois de Boulogne qui résident en Île-de-France : 33 % habitent dans le 16e arrondissement. Les 17e, 7e, 8e et 15e en regroupent 27,3 % et la ville de Neuilly 17,4 %.

Cinq arrondissements et Neuilly abritent donc 77 % des membres de ce cercle. En banlieue, les villes de l'ouest dominent : Boulogne, Courbevoie, Levallois, Meudon, Puteaux, Rueil, Saint-Cloud, Suresnes, toutes communes situées dans les Hauts-de-Seine. Il est remarquable que ce soit pour le groupe sur lequel les contraintes économiques sont les moins contraignantes que l'on constate ce choix aussi manifeste de vivre ensemble. S'il y a ghetto, c'est donc sur un mode volontaire et maîtrisé. La spécificité résidentielle de la grande bourgeoisie apparaît clairement lorsque l'on compare la localisation des domiciles des membres du Cercle du Bois de Boulogne à celle des cadres supérieurs. Ceux-ci sont 60 % à habiter en banlieue, hors Neuilly. Les 40 % restants se distribuent entre les différents arrondissements de Paris et cette ville. Hormis le poids de la banlieue, aucune prépondérance significative ne se dégage.

L'espace n'est pas seulement généreux, il est aussi contrôlé. Les familles sont sélectionnées par l'argent, selon la logique du marché. Pas de pauvres venant gâcher le paysage. Mais parfois quelques nouveaux riches encore mal dégrossis. Qu'à cela ne tienne : la ségrégation spatiale, qui est donc ici une agrégation des semblables, est confortée par la création de lieux préservés au sein de ces espaces déjà privilégiés. Les cercles figurent parmi ces endroits hyper sélectifs. Les villes balnéaires, comme Marbella en Espagne, ou les stations de sports d'hiver, telle Gstaad en Suisse, sont aussi le produit de la richesse conjuguée avec la conscience d'appartenir à une élite, soucieuse de gérer ses marges et son environnement. Les beaux quartiers sont le résultat de cette recherche effrénée de l'entre-soi.

Le contrôle de l'espace par la grande bourgeoisie va jusqu'à l'appropriation privée d'espaces publics. Des conventions accordent la jouissance d'hectares du bois de Boulogne à plusieurs clubs, dont un cercle qui en porte le nom et le Polo de Paris, deux institutions qui comptent parmi les plus huppées.

En voyage, les privilégiés de la fortune ne se mêlent au commun que lorsque bon leur semble. La Mamounia, à Marrakech, est un palace de renommée internationale qui permet au voyageur, dans ce pays où la misère est omniprésente, de retrouver ses semblables dans un cadre luxueux. Les palaces, à travers le monde, offrent un accueil sans surprise parce que très attentif à une clientèle qui trouve, dans cette forme personnalisée d'hébergement, une réaffirmation de son importance. Les personnels de ces établissements tiennent à jour le cardex des clients, véritable fichier de leurs goûts. Monsieur trouvera sur la table de la chambre son champagne préféré et Madame des fleurs assorties à la couleur de ses yeux.

Il existe des cercles dans presque tous les pays. Ils entretiennent entre eux des relations qui permettent aux membres du Jockey Club de la rue Rabelais, à deux pas de l'Élysée, d'être reçus au Knickerbockers, à l'angle de la 62e Rue et de la Cinquième Avenue de New York. Et donc de retrouver leurs pairs dans toute grande ville où ils se rendent, les conventions entre ces cercles étant multiples : plus d'une centaine pour le Cercle de l'Union Interalliée.

Beaux quartiers, lieux de villégiature, vie de cercle, palaces, tout cela a un prix. Sans fortune ces lieux sont inaccessibles. Mais la richesse elle-même ne suffit pas. Il faut encore être coopté dans les clubs, reçu dans les soirées. Cet entre-soi assure le plaisir d'être en compagnie de ses semblables, de partager le quotidien et l'exceptionnel, à l'abri des remises en cause que peuvent générer les promiscuités gênantes. Il n'est guère que les classes moyennes intellectuelles pour esquisser une réelle volonté de mixité sociale dans le lieu de résidence, encore que les pratiques scolaires et l'infini bonheur des rencontres entre soi, par exemple à l'occasion d'un colloque, relativisent cette propension affichée mais souvent démentie. Toutefois seule la grande bourgeoisie peut contrôler de manière efficace l'environnement social de ses lieux de vie.

L'entre-soi permet d'exprimer les goûts et d'adopter les manières et les comportements les plus profondément intériorisés, ce qui n'est guère possible dans les situations de mixité. Celles-ci mettent en évidence les inégalités et le jeu social impose de les dénier pour éviter les tensions. Il faut donc les éviter jusque dans la mort. « Je me souviens, raconte le comte d'Estèbe, d'une vieille parente qui était malade chez une cousine, dans un appartement très confortable. Alors qu'elle avait même reçu l'extrême-onction, elle a tenu à rentrer chez elle. “Non, a-t-elle dit, je veux rentrer chez moi, je ne veux pas mourir dans un immeuble de rapport. Je veux mourir dans mon hôtel” [particulier]. »

La violence spatiale

L'entre-soi grand-bourgeois est décisif pour la reproduction des positions dominantes, d'une génération à l'autre, parce qu'il est un éducateur efficace. Il incite à éviter les mésalliances et permet de cultiver et d'enrichir les relations héritées. En outre, on est plus riche parmi les riches : le cumul des richesses, à travers la mise en commun des valeurs d'usage dont chacun dispose, est favorisé par la proximité dans l'espace. Habiter les beaux quartiers, c'est à la fois jouir de l'ensemble des richesses ainsi regroupées et bénéficier de la valorisation, matérielle et symbolique, de son propre domicile par la proximité de tous les autres. Il suffit de se promener avenue Henri-Martin dans le 16e arrondissement, à Neuilly, ou au Vésinet, pour percevoir l'effet produit par la présence simultanée dans un espace restreint de demeures exceptionnelles.

Les privilégiés de la fortune recherchent de manière systématique la compagnie de leurs semblables. Ils agissent de façon à préserver leur environnement social avec un tel pragmatisme, vécu comme allant de soi, que leur apartheid inversé fait oublier aux habitants de Neuilly qu'ils vivent en « banlieue », dans un « ghetto » (pour riches) et un intense « communautarisme » (entre gens de même naissance), toutes expressions qui renvoient instantanément dans le 9-3, à Saint-Denis, Aubervilliers ou Clichy-sous-Bois.

L'entrée de service

Qui n'a été obligé de l'emprunter ne peut prendre conscience de l'humiliation que peut représenter l'entrée de service. Le portail en fer forgé de l'avenue du Commandant-Charcot, à Neuilly, ouvrant sur une allée fleurie qui donne accès à un grand hall avec plantes vertes et profonds tapis, où l'on peut vérifier dans un immense miroir que l'on est, de pied en cap, présentable malgré l'averse, n'est pas pour le personnel de service. L'entrée pour les domestiques, qu'il est plus convenable d'appeler gens de maison, pour les artisans et les fournisseurs, c'est sur le côté. Comme un mal inévitable. Liberté, égalité, fraternité. Mais chacun à sa place. L'entrée de service est l'inscription cynique de l'inégalité. Elle est une forme architecturale spécifique aux immeubles bourgeois, dont les habitants légitimes semblent ainsi proclamer leur regret de ne pouvoir pousser à son terme la purification sociale.

L'amende plutôt que des HLM

La loi SRU (solidarité et renouvellement urbain), du 13 décembre 2000, oblige, selon son article 55, les communes, d'une certaine taille, à disposer d'un parc de logements sociaux représentant au moins 20 % de leurs résidences. Cette loi a été élaborée par Jean-Claude Gayssot, alors ministre communiste de l'Équipement, des Transports et du Logement dans le gouvernement de Lionel Jospin, à partir de la loi Besson, ou LOF (loi d'orientation foncière), de 1991, du nom de Louis Besson, député-maire PS de Chambéry.

La commune de Saint-Maur, près du bois de Vincennes, dans le Val-de-Marne, a payé une amende de un million et demi d'euros pour n'avoir que 5,3 % de logements sociaux. Neuilly, la commune la plus huppée de l'ouest parisien, dont Nicolas Sarkozy fut le maire de 1983 à 2002, se distingue encore plus avec un taux de 2,6 %, l'un des plus faibles observés. Avec 60 000 habitants, cette ville est en tête du palmarès des récalcitrants à la mixité sociale. Alors que Nanterre, sa voisine dans les Hauts-de-Seine, compte 54 % d'HLM.

En 2004, le budget municipal de Neuilly a dû acquitter 800 000 € de pénalités, au titre de la loi SRU. Mais depuis, selon Bernard Aimé, le directeur de l'urbanisme, la municipalité ayant manifesté sa bonne volonté par des investissements importants en faveur du logement social, de l'ordre de 3 millions d'euros par an, le préfet a levé la sanction financière compte tenu du niveau d'effort consenti. « Ce qui nous inquiète aujourd'hui, ont déclaré les conseillers municipaux de la gauche plurielle, c'est que la ville de Neuilly a été exonérée de taxe alors que le préfet a reconnu l'état de carence. À ce jour, la ville acquiert des terrains et des logements dans le seul but de ne pas payer la taxe. » Ce message a été lu devant la mairie de Neuilly, à l'occasion de la manifestation du 24 mars 2007 réclamant « des logements pour tous ». Sur les 29 433 résidences principales recensées à Neuilly au 1er janvier 2006, il n'y avait que 937 logements sociaux, contre 391 en 2001. Mais il en faudrait 5 900 pour atteindre le seuil des 20 %. En outre, sous le label « logement social », on trouve toute une variété de catégories de financements et donc de loyers, avec des variations dans les niveaux de prestations. Deux grands groupes peuvent être distingués. D'une part, les HLM, PCL, PLAI et PLUS, qui regroupent les logements les plus modestes et, d'autre part, les PLI, ILN et PLS, dits logements intermédiaires. L'Opac (Office public d'aménagement et de construction) de la Ville de Paris indique sur son site (opacparis.fr) un loyer mensuel moyen, pour un logement de quatre pièces, de 340 €, pour le premier groupe, et de 696 € pour le second : du simple au double. Pour les HLM, le plafond de ressources annuel (revenu imposable) applicable est de 43 187 € pour quatre personnes, alors qu'il est de 56 153 € dans les PLS, soit une différence de 30 %. Des villes comme Neuilly, mises dans l'obligation de rattraper leur retard, ne s'y trompent pas et donnent la priorité aux appartements de la catégorie intermédiaire[1].

Dans le département des Hauts-de-Seine, 2 590 logements sociaux ont été construits en 2006, dont 9 % seulement ont été financés en PLAI, mais 49 % en PLUS et surtout 42 % en PLS. Ces 1 080 PLS ne vont que renforcer la ségrégation socio-spatiale puisqu'ils entrent dans les quotas de 20 %, alors qu'ils excluent les plus pauvres. De cette manière, la modestie de la position dans la société se trouve amplifiée par son redoublement pratique et symbolique dans l'espace. Les élus communistes des Hauts-de-Seine demandent que les logements PLS ne soient pas comptabilisés dans le quota des 20 %. En 2006, dans les Hauts-de-Seine, Châtenay-Malabry, Le Plessis-Robinson, Issy-les-Moulineaux, Meudon, Garches, Montrouge n'ont construit que des PLS.

Département populaire et très bourgeois à la fois, les Hauts-de-Seine sont riches en raison de la pré-

1. PLAI (prêt locatif aidé d'intégration) : « Les logements financés par ces prêts sont destinés aux ménages qui cumulent difficultés économiques et difficultés sociales » (site Internet du Sénat).

PLUS (prêt locatif à usage social) : « Les logements construits ou acquis et réhabilités sont destinés à être occupés par des ménages dont les revenus ne dépassent pas des plafonds de ressources modulés selon le nombre de personnes composant le ménage et la zone d'implantation du logement » (site Internet du ministère de la Cohésion sociale).

PLS (prêt locatif social) : « Les opérations financées par des PLS sont destinées à accueillir des ménages dont les ressources excèdent celles requises pour accéder aux logements financés par les prêts PLUS et qui rencontrent des difficultés pour trouver un logement, notamment dans des zones de marché tendu » (site Internet du ministère de la Cohésion sociale).

sence de nombre d'entreprises du secteur tertiaire et de sièges sociaux sur leur territoire. Le budget du département prévoyait, par exemple, pour 2007, 440 millions d'euros de droits de mutation, pour à peine 170 millions d'euros dans le Val-de-Marne. Mais les Hauts-de-Seine comptent aussi quelques communes qui, comme Nanterre ou Gennevilliers, encore industrielles, ont une population modeste importante. Gennevilliers, qui a le revenu médian par unité de consommation le plus faible (11 058 €), détient un record en pourcentage de logements sociaux (63,5 %) et offre un prix au mètre carré digne d'une zone rurale en déshérence (2 361 €). Neuilly-sur-Seine, avec un revenu médian de 36 924 €, n'a que 2,6 % de logements sociaux et le prix du mètre carré est au-dessus de 6 000 €. Ce sont les communes des Hauts-de-Seine dont les habitants ont les revenus les plus faibles qui font les plus gros efforts pour loger ces ménages.

Parmi les 36 communes des Hauts-de-Seine, 16 se situent au-dessous du seuil de 20 % de logements sociaux. Elles sont toutes dirigées par des maires de droite et ont donné une confortable majorité à Nicolas Sarkozy au second tour de l'élection présidentielle de 2007.

Les communes les plus pauvres concentrent les problèmes sociaux et donc les contraintes afférentes sur les budgets communaux. C'est aux pauvres de financer l'aide sociale, en l'absence d'une véritable péréquation des ressources. Or les tentatives pour mieux répartir les recettes fiscales entre les communes ont un succès très limité et les villes riches ne semblent pas disposées à redistribuer le pactole dont elles disposent. Quant aux subsides du département, selon Michel Laubier, conseiller général communiste des Hauts-de-Seine, « les critères d'attribution des subventions ne tiennent pas compte des niveaux de revenus des habitants ». Le conseil général est par contre généreux avec la population aisée du département : il aurait consacré 200 millions d'euros au pôle Léonard-de-Vinci, première université à être financée par un département. Elle a été créée en 1995, à l'initiative de Charles Pasqua, alors président du conseil général. Installée sur le site de la Défense, cette structure d'enseignement supérieur comprend une école de management, une école supérieure d'ingénieurs et un institut international du multimédia. Les frais de scolarité pour 2007-2008 étaient de 6 000 € par an pour l'école de management, au tarif plein. Le financement de cette université est peu visible dans les documents officiels. À l'occasion du débat du conseil général

Remarques sur le tableau de la page suivante :

Les communes ayant moins de 20 % de logements sociaux sont en gras. Elles sont classées en fonction de ce taux, par ordre croissant.

Le revenu médian : la moitié de la population considérée gagne plus et l'autre moitié gagne moins. L'unité de consommation est un système de pondération attribuant un coefficient à chaque membre du ménage : 1 pour le premier adulte, 0,5 pour les personnes de plus de 14 ans, 0,3 pour celles de moins de 14 ans. Ce système permet de comparer les niveaux de vie de ménages de tailles et de compositions différentes. Le revenu médian par unité de consommation était en moyenne pour les Hauts-de-Seine de 21 477 €, contre 18 901 € pour la région Île-de-France et 18 849 € pour la France métropolitaine.

Les communes des Hauts-de-Seine					
Ville	*Population 1999*	*% HLM 2005*	*Prix du m2 2007*	*Revenu annuel médian*	*% des voix pour N. Sarkozy*
Vaucresson	**8 141**	**2,4**	**4 000**	**33 808**	**77**
Neuilly	**59 848**	**2,6**	**6 383**	**36 924**	**87**
Ville-d'Avray	**11 415**	**3,9**	**4 286**	**32 859**	**70**
Marnes-la-Coquette	**1 519**	**4,9**	**?**	**38 579**	**79**
La Garenne-Colombes	**24 067**	**9,8**	**4 082**	**24 001**	**62**
Boulogne-Billancourt	**106 367**	**10,9**	**5 060**	**25 704**	**67**
Sceaux	**19 494**	**11,4**	**4 412**	**29 873**	**74**
Saint-Cloud	**28 157**	**13,6**	**4 600**	**31 709**	**58**
Asnières	**75 837**	**16,7**	**3 828**	**18 682**	**54**
Bourg-la-Reine	**18 251**	**16,9**	**3 893**	**27 054**	**54**
Levallois-Perret	**54 700**	**17,6**	**5 305**	**24 671**	**67**
Rueil-Malmaison	**73 469**	**18,1**	**4 005**	**25 669**	**61**
Bois-Colombes	**23 885**	**18,2**	**3 797**	**22 096**	**58**
Antony	**59 855**	**19,5**	**3 634**	**24 166**	**53**
Courbevoie	**69 694**	**19,5**	**4 308**	**24 145**	**61**
Chaville	**17 966**	**19,9**	**3 783**	**25 656**	**56**
Montrouge	37 733	20,5	4 201	21 877	48
Garches	18 036	21,1	4 189	29 444	70
Châtillon	28 622	22,5	3 944	22 793	51
Vanves	25 414	23,3	4 205	23 214	49
Fontenay-aux-Roses	23 537	24,1	3 719	23 131	47
Issy-les-Moulineaux	52 647	24,5	4 576	23 736	53
Sèvres	22 534	24,5	4 052	26 114	56
Clamart	48 572	24,6	4 065	22 496	53
Meudon	43 663	24,8	3 799	23 597	55
Clichy	50 179	30,0	3 688	13 536	41
Puteaux	40 780	30,6	4 149	19 554	58

Colombes	76 757	32,7	3 186	16 509	46
Malakoff	29 402	38,4	4 094	18 493	37
Suresnes	39 706	38,6	4 444	22 420	58
Le Plessis-Robinson	21 618	48,8	3 943	21 647	55
Châtenay-Malabry	30 621	50,4	3 513	19 809	47
Bagneux	37 252	51,2	3 368	15 461	36
Nanterre	84 270	54,6	3 557	14 379	38
Villeneuve-la-Garenne	22 349	55,4	2 464	12 953	43
Gennevilliers	42 344	63,5	2 361	11 058	31

sur les orientations budgétaires pour 2007, Michel Laubier s'est plaint de ne pas retrouver la trace du pôle Léonard-de-Vinci, « comme c'était déjà le cas l'année dernière. Comme si vous cherchiez par tous les moyens à le dissimuler, et surtout à dissimuler les moyens considérables que le conseil général s'entête à lui accorder ».

L'article 55 de la loi SRU condamne donc les communes riches et constitue en délit, passible d'une amende, l'insuffisance de logements pour les plus démunis. Les villes pratiquant l'apartheid social sont mises hors la loi. La construction de logements sociaux devient un devoir de solidarité nationale avec une contribution minimale de toutes les communes. « Pas besoin, écrit Edmond Préteceille, d'être activement raciste anti-pauvre ou raciste tout court pour éviter la présence des classes populaires, la logique du marché y suffit, il faut seulement prendre garde à empêcher les décisions politiques qui pourraient conduire à l'implantation de logements sociaux[1]. »

1. Edmond Préteceille, « La ségrégation sociale a-t-elle augmenté ? », *Sociétés contemporaines*, nº 62, 2006, p. 75.

On comprend que les députés UMP aient tenté à plusieurs reprises de vider la loi de son contenu en éloignant le spectre de la mixité sociale tout en neutralisant la condamnation politico-morale contenue dans ce texte législatif. En 2006, Patrick Ollier, député UMP des Hauts-de-Seine, avait tenté sa chance au cours de la discussion sur le projet de loi « engagement national pour le logement » en essayant de faire adopter un amendement qui ferait prendre en compte les logements aidés en accession dans le total des logements sociaux. Échec. Le 20 février 2007, Yves Jego, député UMP de Seine-et-Marne, reprend le combat et dépose un amendement, dans le cadre du projet de loi instituant un droit au logement opposable, qui demandait que les programmes d'accession sociale à la propriété soient inclus dans les 20 % de logements sociaux par la loi SRU.

Bernard Devert, président d'Habitat et Humanisme, s'est déclaré choqué par cette nouvelle initiative. « Quand plus de trois millions de personnes recherchent un logement décent, qui peut penser que l'accession à la propriété leur est possible ? » demande-t-il dans *Le Monde*. Finalement la loi a été adoptée sans que cet amendement ait été discuté.

En intégrant les logements en accession, les communes bourgeoises se réservent la possibilité de drainer les bons pauvres, ceux qui posent le moins de problèmes d'insertion. Si cette disposition avait été retenue, elle aurait renforcé une ségrégation qui existe déjà au sein du parc social : les logements HLM les plus récents, les mieux équipés, dont la localisation est la plus attrayante, sont aussi habités par les ménages les moins dépourvus[1]. Le processus de ségrégation et d'évitement des dissemblables est sans fin. Mais il ne s'effectue pas partout dans les mêmes conditions. Volontiers dénoncé et stigmatisé lorsqu'une commune populaire déplore la concentration de ménages en difficulté sur son territoire, il passe inaperçu dans les villes bourgeoises qui peuvent faire ce qu'il faut en toute discrétion pour rester entre riches, puisqu'il suffit pour cela de laisser libre cours à la loi spéculative du marché.

Périphérique des riches, périphérique des pauvres

Le boulevard périphérique, autoroute urbaine entourant Paris, constitue une barrière visuelle, sonore et matérielle qui conforte l'opposition entre Paris et sa banlieue. Sur ses 35,5 kilomètres, construits entre 1956 et 1973, circulent chaque jour plus de un million de véhicules.

Mais selon que l'on est riche ou pauvre le périphérique change de physionomie. Au nord et à l'est, il a un air rébarbatif au point que l'on cherche avant tout à le fuir. Il tranche à vif dans le tissu urbain, ayant repris le tracé des fortifications élevées dans les années 1840. Bruyant, malodorant, obstacle infranchissable, sinon par les passages peu engageants des anciennes portes de la ville, datant de l'époque où elle était enfermée dans ses remparts, il vient parachever l'accumulation de cités d'HBM ou d'HLM, de stades, de gymnases, de casernes, de lycées, d'entrepôts de la

1. Voir Michel Pinçon, *Les HLM, structure sociale de la population logée*, Paris, CSU, 1976, et *Les Immigrés et les HLM*, Paris, CSU, 1981.

voirie parisienne, de déchetteries, de parkings de la fourrière, qui, établis à l'emplacement des bastions et des murailles militaires, continuent de marquer la séparation de la capitale d'avec son pays. Paris et sa banlieue se tournent le dos, s'ignorant là où elles sont en contact apparent : il ne viendrait pas à l'idée d'un Parisien de franchir à pied ce monstre urbain et l'on ne voit guère de banlieusard se risquer à traverser les sinistres échangeurs pour rejoindre la ville lumière aux abords si répulsifs.

La volonté de bien délimiter la frontière entre Paris et la banlieue est soulignée dans le cadre des réflexions sur la conception du périphérique par l'inspecteur général, chef des services techniques de topographie et d'urbanisme. « Paris, écrivait-il, doit être définie d'une manière élégante et précise, afin que les étrangers, abordant l'Île-de-France, puissent dire, voici Paris, sans la confondre avec Levallois, Aubervilliers, Pantin, Vitry ou Malakoff[1]. » Ne sont nommées que des communes toutes populaires à l'époque.

Mais, à l'ouest, à partir de la porte d'Asnières, le paysage change. Apaisé, en tranchée, enterré, le périphérique se fait discret. On le traverse sans en prendre conscience. « Le deuxième maillon du périphérique, au droit du bois de Boulogne est traité en 1970 avec beaucoup d'égards pour ne pas trop altérer l'agrément du bois et ménager le confort des riverains, tout en évitant l'hippodrome d'Auteuil. Le ruban aux couleurs

1. Bertrand Lemoine, « Le fer et la route : les infrastructures », dans Bertrand Lemoine (dir.), *Paris en Île-de-France, histoires communes*, Paris, Éditions du Pavillon de l'Arsenal, 2006, p. 62.

de la capitale est coupé le 25 avril 1973 à hauteur de la porte Dauphine par Nicole de Hauteclocque, présidente du conseil de Paris[1]. »

Les débats ont été ardents pour ménager le confort des Neuilléens. Ainsi entre Bernard Lafay, conseiller municipal du 17e arrondissement, et Achille Peretti, maire de Neuilly. Le premier défendait un parcours du boulevard périphérique qui lui aurait fait longer la Seine à Neuilly où il aurait emprunté le boulevard Kœnig. Achille Peretti était en opposition totale avec un tracé « qui mettait en danger les quartiers résidentiels de sa localité » (*Paris-Presse*, 11 mars 1965). Son idéal, qui est devenu la réalité, était de préserver à la fois sa ville et le bois de Boulogne en réalisant le périphérique en souterrain. Le conseiller du 17e en objectait le coût exorbitant en raison de la nature du sol, argileux et sablonneux dans la traversée du bois, et des frais de fonctionnement d'une telle infrastructure qui doit être généreusement éclairée et ventilée en permanence[2]. C'est pourtant la solution qui fut retenue, certainement la plus agréable pour tous les riverains potentiels de cette autoroute urbaine à ce point de son parcours. L'histoire se répète : l'enfouissement de la RN 13 sera un autre gouffre financier. Mais rien n'est trop beau pour les beaux quartiers.

Le boulevard périphérique est exemplaire de l'hypocrisie de l'égalitarisme républicain. Le discours et les premières impressions plaident pour une autoroute

1. *Ibid.*, p. 64.
2. « Quel sera le tracé de la partie ouest du périphérique ? Les projets opposés de M. Peretti et du docteur Lafay », *Le District de Paris*, n° 11, juillet 1965.

urbaine qui fait le tour de Paris dans la plus grande indifférence quant aux quartiers traversés, ou plutôt effleurés. Mais un examen plus attentif montre que ce boulevard aérien disparaît sous terre à l'ouest, passant en quelque sorte par la porte de service. Au nord et à l'est, il en prend à son aise et permet de jeter un regard indiscret sur les immeubles qu'il serre de près. Alors, il « fait office de révélateur de l'hétérogénéité des aménagements réalisés avant sa création[1] », sur l'emplacement des anciennes fortifications. HBM et HLM à l'est, élégants immeubles privés à l'ouest. « Dans la mesure où la cession des terrains destinés aux HBM est fixée au taux unique de 100 francs au m^2, il était tentant de les implanter sur les sites les plus désavantagés et de valeur marchande plus faible[2]. » Ce que les choix dans la conception du boulevard périphérique n'ont fait que conforter.

Aussi modeste que le métro, lorsqu'il n'est pas aérien, le périphérique assure donc en catimini et en sous-sol un trafic intense. Et cette discrétion permet un face-à-face consensuel entre des voisins, Neuilléens et Parisiens, qui se connaissent et s'estiment, habitant un arrondissement chic et une banlieue attrayante. Les portes qui exigent de passer sous le périphérique et les implantations diverses qui dissuadent toute promenade à l'est deviennent plaisantes à l'ouest.

La porte Maillot est devenue une véritable place avec en son centre un espace vert, accessible par des

1. Jean-Louis Cohen et André Lortie, *Des fortifs au périf. Paris, les seuils de la ville*, Paris, Picard éditeur/Éditions du Pavillon de l'Arsenal, 1992, p. 280.

2. *Ibid.*, p. 149.

souterrains, qui offre toute quiétude au promeneur. L'expédition vaut la peine d'être tentée : rien à voir avec la porte de la Chapelle, on est ici à l'air libre, la circulation passe en tranchée et en souterrains. Le trafic est d'une intensité comparable à celui de l'échangeur de la Chapelle : il vient de l'Étoile, ou de la Défense, et le croisement entre cet axe et le boulevard périphérique ouest n'a rien à envier à celui du périphérique et de l'autoroute du Nord. Mais, dans le 16e arrondissement, on a tout simplement escamoté un échangeur qui est plus vaste que la place de l'Étoile. De cet espace vert, certes entouré par le ronflement des moteurs, la vue est imprenable sur l'avenue de la Grande-Armée et l'Arc de Triomphe sur sa butte. De l'autre côté, le regard porte sans obstacle jusqu'à la Grande Arche, après avoir parcouru l'axe central de Neuilly et s'être un peu attardé sur la forêt de tours qui montent la garde devant la Défense. Un endroit d'une ampleur rare qui fait prendre la mesure de la vision des urbanistes d'autrefois qui n'avaient aucune réticence devant la grandeur. Il est vrai qu'ils étaient au service du roi.

La ville est un lieu de sédimentation, voire de fossilisation des inégalités, qui inscrit dans sa structure et ses paysages le produit des rapports sociaux auxquels elle sert de cadre et de miroir.

Le pouvoir des classes dominantes est donc aussi un pouvoir sur l'espace. Les enjeux en ce domaine sont vitaux : il y va des conditions de vie et de la reproduction des positions sociales. La haute société ne laisse rien au hasard et sa mobilisation de tous les instants et sur tous les fronts est l'une des clefs de ses succès. La capacité à se reconnaître, à s'apprécier comme appartenant au même monde en est une autre. C'est elle qui permet cette collusion qui n'est pas délibérée parce qu'elle va de soi. Toutes sortes de professions peuvent ainsi être mobilisées : hauts fonctionnaires, avocats, fiscalistes, architectes, hommes d'affaires œuvrant dans l'immobilier, hommes politiques, tout un monde ayant du pouvoir sur la ville, sur le patrimoine, sur les projets urbains et d'aménagement. Cette proximité sociale et professionnelle permettant d'influer sur les prises de décision suppose des trajectoires scolaires similaires : l'Institut d'études politiques (IEP) de Paris et l'École nationale d'administration (ENA) reviennent fréquemment dans les biographies. On a ainsi tout naturellement une collusion de fait entre les élites. Celle-ci a pu être observée dans la manière dont fut décidée la couverture du boulevard périphérique de Paris pour les seuls arrondissements de l'ouest. Les débats de l'époque sont révélateurs de cette recherche d'une préservation systématique des conditions de vie de ses semblables de la part des décideurs proches ou appartenant à cette haute société. En principe la loi est la même pour tous. Dans les pratiques de l'aménagement urbain, il y a deux poids et deux mesures.

La mobilisation des semblables pour des intérêts communs est une des formes d'existence de la classe. Il n'y a pas besoin de longs conciliabules, de négociations tendues. La cooptation de ses pairs dans les rallyes, les cercles, les conseils d'administration est un processus fondamental du fonctionnement des classes supérieures. Il assure une adéquation spontanée des objectifs et des moyens de les atteindre. Encore est-il nécessaire, pour cela, de reconnaître immédiatement son semblable.

Reconnaître son semblable

Les rallyes, un apprentissage collectif

Les rallyes, fondés et organisés par une, deux, voire trois mères de famille, regroupent, par la constitution de listes fermées, des adolescents du même monde. Ici pas de flou, pas d'à-peu-près : on appartient ou non à un rallye, il n'y a pas de marge. Il s'agit là d'une rupture avec l'oralité par la constitution de listes écrites et consultables par les intéressés. La liste n'est pas l'équivalent des recommandations parentales, des exclusions ou des ostracismes verbaux qui peuvent toujours être interprétés, déjoués : par sa forme écrite elle exclut et inclut sans possibilité d'exceptions. L'univers des relations amicales agréées est clairement défini.

Le rallye, dans son cursus complet, est un projet éducatif qui vient doubler le système scolaire et compléter les apprentissages familiaux. Mais il a sa spécificité : apprendre collectivement à reconnaître son semblable de l'autre sexe et à identifier les partenaires possibles pour des relations amicales ou amoureuses. Le rallye développe également l'esprit de cercle. Car, pendant toute leur adolescence, les jeunes se retrouvent entre eux, entre enfants d'un milieu social étroit. Apprendre à valoriser son propre milieu, à en reconnaître les limites, constitue un des objectifs implicites du rallye.

Pour y parvenir, le rallye procède par paliers, rejoignant ainsi le sens le plus usuel du terme, celui d'une course par étapes. Le rallye culturel est la première forme d'activité de l'institution. Les sorties culturelles inculquent la familiarité avec le monde de la culture : les jeunes n'y viennent pas en étrangers, mais en voisins et en complices. Les modalités de leur accès aux œuvres leur apprennent que celles-ci sont créées pour eux, que leur fréquentation est un élément de leur vie sociale et que celle-ci ne peut se concevoir sans ce rapport privilégié aux choses de l'art. Plus, ce qu'ils apprennent, c'est que la culture, pour eux, va de soi, comme l'air qu'ils respirent.

Étape facultative du rallye, le rallye bridge peut être aussi l'occasion d'y faire entrer les garçons, si cela n'a pas déjà été fait dès l'étape culturelle. Puis ce sont les cours de danse et l'apothéose des grandes soirées dansantes. L'efficacité sociale des rallyes réside donc moins dans des unions matrimoniales entre les participants d'un même rallye que dans cet apprentissage en profondeur de la connaissance de son milieu et de la reconnaissance de son semblable.

Les rallyes présentent le groupe masculin au groupe féminin, et réciproquement. C'est une technique collective de présentation. Les jeunes apprennent à connaître et reconnaître leurs homologues de l'autre sexe. Ils s'initient à la manière de se vêtir, de se tenir, et de se présenter. Cette naturalisation du social, son incorporation sont au cœur de l'identification de ses semblables, et permettent une cooptation immédiate, quasi instinctive, dans la vie sociale, mais aussi dans les rapports amoureux.

Cette socialisation présente l'avantage, tout en assurant la conformité sociale des agents qui auront, plus tard, à se coopter comme mari et femme, de leur laisser vivre leur rencontre amoureuse comme le résultat d'un hasard heureux. Le rallye supplée parfaitement à la technique surannée de la présentation. Il en préserve les avantages, ceux d'unions socialement assorties, il en supprime les inconvénients de mariages préfabriqués dans lesquels les coups de cœur n'ont pas leur place. Les époux se découvrent comme si un miracle les avait mis en présence, sans savoir qu'ils étaient à ce point, dans leur essence même, faits l'un pour l'autre. La communauté des attributs sociaux et des goûts, dont ils constatent l'existence dans leur couple, leur apparaît comme une chance de plus, un don gratuit du destin. Le hasard peut être exprimé négativement. Mme Arbois de Jubainville, née après la Libération, a connu son mari chez des amis, mais elle reconnaît qu'elle aurait aussi bien pu le rencontrer plus tôt, dans des rallyes. « C'est un hasard si je ne l'ai pas rencontré avant », dit-elle, exprimant par là que l'un comme l'autre réunissaient les conditions sociales qui rendaient possible leur rencontre. Logiquement et socialement, ils devaient se rencontrer, et ils se rencontrèrent. Seul le hasard fit que ce ne fût pas plus tôt, proposition que l'on peut renverser positivement : c'est par hasard que ce fût ce jour-là et à cet endroit-là.

La cooptation

Les rallyes et les cercles manifestent ces intentions stratégiques qui supposent un degré élevé de conscience des fins à atteindre : ne retenir parmi la population des beaux quartiers que les jeunes ou les adultes dont la position soit confortée par la naissance, par l'appartenance à une famille au-dessus de tout soupçon. Ces institutions, par la rigueur de leur processus de cooptation, viennent ainsi parachever le travail grossier, mais essentiel, de la ségrégation spatiale. Cette rigueur de l'exclusion marque les limites de la courtoisie d'un groupe social qui sait très bien interdire et s'interdire la fréquentation de ceux qui, trop proches pour qu'il n'y ait pas risque de confusion, ne sont pas pour autant du même monde. On a alors affaire à une sorte de racisme mondain qui écarte sans autre forme de procès ceux que quelque stigmate social marque inexorablement. Cette discrimination sans appel distingue les élus des rejetés : appartenir à un rallye ou à un club est, d'une certaine manière, comme réussir ou échouer au concours d'entrée d'une grande école, on en est ou on n'en est pas. De tels processus de sélection sont exceptionnels : il n'y a pas, à notre connaissance, d'autres groupes sociaux qui cooptent ainsi leurs membres sur les seuls critères de la position occupée dans la société.

Cette cooptation est mise en œuvre aussi dans le cadre de pratiques sportives. Ainsi les golfs de Morfontaine et de Chantilly, dans l'Oise, fonctionnent sous la forme de clubs dont l'entrée est réservée aux membres cooptés. Alors que le Golf de Chantilly fait patienter longuement les candidats ordinaires, pour le marquis Christian de Luppé et sa femme, propriétaires du château de Beaurepaire situé non loin, il n'a pas été question de la liste d'attente. « Mon épouse et moi, raconte avec satisfaction le marquis de Luppé, nous sommes rentrés tout de suite, et ce n'est certainement pas pour nos qualités golfiques ! C'est clair ! » Les qualités sociales sont au cœur des candidatures et de leur évaluation par le comité *ad hoc*. Car l'étiquette des golfs correspond à l'éducation reçue par les membres. Sans cette osmose, la cooptation ne saurait marcher. « On ne fait pas de bruit, vous ne vous énervez jamais, vous ne jetez pas votre club de golf parce que vous avez raté un coup. » La sécurité est d'ailleurs à ce prix car « quelqu'un qui reçoit une balle dans la figure n'a plus d'œil ! Si on arrache malencontreusement une motte d'herbe, on la remet à sa place ». Les codes vestimentaires interdisent le Levis, le *tee-shirt* et le téléphone portable au bénéfice de la chemise polo et du pantalon. Quant à la casquette, elle n'est pas acceptée dans l'enceinte du club house. De sorte que déjeuner ensemble « à la table d'hôte » n'est que du bonheur. « On dit bonjour, on se présente car nous sommes nouveaux, et on parle, mais ni d'affaires ni de politique, précise Christian de Luppé. On se sent donc dans un espace à part, au milieu des arbres, dans le calme absolu. »

La fortune, pour être pleinement goûtée, a besoin de se retrancher, de se mettre à l'abri. Non qu'elle soit menacée à l'extérieur de ces places fortes. Mais les postures et l'allure générale, la manière de se vêtir, la gestuelle, la façon de se coiffer, trahissent les origines et les positions sociales. La sérénité élégante des cercles et des terrains de golf procure un plaisir sans cesse renouvelé, celui d'être avec ses semblables et de ne pas craindre leur regard.

La cooptation, dans ces institutions, assure aux hautes classes un entre-soi absolu où peuvent se gérer sans interférences les conditions de la reproduction des positions sociales les plus élevées. Les grandes familles n'ont pas besoin de statisticiens ou de sociologues pour définir les frontières de leur groupe. Elles font elles-mêmes le travail par le biais de ce processus de cooptation dans les rallyes, les cercles et les conseils d'administration. Et plus généralement à l'occasion de toutes les formes de la sociabilité, dans le choix du quartier de résidence, des établissements scolaires et des lieux de vacances. Bref, une cooptation de tous les instants qui définit les contours du groupe, contours fluctuants en fonction des évolutions sociales, économiques et politiques, mais qui mobilise, dans le processus même de la cooptation, le groupe en tant que classe sociale consciente de ses intérêts. Pour que cette cooptation soit possible, la maîtrise de l'identification de ses semblables est indispensable et les apprentissages les plus précoces sont, en ce domaine, les plus efficaces.

2

Lieux et liens du pouvoir

Les relations, une richesse décisive

Une soirée historique au Nouveau Cercle de l'Union

L'hôtel particulier du 33 de la rue du Faubourg-Saint-Honoré, qui appartint à Nathaniel de Rothschild, héberge le Cercle de l'Union Interalliée et le Nouveau Cercle de l'Union. Cette rue du 8e arrondissement est l'une des plus chics de Paris. On y trouve des magasins de luxe, dont la maison Hermès qui y a son siège social, de grands couturiers, des boutiques qui confectionnent des chemises aux mesures du client, l'ambassade de Grande-Bretagne, les résidences des ambassadeurs des États-Unis et du Japon, et l'entrée principale du palais de l'Élysée.

Dès le porche franchi, les hasards de la rue, les côtoiements incongrus, entre une duchesse et un balayeur municipal ou entre un banquier et une petite main de la couture, deviennent impossibles. On ne croise dans ces locaux illustres que des personnes de son rang ou du personnel de service. Justement, la première personne rencontrée est l'un des voituriers qui prend en charge votre véhicule et réalise le miracle de le garer dans un quartier où c'est impossible. Les automobiles ainsi choyées sont, à l'image de leurs propriétaires, d'une sobre élégance. Pas de Ferrari rouge, ni même de Rolls blanche, mais des Peugeot, des Renault, voire des Mercedes ou des BMW, de grosses cylindrées, mais toutes dans les tons des costumes des membres du cercle, du gris clair au gris sombre, voire au noir profond. Pénétrer dans un cercle, c'est partir en voyage, dans une contrée peuplée par une seule ethnie : tout le monde se ressemble. Ce qui n'a rien d'étonnant puisque les membres sont cooptés. La cravate est obligatoire pour les messieurs dans tous les cercles, en toutes circonstances, sauf à la piscine. Il est prévu qu'un valet de pied prête une cravate aux couleurs du club pour pallier un col ouvert malvenu.

En ce 25 janvier, la cérémonie de remise du prix d'histoire 2007 du Nouveau Cercle de l'Union est organisée dans un salon de l'Interallié, le salon Foch dont le nom rappelle qu'il fut créé durant la Première Guerre mondiale pour accueillir les officiers alliés de passage à Paris et leur offrir un lieu de séjour digne d'eux. Elle sera suivie d'une réception dans les locaux réservés à l'Union. La moyenne d'âge est élevée. Il est vrai que la cérémonie commence à 18 heures, un horaire peu pratique pour ceux qui ont une activité professionnelle. Les messieurs ont un air de ressemblance avec leurs costumes trois-pièces, leurs cheveux soignés mais toujours un peu longs. Pas de cadres dynamiques au poil court et à l'attaché-case rigoureusement parallélépipédique. Au contraire une élégance souple, malgré l'âge, qui permet une pratique généralisée du baisemain. Les dames ont des tenues plus variées et colorées, mais le pantalon est très rare. Les coiffures dégagent toujours le front.

Les cartons d'invitation ne sont même pas demandés à l'entrée : les intrus ne sauraient passer inaperçus. D'ailleurs personne n'oserait s'aventurer dans des lieux aussi intimidants. Il faut être sociologue et avoir beaucoup de conscience professionnelle pour se hasarder ainsi en terre inconnue. La circonstance a toutefois un caractère plus œcuménique, les invitations ayant été diffusées au-delà des membres du cercle.

Les corps sont en harmonie avec le décor. Un salon du XVIIIe siècle est classé, et la population qui le fréquente a de la classe. Le petit perron de l'entrée est surmonté d'une monumentale et néanmoins gracieuse marquise. Les espaces sont généreux dès le hall où s'activent les valets de pied en jaquette noire et gilet rouge. Ils gèrent un vestiaire qui marque de manière rituelle l'entrée dans un autre univers. Cette générosité dans l'espace prend tout son sens lorsqu'on considère le prix du mètre carré dans ce quartier, plus de 8 000 €. Préserver l'entre-soi dans un cadre chargé d'histoire est à ce prix. L'escalier monumental, les tapis épais et moelleux, les tentures somptueuses conduisent au premier étage et au salon Foch, transformé en salle de conférences pour l'occasion. Les chaises de bois dorés, agrémentées d'un coussinet rouge prometteur de confort, attendent le public qui se livre aux joies animées de la conversation. Les membres se saluent chaleureusement, savourant le plaisir d'être entre eux, de reconnaître dans l'autre un autre soi-même, et de se faire reconnaître par lui pour ce qu'ils sont ou pensent être. Cet intense moment de sociabilité est l'occasion d'échanger les nouvelles. Les sourires et les baisemains sont de règle, le tout exprimant le bonheur d'être là et de se rencontrer.

Car, à y bien réfléchir, l'identité sociale de ces membres des classes privilégiées n'est pas si facile à assumer dans le monde ordinaire. Au cercle on peut enfin être soi entre égaux, dans une complicité sociale heureuse. On est dans une théâtralité de la vie mondaine où l'esthétisation aristocratique de l'excellence peut se donner libre cours sans complexe.

Le comte Denis de Kergorlay est membre du Cercle de l'Union Interalliée depuis 1983, président du Nouveau Cercle de l'Union et vice-président de l'Interallié depuis 2006. Dans son discours introductif il présente le livre de Jean-Pierre Moisset, une *Histoire du catholicisme* parue aux éditions Flammarion en 2006, lauréat du prix d'histoire du NCU.

Denis de Kergorlay introduit la cérémonie par un discours à son image : à la fois très en phase avec son milieu, fortuné et aristocratique, et ouvert sur le monde. Le *Bottin Mondain* 2006 fait état de ses études à l'IEP, de son appartenance au Nouveau Cercle de l'Union, aux Fils de la Révolution Américaine (SAR). Il est marié à une avocate, Marie-Christine de Percin, qui a été auditrice à l'Institut des hautes études de défense nationale. Membre du Polo de Paris, de la Maison de la Chasse et de la Nature et du Cercle Foch, elle a été décorée de la médaille de la Défense nationale.

Denis de Kergorlay, propriétaire du château de Canisy, habile et déterminé pour maintenir et faire vivre la demeure de ses ancêtres, est membre actif d'associations de défense du patrimoine, La Demeure Historique et Europa Nostra. Il est ouvert aux autres et pratique volontiers le dialogue social. Il fut, par exemple, trésorier de Médecins sans frontières. Dans un milieu conservateur, attaché à ses privilèges et à ses valeurs, il en incarne l'une des forces, celle de la conscience, ancrée dans l'expérience historique, de devoir changer et s'adapter, meilleure façon pour faire que cela dure. La continuité dans le changement suppose des hommes et des femmes capables de jouer les intercesseurs entre ce qui peut ou doit être maintenu en l'état et ce qui peut être abandonné ou modifié. La reproduction est à ce prix, dans le changement permanent.

L'*Histoire du catholicisme* a sans doute été récompensée ce jour-là parce que le livre aborde cette question incontournable de la continuité dans le changement, sur deux mille ans. Dans son discours, Denis de Kergorlay affrontera l'analyse de la désaffection à l'égard du catholicisme. Une désaffection qui est l'aboutissement du processus millénaire de construction de cette religion et de son Église, dans un monde qui a changé plus vite qu'elle n'a pu le faire. Pour l'orateur, l'Église catholique s'est trouvée confrontée à trois ordres d'émancipation. Dans l'ordre intellectuel, la raison s'est émancipée de la foi, et la pensée rationnelle et scientifique se trouve coupée de la croyance. L'émancipation sociétale, quant à elle, met à mal, depuis les années 1950, la famille et sa stabilité. D'autres conceptions de cette structure sociale fondamentale se font jour, reprises par des supports populaires comme la chanson ou le cinéma. Le divorce, interdit, puis moralement tabou, devient une péripétie parmi d'autres, et finit par être accepté même dans les bonnes familles. Enfin l'émancipation physique incite depuis le début des années 1960 à vivre son corps en toute liberté. L'idée même de péché de la chair tend à disparaître. Si les questions existentielles, propres à la condition humaine, sont toujours là, les églises sont souvent désertes ou fermées.

Dans l'assistance, ces propos soulevèrent quelques remous discrets à l'évocation de l'émancipation physique et du droit des femmes à disposer de leur corps, jusque dans le choix de l'avortement. Mais l'idée centrale, celle d'un retour aux sources du catholicisme par une plongée dans les deux mille ans de l'histoire de l'Église, a plu, le public ayant été convaincu de l'utilité de la démarche devant les incertitudes de notre époque.

La présence d'un moine en robe de bure écrue, pieds nus dans ses sandales, les cheveux réduits par une coupe sévère à un anneau parfait passant juste au-dessus des oreilles et dégageant généreusement la nuque et le sommet du crâne, pouvait paraître incongrue dans ce haut lieu de la mondanité parisienne. Elle était toutefois révélatrice de l'homologie profonde entre la religion et la bonne société, qui ne semblait pas s'offusquer de la présence d'un homme ainsi non cravaté. Il est vrai qu'être en religion, en tant que prêtre ou dans un ordre régulier, n'est pas rare dans les familles de ce milieu. Ce moine est d'ailleurs le frère de Denis de Kergorlay. Le *Bottin Mondain* consacre cinq pages pleines à dresser la liste des enfants des familles qui sont dans ce cas, environ 770 en 2006.

Les discours prononcés, le prix remis, l'assemblée s'est levée pour se rendre deux étages plus haut, et faire honneur au buffet. Le champagne, évidemment Taittinger, fut servi à volonté, et les discussions allèrent bon train, chacun passant de l'un à l'autre dans une assistance où le niveau d'interconnaissance est très élevé.

Les cercles : rencontres au sommet

Le Cercle de l'Union Interalliée compte plus de 3 000 membres en 2007, dont nombre de personnalités de premier plan. Son grand conseil est présidé depuis 1999 par Pierre-Christian Taittinger, ancien ministre, ancien vice-président du Sénat, et actuel maire du 16e arrondissement de Paris. Il est issu d'une famille dont la fortune est liée au champagne et à l'hôtellerie. Le prince Gabriel de Broglie, vice-président, énarque, a été directeur général de Radio France. Il est conseiller d'État, membre de l'Académie française, et chancelier de l'Institut de France depuis 2006. Autre vice-président, Olivier Giscard d'Estaing, frère de l'ancien président de la République, ancien député, est administrateur de sociétés. Edmond Marchegay, vice-président, est l'ancien PDG d'Air-Paris. Édouard de Ribes, dernier vice-président, ancien PDG de la banque Rivaud, administrateur de sociétés, ancien président de Pathé Cinéma, est aussi président de Paris-musées et de la Société des Amis d'Orsay. Parmi les simples membres de ce grand conseil, on trouve le prince Albert II de Monaco, Édouard Balladur, ancien ministre de l'Économie et des Finances et ancien Premier ministre, Michel David-Weill, associé-gérant de la banque Lazard Frères, membre du conseil de surveillance de Publicis, président du conseil artistique de la Réunion des Musées nationaux, membre de l'Institut (Académie des beaux-arts). Mais aussi un exploitant agricole (domicilié avenue Matignon, à côté de l'Élysée), un ambassadeur de France, un ancien ministre des Affaires étrangères. Ces éléments de carrière ne sont donnés qu'à titre indicatif et sont loin d'être exhaustifs. Ils ne représentent que quelques épisodes dans des vies professionnelles bien remplies.

On pourrait poursuivre cette litanie : les grands noms de la noblesse et les patronymes bourgeois, liés parfois à la terre, mais surtout aux affaires, à l'industrie et à la finance, à la politique et à l'armée, s'entrecroiseraient sans discontinuer. Il ne s'agit pas de familles sur le déclin, contrairement à ce que pensent nombre de nos collègues sociologues et de journalistes. Dans les dernières semaines de son quinquennat, Jacques Chirac a nommé le comte Augustin de Romanet de Beaune directeur général de la Caisse des Dépôts. Il est membre du Nouveau Cercle de l'Union, du Cercle de l'Union Interalliée, de la Société d'Histoire Générale et d'Histoire Diplomatique, dont le président est le prince Gabriel de Broglie. Sa femme est née Burin des Roziers, une autre grande famille. Augustin de Romanet est passé par l'IEP de Paris et par l'ENA.

Les différentes composantes des hautes classes se rencontrent dans les cercles, au-delà des clivages que peuvent induire les spécialisations des professions ou des fonctions. Politiques, hommes d'affaires, grands propriétaires terriens, militaires, personnalités du monde des arts et des lettres se sont donné des endroits pour mettre en commun leurs savoirs et leurs pouvoirs. Le cercle présente l'avantage d'une diversification maximale des compétences. Leur mise en commun s'effectue sans en avoir l'air. À l'Interallié, ce peut être en nageant dans la piscine qui donne sur les jardins qui s'étendent jusqu'à l'avenue Gabriel. Ou encore en jouant au bridge, à l'occasion d'une conférence, en déjeunant ou en dînant au restaurant du cercle. Ces activités, bien vivantes et appréciées des membres, n'ont jamais en elles-mêmes leur propre fin. Elles pourraient être pratiquées ailleurs. Ce qui fait sens, c'est qu'elles le soient au sein d'un milieu social spécifique. La sociabilité mondaine est une forme euphémisée et déniée de la mobilisation de la classe. Elle emprunte des manières détournées, non pas tant pour avancer masquée que parce qu'elle investit tous les instants de ce milieu très conscient des enjeux sociaux et de la convergence des intérêts fondamentaux de ses membres. Le cercle est un lieu de rencontre et de concertation en même temps qu'un endroit où l'on se détend et se distrait. Les dominants des différents champs de l'activité sociale peuvent échanger leurs informations et leurs relations, et coordonner leurs stratégies.

On ne peut qu'être surpris par la faiblesse des investigations sociologiques dans cette direction. Il faut se rendre à l'évidence : la violence symbolique provoque une autocensure des thèmes de recherche. Il est plus facile de dénoncer une théorie du complot que de construire l'ensemble des réseaux et de leurs imbrications. La théorie du complot est rassurante car elle donne une explication à ce qui paraît incompréhensible et inexplicable. Mais elle réifie la haute société qui marcherait comme un seul homme pour la reproduction des rapports sociaux. Alors que le pouvoir se construit en s'appuyant sur des cercles qui s'interpénètrent, une juxtaposition de réseaux, d'autant plus efficaces qu'ils sont diversifiés et méconnus, le pouvoir étant la résultante de leur combinaison.

La sociabilité bourgeoise met donc en présence les dominants de chaque univers professionnel. Elle est nécessaire au dépassement de cette segmentation institutionnelle : les clubs, mais aussi les dîners, les cocktails, les parties de chasse ou de golf regroupent, en mobilisant les techniques de sociabilité, comme les plans de table et les présentations, des agents qui occupent chacun, dans sa sphère d'activité, une position éminente.

C'est là le rôle essentiel des cercles. Pierre Bourdieu, dans *La Noblesse d'État*, l'a analysé, mais semble-t-il sous-estimé. Un développement sur « les affinités électives, liaisons institutionnelles et circulation de l'information » est renvoyé en annexe et la définition des clubs est donnée en note[1]. De même, dans le numéro spécial de la revue *Actes de la recherche en sciences sociales* que Pierre Bourdieu et Monique de Saint Martin ont consacré à l'« Anatomie du goût », les clubs sont renvoyés en annexe. Pourtant l'essentiel y est dit sur « ces sortes de sociétés par actions qui sont riches de la richesse cumulée de tous les membres [...]. Il est donc sans doute peu d'institu-

1. Pierre Bourdieu, *La Noblesse d'État. Grandes écoles et esprit de corps*, Paris, Minuit, « Le sens commun », 1989, p. 516, note 1.

tions (si l'on excepte en certains cas le mariage) qui soient plus directement orientées vers l'accumulation rationnelle de capital social : sans même parler de tous les profits actuels ou potentiels que procurent ou promettent des "relations" aussi "intéressantes"[1] ».

La plupart des sociologues, dont l'origine est populaire ou moyenne, ne sont pas à l'aise en présence des dominants, malgré une position sociale atteinte relativement élevée, en tant que chercheurs au CNRS ou enseignants-chercheurs à l'université. Ils n'aiment pas s'appesantir sur ces techniques de sociabilité qu'ils craignent par-dessus tout. On peut se demander si cette timidité sociale ne justifie pas trop facilement le faible intérêt pour une sociologie de la haute société. Il est vrai aussi que les crédits de recherche sont particulièrement difficiles à obtenir en ce domaine et que, de toute façon, la faisabilité même de telles enquêtes ne va pas de soi. Mais l'autocensure est souvent la règle, le chercheur choisissant de travailler à partir de déclarations publiques de dirigeants ou de patrons plutôt que de solliciter un entretien.

Cependant, tenter sa chance dans la grande bourgeoisie permet de vivre personnellement la distance sociale et cette expérience à elle seule justifie d'affronter les difficultés propres à ce milieu. La réticence à interviewer les puissants est avant tout un effet de la domination symbolique et une très belle démonstration de la force de ce type de violence dans les

1. Pierre Bourdieu, avec Monique de Saint Martin, « Anatomie du goût », *Actes de la recherche en sciences sociales*, n° 5, octobre 1976.

rapports sociaux, puisqu'elle peut même s'exercer avant tout contact direct.

Les travaux de Pierre Bourdieu ont été une source inépuisable pour nos recherches auxquelles ils ont fourni l'armature conceptuelle indispensable à l'analyse, et par-dessus tout, la stimulation intellectuelle pour nous lancer dans cette aventure. Sans ces travaux nous n'aurions peut-être pas eu, non seulement le courage, mais tout simplement l'idée de nous risquer en ces terres inconnues.

Des portefeuilles de relations

On ne peut longtemps rester riche tout seul. Très vite la richesse économique, pour durer et être transmise, doit être légitimée par de la richesse sociale. Un portefeuille de relations permet de trouver des pairs dans tous les domaines de l'activité : économique, administrative, politique et culturelle. Ce réseau prend une forme matérielle dans les carnets d'adresses. L'une de nos interviewées, de la noblesse fortunée, avec des alliances à travers le monde, tenait un registre composé de trois gros calepins, à l'élégante reliure de cuir. L'un était consacré aux adresses françaises et européennes. Les États-Unis fournissaient la totalité des résidences du second et l'Argentine suffisait à remplir le troisième. Le *Bottin Mondain* et les annuaires des cercles constituent des documents utiles dans ce monde pour lequel seuls comptent les semblables puisque la position sociale des uns est dépendante de celle des autres.

Les réseaux personnels sont inclus dans un ensemble plus vaste qui comprend l'intégralité des relations possibles. Dans l'extension du réseau au-delà des contacts directs, les relations institutionnalisées jouent un rôle décisif. Le nouvel entrant dans un cercle qui peut compter plusieurs milliers de membres ne peut les connaître tous personnellement. Mais le principe de la cooptation donne à chacun l'assurance de la solidarité de tous les autres. Parce que ces relations sont contrôlées par le groupe lui-même, elles assurent une base solide et authentifiée, sur laquelle d'autres réseaux, moins formalisés, peuvent s'appuyer. Le don et le contre-don sont la règle, sans qu'il y ait nécessairement une réciprocité directe. M. Adelon rend un service à M. Balaman qui rend un service à Mme de Camfort qui elle-même revient à M. Adelon. Les renvois d'ascenseur directs, en trahissant le caractère intéressé de l'échange, en ruinent la légitimité. Comme lorsque deux chercheurs publient des comptes rendus laudatifs croisés de leurs travaux.

La structure de ces échanges peut être bien plus complexe que triangulaire : ce qui importe, c'est que chaque membre du réseau puisse compter sur la solidarité éventuelle de tous les autres. Peu importe qui en définitive agit en sa faveur. Les interventions peuvent paraître élégamment gratuites, alors même que le bouillon de culture de la marmite grande-bourgeoise, en ne cessant d'agiter en tous sens les particules qui le composent, fait en sorte qu'aucun bienfait ne soit perdu et qu'il soit retourné, après un certain temps, en empruntant un circuit parfois tortueux.

Les familles, les cercles, les conseils d'administration, les équipages de vénerie, les clubs de golf sont là pour assurer cette péréquation permanente des bons et loyaux services à l'échelle de la classe. Les échanges sont indécelables et pour en établir la réalité il faudrait pouvoir en reconstituer l'intégralité. La théorie du complot n'est donc pas utile pour rendre compte de l'efficacité du collectivisme grand-bourgeois qui met en commun, au-delà des valeurs d'usage qu'il détient, la multiplicité des pouvoirs partiels qui, assemblés, font le pouvoir.

La collusion des élites est une collusion de fait. Elle n'a pas besoin d'être systématiquement organisée. On se rend service parce que cela est constitutif de l'appartenance à la confrérie des grandes familles, où la courtoisie est structurale. Une rencontre circonstancielle devient une relation s'inscrivant dans la durée. La bienséance, qui est condition du maintien dans le réseau, exige que l'on ne refuse pas d'aider, y compris un inconnu, à condition que cette personne ait toutes les caractéristiques de l'excellence sociale, dont l'appartenance à un cercle très sélectif ou des alliances familiales honorables.

On comprend alors mieux l'importance de la sociabilité mondaine, de ses fêtes, cocktails, dîners, vernissages ou premières d'opéra, car elle rassemble des personnes qui ne se connaissent pas toutes mais qui, par cette rencontre, vont mettre en relation les réseaux auxquels elles sont rattachées par ailleurs. Cette sociabilité est une technique sociale qui permet de tisser et retisser sans cesse le maillage infini du pouvoir.

Les associations, les cercles, les conseils, les comités dessinent une toile d'araignée à la trame complexe. Chaque personne apporte dans l'institution son carnet d'adresses, en partie redondant avec celui des autres membres, mais en partie seulement. La grande bourgeoisie, parce qu'elle est organisée en réseaux qui eux-mêmes se structurent en réseaux de réseaux, met en contacts réels et potentiels l'ensemble des individus qui appartiennent objectivement à la classe[1]. Celle-ci n'est donc pas seulement le produit d'une conceptualisation qui définit le groupe des agents sociaux occupant la même place dans l'espace social, mais aussi une interrelation latente ou active entre tous les membres de la classe, toujours à même de faire appel aux uns ou aux autres, toujours à même de répondre aux appels des uns et des autres. Aujourd'hui, la grande bourgeoisie est la réalisation la plus achevée de la notion de classe sociale.

Ces réseaux et cet entremêlement de liens doivent être discrets pour conserver toute leur efficacité. Il y va de la crédibilité et de la légitimité du pouvoir qui en résulte. Faire jouer ses relations pour la nomination à un poste, pour l'entrée dans un cercle, pour tout avantage, risque toujours, si cela est trop public, de dévaloriser la réussite. Qu'il s'agisse des cercles ou des liens de famille, du champ de la politique, de la finance, du rapport aux médias, les contacts et les conciliabules, les amitiés et les solidarités, doivent se faire oublier. Les décisions et les choix doivent apparaître dictés par le souci de l'intérêt général et de l'équité de traitement entre les citoyens.

1. Luc Boltanski, « L'espace positionnel. Multiplicité des positions institutionnelles et habitus de classe », *Revue française de sociologie*, XIV, 1973, p. 3-26, et Pierre Bourdieu, « Le capital social, notes provisoires », *Actes de la recherche en sciences sociales*, n° 31, janvier 1980.

La discrétion impliquerait que dans les cercles les membres ne parlent ni affaires ni politique. Ce qui est un vœu pieux, et les déjeuners d'affaires sont une réalité même au Jockey.

Sous ce vernis de bonne conduite et de distinction, signifiées par la distance prise avec les soucis de basse cuisine, les tractations et les stratégies financières s'imposent, mais dans la discrétion. Le fait de discuter dans un cadre privé de questions relevant de l'activité des entreprises et des collectivités publiques met bien en évidence la spécificité qu'ont les cercles d'entremêler la vie privée et l'activité sociale, dans un entre-deux informel qui laisse de la marge aux improvisations nécessaires à l'exercice du pouvoir.

Pourtant cette attitude n'est pas une simple coquetterie de la bonne éducation. Elle est une affirmation du groupe comme transcendant aux intérêts particuliers qui y sont présents. On n'est pas ensemble pour faire des affaires, mais par affinités électives. Et ce n'est pas si faux : c'est bien le sens de la pratique généralisée de la cooptation fondée sur la proximité sociologique des personnes, des goûts, des manières et des valeurs.

On ne devient pas membre du Cercle de l'Union Interalliée ou du Nouveau Cercle de l'Union en qualité de représentant d'une tendance politique, d'une institution culturelle ou d'une entreprise, mais en tant qu'individu, représentant d'une famille et d'un milieu. Ce qui n'est pas le cas de cercles comme le Rotary ou le Lion's Club qui eux cooptent des représentants de professions.

Un G8 patrimonial : le capital social en acte

Les présidents de huit associations de défense du patrimoine se réunissent depuis 2002 une fois par mois, au siège parisien des Maisons Paysannes de France, dans le 9e arrondissement. « À la fin de la réunion, deux heures en général, le président, Michel Fontaine, apporte sur un beau plateau du vin de Saumur ou un pécharmant, un vin très connu dans la région de Bergerac, et du saucisson. C'est très convivial et bien sympathique », se réjouit Christian Pattyn, président de la Ligue Urbaine et Rurale.

Pour être admise dans le G8, une association doit satisfaire à deux critères : avoir un objectif de niveau national, qui concerne les paysages, les sites, les monuments historiques ou les églises, et être reconnue d'utilité publique. Pour obtenir cette reconnaissance de la part de l'administration, l'association doit déjà avoir fonctionné durant trois ans au minimum, à compter de la date de sa déclaration en préfecture. Il faut en outre prouver au moins 300 adhérents à jour de leur cotisation, dépasser un cadre d'action local ou départemental, et disposer d'un budget annuel d'au moins 60 000 €, majoritairement fourni par des fonds privés. La demande est acceptée ou refusée par le ministre de l'Intérieur. Une association reconnue d'utilité publique peut recevoir des dons et legs.

Le G8 du patrimoine français est une structure informelle qui permet aux associations qui la composent d'intervenir de manière concertée auprès des pouvoirs publics pour défendre et promouvoir le patrimoine. Une structure d'autant plus utile en ce qui concerne les associations de défense dans ce secteur qu'elles sont nombreuses et atomisées. Beaucoup d'entre elles ont été créées autour d'un problème local de défense de tel ou tel monument en péril ou d'un paysage menacé.

L'ancienneté et l'ampleur nationale de l'action sont les critères pour la reconnaissance d'utilité publique, complémentarité que l'on retrouve dans les personnalités des responsables de ces associations : elles font toutes plus ou moins partie du monde que nous étudions, le grand.

Les membres du G8

Pour le vicomte Olivier de Rohan, président de la Sauvegarde de l'Art Français, « la tradition française veut que le service du bien public soit le monopole de l'État ». Or le G8 a, selon lui, montré que c'est plus compliqué et qu'il est nécessaire que les grandes familles s'impliquent dans la défense du patrimoine, une manière de contester ce monopole. Les huit associations, dont les adhérents sont socialement très divers, comptent de nombreuses personnalités dans leurs instances dirigeantes.

La Ligue Urbaine et Rurale, recensée par le *Bottin Mondain*, a été créée à la fin de la Seconde Guerre mondiale par Jean Giraudoux et Raoul Dautry, « pour l'aménagement du cadre de la vie française », avec une double préoccupation, selon Christian Pattyn, son président depuis 2004 : « la défense des centres-villes, notamment Paris dont il s'agissait de protéger l'espace urbain central des démolitions et des constructions anarchiques, mais également la promotion d'un urbanisme et d'une architecture de qualité ». Aujourd'hui la Ligue est présente sur l'ensemble du territoire. Par son concours annuel des entrées de villes, elle met en valeur les efforts faits par des municipalités et des maîtres d'œuvre pour améliorer le cadre de vie. Elle édite une revue, *Patrimoine et Cadre de vie. Les cahiers de la LUR*. Parmi les responsables, on trouve de grands noms de la noblesse, de la bourgeoisie ou de la haute fonction publique. Citons l'ancien président, Jacques Gaultier de La Ferrière, ambassadeur, qui est membre de la Société des Cincinnati de France, du Cercle de l'Union Interalliée, du Nouveau Cercle de l'Union et des Chevaliers du Tastevin. L'actuel président est Christian Pattyn, qui a été le premier directeur du Patrimoine de 1978 à 1983. Il est passé par l'IEP de Paris et par l'ENA. Il est inspecteur général honoraire de l'administration des affaires culturelles.

La Demeure Historique défend les intérêts des propriétaires privés de monuments historiques, châteaux inscrits ou classés. Les trois responsables principaux, tous les trois portant le titre de comte, figurent dans le *Bottin Mondain*. Jean de Lambertye est membre du Nouveau Cercle de l'Union et du Cercle de l'Union

Interalliée. Denis de Kergorlay, vice-président délégué, est membre de plusieurs cercles. Étienne de Bryas, trésorier, est par ailleurs commissaire aux comptes, membre du Golf de Chantilly.

Les Maisons Paysannes de France figurent dans la liste publiée par le *Bottin Mondain*, avec La Demeure Historique et la LUR, mais ses responsables n'y ont pas de notice personnelle, ni d'ailleurs dans le *Who's Who*. Fondée en 1965, l'association compte quelque 10 000 adhérents. Elle a pour but de sauvegarder les maisons paysannes traditionnelles, d'en protéger le cadre naturel et humain et de mobiliser l'opinion en faveur de l'architecture paysanne et des paysages ruraux.

La Société pour la Protection des Paysages et de l'Esthétique de la France (SPPEF) figure dans la liste du *Bottin Mondain*. Sa présidente, Paule Albrecht, est aussi membre de la Commission supérieure des monuments historiques, de la Commission supérieure des sites et du conseil d'Europa Nostra. Fondée en 1901, la SPPEF a été reconnue d'utilité publique dès 1936. Elle s'est efforcée de faire adopter des textes législatifs donnant les fondements juridiques de l'action pour le patrimoine. Parmi les membres du conseil d'administration, on trouve le prince Géraud de La Tour d'Auvergne, ancien étudiant de l'IEP de Paris et de l'ENA, membre de l'ANF, inspecteur général honoraire de l'administration des affaires culturelles, et Pierre Maillard, ancien élève de l'ENS (Ulm), ambassadeur de France. Le comité d'honneur est composé de Mme Jacques Sylvestre de Sacy, de Jean d'Ormesson, de l'Académie française, de Jean-Pierre Babelon et de Christian Pattyn.

Les Vieilles Maisons Françaises (VMF) ont été créées en 1958 par Anne de la Rochefoucauld, marquise de Amodio. Le président en est aujourd'hui Philippe Toussaint, inspecteur des finances, président de banque, ancien élève de l'IEP et de l'ENA, membre du Cercle de l'Union Interalliée, président de la Fédération française des festivals internationaux de musique, du festival Septembre musical de l'Orne, et, dans un autre domaine, de l'Union nationale des associations de parents d'élèves de l'enseignement libre (Unapel, de 1992 à 1998).

Rempart est une fédération qui, depuis 1966, regroupe des associations de chantiers de jeunesse et s'inscrit dans le mouvement associatif de sauvegarde du patrimoine et d'éducation populaire. Ni elle ni son président, Henri de Lépinay, ne sont mentionnés dans le *Bottin Mondain*.

La Fédération nationale des associations de sauvegarde des sites et ensembles monumentaux (Fnassem), fondée en 1967 par Henry de Segogne pour sensibiliser l'opinion sur le patrimoine, n'est pas non plus indiquée dans le *Bottin Mondain*. Celui-ci, cependant, mentionne son président, Kléber Rossillon, polytechnicien et ingénieur militaire en chef de l'armement, qui habite Neuilly.

La Sauvegarde de l'Art Français est liée dès sa création à la noblesse, puisqu'elle fut fondée en 1921 par le duc de Trévise et la marquise de Maillé. La Sauvegarde a pour vocation d'aider à la restauration des églises antérieures à 1800. Le vicomte Olivier de Rohan en est le président. Son cousin, Édouard de Cossé Brissac, qui l'avait précédé à ce poste, en est aujourd'hui l'un des deux présidents d'honneur.

L'autre étant Philippe Chapu, conservateur général du patrimoine, ancien élève de l'École nationale des Chartes et de l'École du Louvre. Le conseil d'administration regroupe, entre autres, Michel Denieul, ancien directeur de l'architecture au ministère de la Culture, Christian Pattyn, Jean-Pierre Babelon, membre de l'Institut, Max Querrien, conseiller d'État honoraire, qui a longtemps présidé le conseil d'administration de la Caisse nationale des monuments historiques, Emmanuel de Rohan Chabot, un parent d'Édouard de Cossé Brissac, d'Olivier de Rohan et de Gabrielle de Talhouët, autre membre de ce conseil, née Cossé Brissac.

On voit que, dans de nombreux cas, le cadre associatif permet de reconvertir dans le bénévolat ou le militantisme les charges importantes qui ont pu être exercées, en particulier dans la fonction publique. À partir des années 1980, ces associations qui étaient plutôt concurrentes ont commencé à écrire, sur des questions ponctuelles, des lettres communes adressées aux ministres ou au président de la République. Puis, au cours de l'élection présidentielle de 2002, les présidents ont souhaité rencontrer Jacques Chirac. La rencontre de Provins a signé l'acte de naissance du G8.

Une mobilisation efficace

L'une des règles du G8 est de ne réunir que les présidents des associations, sans possibilité pour eux de se faire représenter aux assemblées mensuelles. Ce sont les interlocuteurs privilégiés des administrations et des élus. Par le nombre de cercles et d'associations qu'il regroupe, le G8 représente une spectaculaire condensation de réseaux. Même si l'homogénéité sociale est loin d'être absolue. Ces réseaux sont mobilisables et mobilisés pour défendre la Corderie Royale de Rochefort, la citadelle de Lille ou les paysages menacés par l'installation plus ou moins contrôlée d'éoliennes.

L'action entreprise sur les éoliennes est exemplaire de l'efficacité des relations sociales. Au point que des résultats ont pu être enregistrés avant même que les lois sur le sujet ne soient votées, grâce à la veille juridique mise en place par le G8 avec le concours de deux avocats issus du sérail, qui assistent à toutes les réunions, maître de La Bretesche, ancien bâtonnier, et maître Patrick de La Tour.

Les membres du G8 n'étaient pas hostiles, par principe, à l'installation d'éoliennes, « mais nous voulions très fortement insister sur la nécessité de tenir compte des paysages et d'éviter que les éoliennes soient implantées près des monuments historiques ou dans des paysages sensibles, explique Christian Pattyn. On a vraiment joué le jeu de ce que doit être le G8, un lobby important, un groupe de pression efficace grâce aux nombreux contacts que nous avons avec des députés et des sénateurs. Nous avons obtenu des choses très importantes en amont, auprès du gouvernement. Comme, par exemple, que les autorisations préalables à l'implantation des éoliennes soient entre les mains, non pas des maires, mais des préfets. Car les maires peuvent être attirés pour des raisons financières et mettre les éoliennes en limite de leur commune et ainsi gêner les communes voisines qui auraient refusé d'en avoir. Nous avons réussi à faire inscrire dans les textes qu'il y ait une réflexion cohérente en amont du permis de construire avec l'obligation d'inscrire chaque projet à mener dans une zone de développement de l'éolien (ZDE). La demande de permis de construire doit s'inscrire dans le cadre de cette ZDE préétablie. Selon les textes, le maire doit venir défendre sa demande devant une commission. C'est le préfet qui approuvera ou refusera la ZDE puis le permis de construire en fonction des avis de cette commission. Enfin, grâce aux contacts du G8, un sénateur a déposé un amendement qui a inscrit dans la loi d'orientation sur l'énergie, en 2005, qu'il faudra tenir compte des monuments historiques et de la qualité des paysages pour l'implantation des éoliennes. Et Christian Pattyn se félicite que l'Assemblée nationale ait adopté cette proposition du Sénat. « C'est très important pour nous, car si un préfet donne un permis de construire sans tenir compte de cette obligation, on pourra l'attaquer devant les tribunaux. »

Les paysages dans lesquels vivent les familles de la haute société seront toujours étroitement surveillés. Zones sensibles à leur manière, leurs usagers ne risquent pas de laisser passer un aménagement, la construction d'un équipement ou d'une route, à plus forte raison d'une autoroute, sans réagir et sans utiliser toutes les ressources juridiques et sociales à leur disposition pour contrôler, modifier ou empêcher les travaux. Il est vraisemblable que les éoliennes iront tourner ailleurs qu'au fond du parc du château, ailleurs que sur le rivage encore sauvage d'une côte préservée, ou qu'en tout autre endroit plein du charme discret de la bourgeoisie.

Le tarif de la location du terrain pour une éolienne est de l'ordre de 2 000 € par an, les taxes professionnelles pouvant rapporter 10 000 € au budget communal. « Le système de prix est un pactole, écrit Didier Wirth, président du Comité des Parcs et Jardins de France, dans *Le Monde* du 11 janvier 2007. Comme les industriels ont du mal à les installer à cause de la résistance des populations, ils cherchent des communes pauvres où les maires sont plus faciles à convaincre. » Et ce ne sont pas ces quelques maigres ressources locatives qui pourraient décider des communes opulentes à franchir le pas. On voit mal Neuilly être tentée par l'installation de quelques pylônes à hélice en bordure du bois de Boulogne.

Les beaux espaces sont donc doublement protégés : pour leur valeur intrinsèque et, au-delà, par la puissance des personnes qui ont un intérêt direct à les défendre. Pas seulement pour des questions bassement matérielles, mais toujours pour des enjeux culturels et symboliques qui viennent magnifier la défense de leurs intérêts particuliers et en font de grandes causes nationales. La défense de son pré carré n'est en rien spécifique de la bourgeoisie, mais elle a les moyens de son efficacité.

3

La puissance des puissants sur la ville

Neuilly défend Neuilly

Prémices d'une grande opération d'urbanisme

En 1973 la famille de Nicolas Sarkozy achète un appartement à l'extrémité ouest de l'avenue Charles-de-Gaulle. Clair, ce logement bénéficie d'une vue imprenable sur les tours de la Défense et les embouteillages récurrents générés par la densité des bureaux de l'autre côté de la Seine[1]. La carrière politique de Nicolas Sarkozy démarre peu après : dès mars 1977 il est élu sur la liste municipale présentée par Achille Peretti, gaulliste, maire depuis 1947 et qui le restera jusqu'à sa mort en 1983. En dernière position sur cette liste, Nicolas Sarkozy entre au conseil municipal de l'une des communes les plus riches de France, où résident de manière concentrée des élites appartenant à toutes les sphères de l'activité sociale. Hommes politiques, banquiers, cinéastes, industriels, acteurs et actrices, hauts fonctionnaires, rentiers, princes, barons d'Empire et bourgeois, un bouillon de culture idéal pour se construire une destinée hors du commun. Il deviendra

1. Pascale Nivelle et Élise Karlin, *Les Sarkozy, une famille française*, Paris, Calmann-Lévy, 2006.

maire en 1983 et le restera jusqu'à la prise de ses nouvelles fonctions ministérielles en 2002.

L'avenue Charles-de-Gaulle, appelée autrefois avenue de Neuilly, a connu une évolution qui rappelle, sous d'autres modalités, celle des Champs-Élysées. La croissance de la circulation automobile et le remplacement du tissu résidentiel par des immeubles de bureau ont dégradé l'atmosphère urbaine. Neuilly s'est retrouvée coupée en deux parties inégales, avec au sud le quartier de Bagatelle-Saint-James dont l'urbanisation est plus récente que celle des rues du centre, de part et d'autre de l'avenue. Au-delà, vers le nord, s'étendait l'ancien domaine des Orléans avec ses vieilles demeures. Ce qui a contribué à accentuer une dichotomie que les vieux Neuilléens se font un plaisir de souligner. Les Balaman définissent trois Neuilly : celui du centre, où ils habitent, entourés de familles traditionnelles à la fortune ancienne ; le Neuilly du boulevard Maurice-Barrès, en lisière du bois, où sont domiciliées les très grandes fortunes, les « milliardaires » ; et enfin le Neuilly des nouveaux riches, à Bagatelle, ce pédoncule qui, au sud-ouest, s'enfonce entre le bois et la Seine.

Les conditions résidentielles sont exceptionnelles, sauf sur l'avenue Charles-de-Gaulle qui représente néanmoins deux kilomètres et demi de ce qu'il est convenu d'appeler l'Axe historique. Cet axe prend naissance à l'Arc de Triomphe du Carrousel. Sur certains plans anciens, il se prolonge jusqu'à la Croix de Noailles, en forêt de Saint-Germain. Une vieille histoire, continuée par tous les régimes qui ajoutèrent, chacun à leur tour, un segment à ce long ruban de gloire et de pouvoir qui joint en une envolée rectiligne les monuments parmi les plus glorieux et les quartiers les plus huppés. Louvre, place de la Concorde, Champs-Élysées, Arc de Triomphe de l'Étoile, avenue de la Grande-Armée, porte Maillot, avenue Charles-de-Gaulle pour traverser Neuilly, esplanade, tours et Grande Arche de la Défense pour couronner le tout, provisoirement, car les travaux continuent au-delà[1]. Fendant le 8e arrondissement, se glissant entre le 16e et le 17e, traversant la ville la plus bourgeoise de France, Neuilly, jamais cet itinéraire tiré au cordeau, cet axe dit historique ne quitte la richesse et le pouvoir, économique ou politique.

Le statut d'axe historique n'est pas pour rien dans l'effort entrepris à la fin des années 1980 pour enfouir la circulation de l'avenue Charles-de-Gaulle. À cette époque une première tranche fut couverte. 440 mètres de flot automobile quasi ininterrompu et à double sens furent escamotés au profit d'un terre-plein accueillant, fleuri et doté de bancs. Cette première tranche de travaux, dénommée « Madrid-Château », du nom des deux avenues qui se rejoignent au centre de la dalle, a été terminée en 1992 en même temps que s'achevaient les travaux du prolongement de la ligne n° 1 du métropolitain. Selon certains responsables, « grâce à d'habiles négociations menées par notre municipalité[2] », celle-ci a obtenu de la RATP un financement de 75 % des travaux de la première tranche.

1. Voir notre ouvrage *Quartiers bourgeois, Quartiers d'affaires*, Paris, Payot, « Documents », 1992.

2. « Le projet de dénivellation et de couverture de la RN 13 à Neuilly-sur-Seine », *Cahiers d'acteurs*, n° 1, mars 2006.

La ligne n° 1 fut effectivement la première. « Le vrai départ du premier métro a lieu à 1 heure de l'après-midi le 19 juillet 1900, porte Maillot, écrit Pierre Miquel. C'est alors le terminus de la ligne n° 1, la première construite par l'ingénieur Fulgence Bienvenüe[1]. » Il faut attendre 1937 pour que le terminus soit reporté à la Seine, au pont de Neuilly. « La station Pont-de-Neuilly est une sorte de bout du monde, où les voitures de luxe des propriétaires d'hôtels [particuliers] pouvaient apercevoir, quand ils circulaient à la pointe du jour, des files de travailleurs se rendant dans les usines, à la sortie du métro. Il suffisait de passer le pont pour accéder à la "banlieue rouge", celle des grévistes du Front populaire[2]. » En 1992, la Grande Arche de la Défense est atteinte : ces travaux considérables avalisaient la continuité de l'axe du pouvoir qui traverse tout l'ouest de Paris.

Depuis la dalle fleurie agrémentée de fontaines, sur laquelle débouche l'escalier du métro Pont-de-Neuilly, on découvre à l'ouest les tours de la Défense et à l'est l'Arc de Triomphe. Les travaux d'embellissement de cet axe qui, au long des siècles, en ont construit la perspective, ont rendu fluide le passage entre Paris et sa banlieue là où il croise l'anneau des anciennes fortifications. Une unité urbaine et sociale, rendue manifeste par la qualité des architectures et des aménagements urbains, à laquelle répond l'homogénéité des populations de part et d'autre du périphérique, lui aussi enterré à cet endroit. Cette connivence

1. Pierre Miquel, *Petite Histoire des stations de métro*, Paris, Albin Michel, 1993, p. 26.
2. *Ibid.*, p. 46.

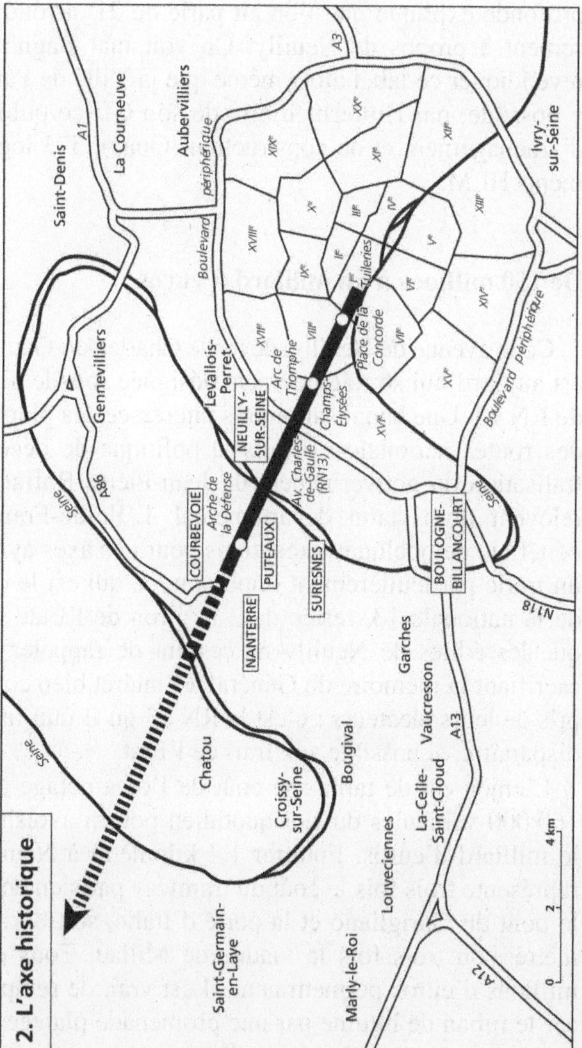
2. L'axe historique
Saint-Denis
La Courneuve
Aubervilliers
A1
A3
Boulevard périphérique
Gennevilliers
A86
Seine
Levallois-Perret
NEUILLY-SUR-SEINE
Arc de Triomphe
Champs-Élysées
Place de la Concorde
Tuileries
Av. Charles-de-Gaulle (RN13)
Arche de la Défense
COURBEVOIE
PUTEAUX
SURESNES
NANTERRE
BOULOGNE-BILLANCOURT
N118
Garches
Vaucresson
A13
Bougival
Chatou
Croissy-sur-Seine
La Celle-Saint-Cloud
Louveciennes
Saint-Germain-en-Laye
Marly-le-Roi
A12
Ivry-sur-Seine
Ier
IIe
IIIe
IVe
Ve
VIe
VIIe
VIIIe
IXe
Xe
XIe
XIIe
XIIIe
XIVe
XVe
XVIe
XVIIe
XVIIIe
XIXe
XXe
0
2
4 km

profonde explique que l'on ait parlé de 21e arrondissement à propos de Neuilly. On voit mal Bagnolet revendiquer ce label alors même que la Ville de Paris y possède, par l'intermédiaire de son Office public d'aménagement et de construction (Opac), 573 logements HLM.

De 750 millions à un milliard d'euros

Cette avenue de Neuilly, devenue Charles-de-Gaulle, est aujourd'hui stratégiquement désignée sous le nom de RN 13. Une banalisation très intéressée. La plupart des routes nationales, depuis la politique de décentralisation du gouvernement de Jean-Pierre Raffarin, relèvent d'un statut départemental. L'Île-de-France bénéficie de quelques exceptions pour des axes ayant un trafic particulièrement important, ce qui est le cas de la nationale 13, restée dans le giron de l'État. Ce que les édiles de Neuilly ne cessent de rappeler en sacrifiant la mémoire du Général à l'intérêt bien compris de leurs électeurs : c'est la RN 13 qu'il faut faire disparaître, si possible aux frais de l'État.

L'enjeu est de taille : le coût de l'escamotage des 160 000 véhicules du flot quotidien pourra avoisiner le milliard d'euros. Enterrer 1,4 kilomètre à Neuilly représente trois fois le coût du tramway parisien entre le pont du Garigliano et la porte d'Italie, soit 8 kilomètres, ou trois fois le viaduc de Millau. Tous ces millions d'euros permettraient, il est vrai, de remplacer le ruban de bitume par une promenade plantée de six hectares qui unifierait la ville.

Début 2007, les accords des différentes administrations concernées ont été donnés, dont celui de Dominique Perben, ministre des Transports, en octobre 2006. Le ministre UMP s'est prononcé sur la base d'un rapport de la Commission particulière du débat public (CPDP) qui lui a été remis en juillet. Depuis 2002, selon les dispositions de la loi relative à la démocratie de proximité, les projets d'aménagement les plus importants doivent être soumis à débat sous l'autorité d'une Commission nationale du débat public (CNDP).

La séance de clôture a été organisée en mai 2006 au théâtre de Neuilly, dans le cadre de ce nouveau dispositif de « démocratie participative ». Selon le maire, Louis-Charles Bary, la majorité des usagers de la RN 13, dans son parcours neuilléen, sont des Parisiens et des Franciliens. Ce n'est donc pas à la ville de Neuilly de financer cette opération, mais à l'État, à la région et au département. La commune, elle, pourrait prendre en charge la décoration florale de ce qui serait une magnifique promenade qui « rendrait sa légitimité artistique et urbanistique à l'axe historique », selon ses propres termes.

Le principe étant désormais acquis et approuvé, reste l'épineuse question du financement. Comme l'a rappelé Roland Peylet, conseiller d'État et président de la CPDP, dans la séance de clôture, « la question du financement est certainement et assez logiquement l'une de celles qui a suscité le plus de commentaires, ce qui témoigne certes de son importance, mais aussi de la difficulté, pour la partie la moins avertie du public, de saisir la complexité des mécanismes de financement public ». Malgré ce flou, plusieurs hypothèses ont pu être formulées par ailleurs. L'Établissement public d'aménagement de la Défense (Epad), présidé, jusqu'en décembre 2005, par Nicolas Sarkozy, pourrait apporter quelques centaines de millions d'euros sous le prétexte de contribuer ainsi à l'amélioration de la desserte du pôle d'affaires et donc de l'acheminement des milliers de cadres et d'employés qui y travaillent. Mais le recouvrement de la RN 13 va dans le sens du tout voiture, et il serait sans doute plus judicieux que les financements de l'Epad, s'il devait y en avoir, aident au développement des transports en commun. Il est donc probable que le gros des fonds nécessaires sera recherché sous la forme d'une concession d'exploitation au secteur privé, assortie de l'établissement d'un droit de péage.

« Certes, admet Michel Laubier, conseiller général communiste et premier adjoint au maire de Nanterre, cette avenue est une véritable nuisance pour Neuilly. Il faudrait arriver à diminuer la circulation automobile. Mais la couvrir est beaucoup trop coûteux. » Pour cet élu, l'urgence est ailleurs. « Il faudrait avant toute chose finir les travaux entrepris, par exemple à Nanterre, où, depuis dix ans nous avons les autoroutes A 86 et A 14 avec un énorme échangeur dont les travaux d'enfouissement ont commencé puis se sont arrêtés faute de crédits. Nanterre est littéralement coupée en deux. Il serait urgent de terminer les travaux engagés ! » Un conseiller municipal vert de Neuilly, Thierry Hubert, note qu'« il ne saurait y avoir d'aménagement à Neuilly sans programmation des aménagements similaires dans les communes moins favorisées exposées à des situations de nuisances identiques, voire plus graves, compte tenu de la vulnérabilité et des moindres moyens des populations qui y vivent ». En ce qui concerne le financement, il écrivait que Neuilly, « au potentiel fiscal considérable », doit faire un effort financier important[1].

Selon Yann Aubry, responsable de la politique de la Ville et des Transports au cabinet de Jean-Paul Huchon, président socialiste de la région Île-de-France, il y aurait bien, derrière ce projet d'enfouissement de la RN 13, celui d'une densification des immeubles de bureaux au niveau du pont de Neuilly. Deux tours de cinquante étages seraient construites face à la Défense. De quoi générer des ressources fiscales qui viendraient s'ajouter aux revenus d'une commune déjà prospère. Deux tours de cette taille pourraient rapporter, au titre d'immeubles de grande hauteur, 215 millions d'euros à la commune, qui lui seraient versés par le promoteur. En outre, selon la DDE (direction départementale de l'équipement), la taxe professionnelle produite par ces nouvelles activités pourrait atteindre, annuellement, 2,9 millions d'euros. Un pactole non négligeable, justifiant une fois encore le dicton selon lequel « il pleut toujours où c'est mouillé ». Mais pactole nécessaire si l'on en croit Bernard Aimé, directeur de l'urbanisme : « la ville de Neuilly, en récupérant les six hectares de la dalle qui couvriront la RN 13, devrait en payer les aménagements (bassins, fontaines, massifs de fleurs...) et se trouverait face à des investissements et à des frais de fonctionnement trop importants pour son budget ». Comme il est hors de question d'augmenter des impôts locaux, qui pourtant sont

1. *Cahiers d'acteurs*, n° 5, avril 2006.

considérés comme peu élevés par les Neuilléens eux-mêmes, cette idée de densification de « ce qui ne serait que l'amorce de la Défense » a été avancée.

Roland Peylet a pris acte que le maire de Neuilly « excluait toute participation autre que marginale à la construction de l'ouvrage proprement dit, les éventuelles ressources supplémentaires dont elle pourrait bénéficier grâce à celui-ci ou grâce à des programmes immobiliers exceptionnels devant être consacrés aux seules dépenses lui incombant, à savoir celles relatives aux aménagements urbains qui prendront place sur la couverture ».

Le président de la CPDP a également déclaré que l'hypothèse de la construction des deux tours « qui pourraient le cas échéant apporter au budget de la commune des recettes fiscales du fait du dépassement du plafond légal de densité » ne relève pas du « débat public ». Cette option n'avait pas encore été discutée en mai 2006 par le conseil municipal. L'un des éléments essentiels du projet, qui aura les plus profondes conséquences sur les ressources générées par l'opération, un impact certain sur le paysage urbain et des effets sensibles sur les flux de circulation n'avait donc pas été encore soumis aux débats du conseil municipal au moment de la clôture du dossier.

Durant la même séance de clôture, le président de la CPDP a relevé la discrétion des élus socialistes de la région et de la municipalité parisienne. L'absence du conseil régional dans le débat s'explique, selon Yann Aubry, par le fait qu'il y a d'autres priorités à l'échelle de la région et que la majorité socialiste n'entend pas s'impliquer dans la conception de cette opération, ni *a fortiori* dans son financement. Le processus de décentralisation, qui a conduit à accorder à la région « une compétence pleine et entière de l'organisation des transports en commun, s'est opéré en l'absence des transferts financiers qui auraient dû y être liés. Les finances ne suivant pas, les élus socialistes du conseil régional ont engagé un bras de fer avec l'État pour qu'il lui transfère les moyens d'assumer cette responsabilité. Et cela représente des centaines de millions d'euros. Alors, conclut Yann Aubry, nous demander de participer sur le plan financier à l'enfouissement de l'avenue Charles-de-Gaulle, cela nous laisse pantois ». En effet, durant la période 2000-2006, 9 milliards d'euros ont été inscrits au contrat de plan État-région, dont 1,25 pour les investissements routiers. Le projet de couverture de la RN 13 représenterait donc 80 % de la somme totale consacrée aux routes pour toute l'Île-de-France sur sept ans.

Quant à Nicolas Revel, du cabinet de Bertrand Delanoë, il admet que la majorité municipale de la capitale se contente d'observer les grandes manœuvres qui se déroulent à Neuilly. « On ne croit pas une seconde à un financement public. L'État ne finance plus d'opérations de cette nature et de ce montant. La région semble décidée à ne pas y consacrer un centime, la priorité de ses engagements étant l'amélioration des transports collectifs. La seule solution pour que cela puisse se faire reste donc la création d'un péage. Si, dans la suite de l'élection présidentielle, le nouveau gouvernement décidait de financer cette opération, alors même qu'il refuse de financer le prolongement du tramway des maréchaux à l'est et se désengage globalement des transports collectifs, ce serait une décision très politique et franchement inacceptable. »

Ce projet de tunnel a été initié et instruit par la ville de Neuilly et par la DDE. Nicolas Sarkozy a occupé dans cette configuration des positions qui lui assuraient un pouvoir certain. Ancien maire de la ville, ancien président du conseil général des Hauts-de-Seine, il était par ailleurs ministre de l'Intérieur et de l'Aménagement du territoire, ce qui n'a certainement pas été sans importance pour le projet d'enfouissement de la RN 13.

Politique de l'axe

La machine étatique est en route au plus haut niveau depuis que le gouvernement a décidé de saisir la Commission nationale du débat public. Cette décision était une confirmation de l'intérêt du projet d'enfouissement et de couverture de l'avenue Charles-de-Gaulle. L'application de la loi de 2002 a permis aux minoritaires du conseil municipal, écologistes ou socialistes et aux habitants ne se reconnaissant pas dans la majorité de s'exprimer. Mais cette démocratie participative a aussi comme conséquence de légitimer encore un peu plus l'avis de la majorité, et de rendre le projet de souterrain incontournable.

Des travaux d'aménagement, tardifs mais bienvenus, sont en cours à la porte des Lilas et au niveau de La Plaine-Saint-Denis. Ce que les habitants de Neuilly approuvent certes, mais pour mieux justifier le milliard prévisionnel que coûterait l'enfouissement de la RN 13. C'est ainsi que le *Cahier d'acteurs* n° 1 de la commission de débat public présente une photo de dalle arborée accompagnée du commentaire suivant : « Nous ne sommes pas à Neuilly mais à La Plaine-Saint-Denis. Tant mieux pour les Dionysiens, mais n'oubliez pas les Neuilléens ! » L'illustration est celle de la couverture de l'autoroute A1. Le même article rappelle « les travaux en cours pour la couverture du périphérique à la porte des Lilas ». Et les habitants de Neuilly de prendre la posture de militants, car « c'est pour notre ville une occasion unique de requalification urbaine ».

L'association Maillot-Sablons-Madrid (MSM) a protesté en posant des plaques « Autoroute Charles-de-Gaulle » en novembre 2001 aux coins des rues et de faux radars en décembre 2003. Les assemblées générales de MSM se tiennent au théâtre de la ville, « en présence d'éminentes personnalités ». Mais seuls 30 % des adhérents ont une adresse sur l'avenue bordée de bureaux. Ainsi les nuisances, réelles pour un nombre de familles limité, ne sont pas le moteur de l'action de la plupart des militants de la cause du tunnel. La réunification des deux parties, nord et sud, de la ville est une préoccupation plus répandue. La possible densification des bureaux au pont de Neuilly, et donc des ressources municipales, joue aussi un rôle.

Situés sur l'axe historique, les Neuilléens éprouvent leur confrontation avec le magma automobile comme une aberration qui, non seulement les gêne dans leur vie quotidienne mais en outre menace la qualité urbaine d'une remarquable voie triomphale qu'ils aimeraient voir tenir son rang dans la traversée de leur commune. Enterrer cette saignée disgracieuse, c'est certes apporter à quelques familles une amélioration de leurs conditions de vie, et à tous les Neuilléens de solides plus-values immobilières, mais c'est aussi supprimer le maillon faible d'une artère exceptionnelle et préserver l'un des éléments structurants du patrimoine de la région Île-de-France, dont le rayonnement est national.

Mais où est la poule et où est l'œuf de ce processus qui voit l'État venir en aide aux plus nantis pour préserver les beaux espaces où ils vivent ? Ayant des ressources importantes, ils peuvent habiter là où le coût de l'immobilier est le plus élevé. Mais ces lieux étant parmi les plus beaux, les plus chargés d'histoire ou de qualités architecturales et urbaines, l'intervention des pouvoirs publics pour en préserver la qualité rejoint l'intérêt général pour la défense d'un patrimoine qui est en partie collectif. Le souci des administrations pour la sauvegarde de ces espaces en conforte la valeur esthétique, historique, mais aussi financière. Cercle vertueux ou cercle vicieux ? En tout cas la circularité est structurelle et l'on ne voit pas comment il pourrait en aller un jour autrement. La grande bourgeoisie, en défendant la qualité de ses lieux de vie, défend toujours aussi des intérêts plus généraux. Aménager l'axe historique sur toute sa longueur profiterait d'abord aux familles les plus aisées. En même temps, cet aménagement serait objectivement un plus pour la région, et finalement pour la nation qui en tirerait des bénéfices touristiques, économiques et de prestige importants dans la concurrence internationale.

De l'usage des lois

Le droit civil réglant les contrats entre les citoyens est de plus en plus mobilisé dans l'organisation et la gestion des rapports sociaux. Cela, aussi bien à l'échelon international qu'à l'intérieur même des États. En France, nos enquêtes au sein de la grande bourgeoisie ont mis en évidence cette richesse spécifique, que l'on peut qualifier de juridique. Les familles disposent d'un savoir et de relations qui ne les laissent jamais démunies devant l'appareil judiciaire. Chacun connaît le droit. De façon inégale, certes, mais l'absence de toute idée sur un sujet juridique courant, ou ayant trait aux affaires, est rare. Dans les relations, il y a toujours des professionnels du droit, avocats, notaires, avoués, magistrats, professeurs des facultés. Ces ramifications juridiques du capital social autorisent une utilisation optimale de la loi, voire son contournement par la connaissance de ses failles ou de ses dispositions dérogatoires. En matière fiscale, cela va du recours aux paradis fiscaux à la construction savante d'un patrimoine de rapport cumulant toutes les dérogations et tous les allégements possibles. Les procédures judiciaires ne sont pas aussi étrangères à la vie ordinaire dans ces milieux que dans d'autres secteurs de la société où le droit et les gens de droit sont méconnus, voire inconnus.

Le fonds de solidarité de l'Île-de-France

Le FSRIF a été créé en 1991 pour tenter de réduire des inégalités trop criantes entre les finances des communes. Depuis 2003, les contributions des plus aisées ont diminué. Le produit de la taxe professionnelle a baissé, et donc les versements des communes au FSRIF. Alors que Neuilly avait apporté quelque 6 millions d'euros à ce FSRIF en 2003, deux ans plus tard, en 2005, cette participation était tombée à 3 millions. Celle de Puteaux a chuté de 20 millions en 2004 à 14 millions en 2005. Cette hémorragie financière a été provoquée par une réforme de la taxe professionnelle qui a allégé les sommes dues par les entreprises. « Un gros cadeau, estime Michel Laubier. À cette réforme s'est ajoutée à partir de 2007 l'instauration d'un bouclier fiscal pour les sociétés. Le montant des impôts dus ne peut plus dépasser 3,5 % de la valeur ajoutée. Si l'on prend l'exemple de Nanterre, et une enveloppe de un million d'euros, 75 % provenaient des entreprises et 25 % des habitants. Tandis qu'aujourd'hui, c'est 50 / 50 ! » De sorte que les ressources des communes ont diminué et les plus riches n'ont pas fait de cadeaux aux plus pauvres en décidant par exemple de maintenir leur niveau de cotisation au FSRIF. Ayant moins de recettes, elles cotisent moins. « Mais Puteaux, Courbevoie ou Neuilly ont encore de grosses ressources ! »

Les montants financiers venant en aide aux communes déshéritées à travers le FSRIF sont en conséquence en baisse sensible. Clichy-sous-Bois en Seine-Saint-Denis avait perçu 2,2 millions d'euros du FSRIF en 2003, mais en 2004, la ville a vu ce montant diminuer de 200 000 €. Ce qui n'est pas rien dans cette commune qui a vu le départ des troubles d'octobre-novembre 2005. La prise en compte des inégalités financières entre les communes de la banlieue parisienne donne un éclairage nouveau à ces événements.

Ce sont les communes les plus pauvres qui ont connu les plus graves incidents. Or les communes les plus favorisées font tout ce qui est en leur pouvoir, qui est grand, pour retenir à leur profit les ressources de la taxe professionnelle. L'échelle des inégalités se situe entre 1 et 4 en Île-de-France. Neuilly, Levallois, Courbevoie dépensent chacune 2 300 € par an et par habitant, contre 640 € à l'est, en Seine-Saint-Denis, à Clichy-sous-Bois ou Sevran. Une réalité qui remet à sa place le discours sur la fracture sociale, et qui montre qu'au niveau communal, aussi, les plus favorisés font preuve d'un sens aigu de leurs intérêts. Leur duplicité apparaît dans cette cohabitation schizophrénique entre un discours compatissant, sinon solidaire, et une pratique de classe sans faille.

Mais cette bonne fortune n'est pas évidente à remettre en cause, y compris par des responsables socialistes qui ont de bonnes raisons pour cela. Selon Yann Aubry, « il faut faire attention car la locomotive économique de la région, c'est ce qu'on appelle le triangle d'or, avec le 8e et le 16e arrondissement, l'Étoile, Neuilly et la Défense. Dans une logique de concurrence internationale, on ne peut pas être dans la décroissance du portefeuille d'activités de cette zone ouest ».

Le cercle est vicieux. Si l'on ne fait pas de cadeaux fiscaux aux riches, ils partent à l'étranger. Peut-on encore parler d'égalité des chances urbaines ?

Les bureaux et les recettes fiscales à l'ouest

L'Établissement public d'aménagement de la Défense ayant fini d'aménager, il a cédé la place à un Établissement public de gestion du quartier de la Défense, par une loi adoptée en première lecture au Sénat le 18 janvier 2007. Déposée à l'Assemblée nationale par le sénateur UMP Roger Karoutchi, inscrite en urgence à l'ordre du jour, elle a été définitivement adoptée le 6 février par les seuls députés UMP. Une telle précipitation peut s'expliquer par le statut dérogatoire de cette loi. L'établissement public a été en effet dispensé de la demande d'agrément pour les 300 000 m^2 de bureaux supplémentaires prévus. Le conseil d'administration de ce nouvel établissement public est composé par des représentants des deux municipalités concernées, Puteaux et Courbevoie, et du conseil général des Hauts-de-Seine, dont le président était alors Nicolas Sarkozy.

Alors que seules les villes de Puteaux et de Courbevoie perçoivent les taxes liées aux nombreux sièges sociaux de la Défense, le département des Hauts-de-Seine intervient à hauteur de 50 % dans les dépenses du nouvel établissement public. De plus, les tours obsolètes qui vont être détruites et reconstruites seront exonérées de la redevance bureau. Ces centaines de milliers de mètres carrés nouveaux ne vont pas contribuer à faciliter la circulation. De surcroît ces bureaux, qui n'auront même pas fait l'objet d'une demande d'agrément, sont en contradiction avec la volonté de rééquilibrage vers l'est. Enfin les textes prévoient qu'en Île-de-France 25 m^2 de logements doivent être construits pour 10 m^2 de bureaux.

La complexité de la législation et de la réglementation de l'urbanisme s'accompagne de discours qui prennent beaucoup de libertés avec les faits. Ainsi de la mixité sociale, vantée, même par les élus dont les communes ne comptent qu'un pourcentage infime de logements sociaux. Ainsi de la nécessité de mettre en commun des ressources par trop inégalement réparties : mais le fonds de solidarité voit baisser les versements des communes riches. Ainsi de la nécessité de maîtriser la circulation : mais on augmente encore les flux vers la Défense. La contradiction n'est qu'apparente. Le discours réservé au champ politique se doit de tendre au consensuel, de défendre des objectifs irréfutables : la mixité sociale et l'amélioration de la circulation. Mais, dans la pratique, les dominants œuvrent toujours à la perpétuation de leurs avantages. Ils vont limiter de fait l'arrivée de catégories populaires dans leur lieu de résidence. On retrouve sur ce cas particulier de l'urbanisme l'aptitude des puissants à pratiquer un cynisme qui leur permet de traiter séparément la pensée et l'action. Ainsi de leur capacité à vanter les mérites de la concurrence et de l'organisation libérale de l'économie et par ailleurs de recourir à un collectivisme qui est leur plus grande force. Le maintien des privilèges doit toujours user de cette dualité structurelle qui oppose le discours à la pratique, qui prêche le blanc pour avoir le noir, la liberté pour asservir au travail, l'égalité pour maintenir l'inégalité.

Le droit au logement opposable

Les Enfants de Don Quichotte ont popularisé le problème du relogement des sans-abri d'une façon spectaculaire avec les alignements de tentes rouges sur les quais du canal Saint-Martin, que les journaux télévisés ont montrés pendant des semaines. Sous leur pression, les politiques ont réagi d'autant plus rapidement que la campagne de l'élection présidentielle était en train de monter en puissance. Une loi créant un droit au logement opposable a été votée. Ce texte, très général, prévoit qu'une personne sans abri pourra se retourner contre les autorités compétentes afin qu'un logement lui soit attribué.

« On pourra voter toutes les lois possibles, s'il n'y a pas de logements et la volonté d'en construire pour les plus démunis, à quoi s'opposera-t-on ? se demande Michel Laubier. Il y a 80 000 demandes de logements sociaux dans le seul département des Hauts-de-Seine et en 2005 on n'en a construit que 1 534. » Le déficit est énorme entre l'offre et la demande : qu'est-ce que la loi va pouvoir changer ? D'autant qu'il faut tenir compte de la logique ségrégative qui est sans fin. Sur le total des logements sociaux construits, près de la moitié, 43 %, sont des PLS (prêts en location sociale), c'est-à-dire des HLM plutôt haut de gamme qui ne concernent donc pas les ménages les plus pauvres.

En outre le logement social de fait a disparu avec la spéculation immobilière effrénée de ces dernières décennies, supprimant les logements régis par la loi de 1948. On ne voit pas quels logements pourraient être réquisitionnés à bas prix pour loger les sans-abri. C'est donc une hypocrisie que de faire voter des lois pour se refaire une légitimité sociale en période préélectorale, lois dont les intentions ne seront pas applicables.

L'hypocrisie est d'autant plus manifeste que l'État, par l'intermédiaire des préfets, a tous les pouvoirs pour imposer un effort aux villes qui, comme Neuilly, refusent de construire des logements sociaux pour les plus démunis. Le préfet peut en effet promulguer un arrêté de constat de carence et intervenir en se substituant aux municipalités récalcitrantes. L'administration peut lancer elle-même des programmes de construction locative sociale. Mais de telles procédures n'ont presque jamais été utilisées depuis l'entrée en vigueur de la loi SRU. En matière de logement social tout est affaire de volonté politique. Avec un patrimoine de 10 000 logements sociaux, la ville de Nanterre impose encore aux promoteurs, que ce soit Nexity, la Cogedim ou Bouygues, d'en inclure 40 % dans toute opération de plus de 1 200 m^2. Les promoteurs ayant besoin de travailler, c'est-à-dire de construire, ils en passent par les exigences municipales. Les maires de droite et les préfets pourraient très bien adopter la même attitude. Ce n'est pas le cas.

On voit que le principe d'égalité, solennellement inclus dans la devise républicaine et inscrit sur les frontons de nos mairies, qui vaut donc pour tous les citoyens et en tous domaines, devrait aussi valoir pour les usages de l'espace et les conditions de logement. Ces inégalités urbaines se sont amplifiées en même temps que le capitalisme passait d'un stade industriel et bancaire à une logique purement financière, dans la fiction absolue de l'argent produisant de l'argent. La coexistence, conflictuelle mais réglée, entre catégories bourgeoises et catégories populaires, dans les mêmes immeubles et dans les mêmes quartiers, la proximité spatiale de la résidence du patron et de celle des ouvriers, cède la place à une ségrégation-agrégation toujours plus affirmée, particulièrement sensible dans les plus grandes villes. L'inscription des lignes de division de la société dans l'espace urbain s'amplifie en même temps que la spéculation immobilière. Ces divisions tendent à se figer, les catégories populaires n'ayant plus la possibilité de construire une carrière résidentielle. Les jeunes couples qui commençaient leur vie commune dans le logement social pour la poursuivre dans l'accession à la propriété, restent bloqués dans les cités. Avec un effet négatif sur la disponibilité du logement social, réduite par le manque de mobilité.

On a parlé de ghettos à propos de certains quartiers, en banlieue mais aussi dans le cœur des villes. Cette notion de ghettoïsation a été critiquée[1]. Il est vrai qu'en France le ghetto est social, et beaucoup moins ethnique qu'aux États-Unis. Mais la ségrégation s'affirme et délimite de plus en plus nettement les zones en fonction des niveaux de richesse. Entre 1954 et 1999 le poids des ouvriers, employés et personnels de ser-

1. Voir Loïc Wacquant, *Parias urbains. Ghetto, banlieues, État*, Paris, La Découverte, 2006.

vice est passé de 60 % à 30 % dans la population active résidant à Paris. Les autres catégories ont connu l'évolution inverse. Paris, ville populaire, est devenue une ville de cadres et de riches. Une évolution qui menace maintenant les catégories moyennes comme les enseignants du primaire ou du secondaire qui ne peuvent plus se loger dans la capitale. Tout le monde ne peut résider dans Paris, mais il est significatif que les moins riches soient éliminés de la ville où se concentrent tous les pouvoirs. C'est cela, l'inscription de la logique sociale dans la logique urbaine[1].

1. Voir nos ouvrages : *Paris mosaïque. Promenades urbaines*, Paris, Calmann-Lévy, 2001, et *Sociologie de Paris*, La Découverte, « Repères », 2004.

4

Concurrences pour l'espace

Le château et le village

Le château de Canisy, dans la Manche, a été classé comme l'une des sept merveilles du département par le conseil général. « Notre château, selon Denis de Kergorlay, son propriétaire actuel, est entré dans son deuxième millénaire. Il est toujours resté dans notre famille. »

Compromis

Au cœur d'un parc de trente hectares, le château est à son aise. Mais il est généreux et il sait partager : vingt de ces hectares sont ouverts aux habitants de Canisy et des alentours. Les dix autres sont à usage privatif, réservés à la famille et aux hôtes du château. Sur les chemins du parc de petits panneaux indiquent la frontière et demandent au promeneur de ne pas s'aventurer au-delà. « En tant que propriétaire d'un monument historique, je suis heureux de le faire partager, explique Denis de Kergorlay. Cette ouverture s'inscrit dans une longue tradition familiale. »

Ainsi l'église paroissiale a été construite par

l'arrière-grand-père du propriétaire actuel en bordure du parc, sur un terrain dont 1 / 5e est pris sur la propriété des Kergorlay. Cette copropriété originale est visible à l'intérieur du bâtiment, puisque la partie construite sur le domaine du château correspond à la chapelle privée, dont l'usage était autrefois réservé à la famille des châtelains. Elle se développe sur trois niveaux, comme l'ensemble de l'édifice. La crypte est occupée par le cimetière familial, où Denis de Kergorlay sera enterré. « Je ne sais pas quand, dit-il avec humour, mais je sais où. » Le fait d'être appelé à rejoindre ses ancêtres dans un endroit à part, séparé de la foule ordinaire des morts du cimetière communal, désigne déjà le futur défunt comme un membre de la lignée. Lui aussi aura les honneurs d'être mentionné, d'avoir son portrait dans les nouveaux livres que l'on écrira sur sa famille[1]. Au rez-de-chaussée de l'église, les bancs attendent les fidèles, qui pourront patienter avant le début de l'office en déchiffrant les inscriptions qui, sur les murs et au sol, immortalisent quelques Kergorlay. Au balcon sont d'autres bancs, en surplomb du reste de l'église, d'où l'on peut lire sur les vitraux la devise de la famille : « Aide-toi, Kergorlay, et Dieu t'aidera », qui accompagne le blason de vairé d'or et de gueules. Le bâtiment a deux entrées, l'une donne sur le village tandis que l'autre, sur le côté, ouvre sur le parc et permet d'accéder directement à la chapelle. Il y a quelques années

1. Comme celui de Jacques Dumont de Montroy, *Les Kergorlay dans l'Oise et en Normandie*, Beauvais, GEMOB, 2006.

encore, celle-ci était séparée de la nef par une haute et large grille de fer forgé qui orne aujourd'hui, plus qu'elle ne la ferme, l'entrée principale du parc du château.

Les relations avec la municipalité de Canisy se sont récemment détériorées. Il est possible que ces symboles, par leur force même, aient joué négativement en faisant de Denis de Kergorlay, dans les représentations de certains, le nouveau seigneur. Les traces des rapports sociaux d'autrefois, comme cette chapelle privée dans l'église du village avec ses sépultures à part, sont encore visibles. Elles font percevoir le châtelain du XXIe siècle comme le continuateur de ses ancêtres. Certains de ceux-ci furent guillotinés pendant la Terreur. Denis de Kergorlay, devenu maire de Canisy, s'était étonné de ce que le 14 Juillet ne soit pas célébré de façon plus éclatante dans la commune, qu'il n'y ait ni bal ni feu d'artifice à cette occasion. Il découvrit alors que cette discrétion dans les célébrations nationales était liée au passé de sa famille.

En 1985, le châtelain avait été sollicité par quelques élus et quelques familles du village pour remplacer le maire subitement décédé. Noblesse oblige et château contraint : alors relativement disponible, il ne pouvait guère refuser de se présenter aux élections. Il fut maire de 1985 à 1995, deux mandatures au cours desquelles le conseil municipal montra un consensus sans faille autour de l'avenir du château. Denis de Kergorlay ne sollicita pas un nouveau mandat en raison d'un emploi du temps trop chargé.

Tensions

Les relations entre le château et le village se dégradèrent alors progressivement, les nouveaux élus étant dans la durée du mandat électif de cinq ans et désirant aller vite dans la réalisation de lotissements. La pression de Saint-Lô, chef-lieu de la Manche, 20 000 habitants en 1999, à quelque huit kilomètres, se fait sentir. Avec 1 000 habitants en 2005, Canisy a connu un accroissement de sa population de 7 % depuis 1999, de plus de 50 % depuis 1968, date à laquelle le village comptait 662 habitants. La commune rurale prend peu à peu une allure de commune dortoir et les constructions neuves se multiplient.

Pendant la période où Denis de Kergorlay était maire, il n'avait pas mis en œuvre la loi de protection applicable sur un rayon de 500 mètres autour des monuments historiques classés. Il n'était encore que peu impliqué dans la gestion de son domaine. « Je ne connaissais pas cette loi, dit-il. Et j'ai accordé des permis de construire pour un lotissement de maisons individuelles. Et même plus, ma famille et moi-même, nous avons vendu des terres pour réaliser des logements sociaux, à la demande du maire d'alors. » Or la loi du 25 février 1943 impose un périmètre de protection de 500 mètres autour d'un monument protégé. Toute modification doit avoir l'aval de l'architecte des Bâtiments de France. Il s'agit de garantir le maintien du cadre dans lequel il a été construit, souvent un paysage ou un environnement urbain remarquables. Cet écrin d'origine, lui aussi protégé, garantit une pérennité plus grande de l'œuvre architecturale.

Lorsque le châtelain était aux commandes de la municipalité, la situation n'était pas toujours simple à gérer. « J'étais dans la contradiction suivante : en tant que maire je défends l'idée du développement, mais en tant que châtelain, je défends le château. »

La tempête de 1999, qui a anéanti des rideaux d'arbres centenaires, a dévoilé des vues inattendues sur les lotissements récents. Plus grave encore, le nouveau plan local d'urbanisme (PLU) prévoit une zone à caractère industriel et commercial en bordure du parc. « Si je ne m'y oppose pas dès aujourd'hui, il risque de se construire un jour un centre commercial avec des enseignes lumineuses ! » Cette menace a détérioré les relations entre le châtelain, qui entend faire jouer la protection des 500 mètres, et le conseil municipal dont il ne fait plus partie.

Conflit

L'image du château généreux, qui offre du terrain pour la construction de l'église et qui ouvre son parc aux habitants, est devenue aux yeux de certains celle de « l'emmerdeur, celui qui empêche le village de se développer car il prend trop de place ». À la cohabitation paisible, voire amicale, a succédé une situation conflictuelle puisque Denis de Kergorlay « a attaqué le PLU auprès du tribunal administratif pour non-respect de la protection des abords d'un monument historique ».

Avant d'en arriver au tribunal administratif, Denis de Kergorlay a mobilisé son capital de relations pour parvenir à un dialogue et à une entente avec les élus en charge de l'urbanisme à Canisy. Le châtelain, vice-président de La Demeure Historique, une association qui regroupe les propriétaires privés de monuments historiques, n'ignore plus rien de la législation pour la défense du patrimoine. Il s'est mis en contact avec Michel Clément, directeur du patrimoine et de l'architecture au ministère de la Culture, qui lui a conseillé de déposer une demande de création de zone de protection du patrimoine architectural, urbain et paysager (ZPPAUP) auprès du préfet de la Manche. Lequel a donné son accord de principe sur cette création. Le maire de Canisy s'y est opposé. La politique de conciliation a donc échoué.

Pour convaincre ses interlocuteurs, Denis de Kergorlay fait visiter les abords du parc, là où les terrains devraient accueillir les lotissements et l'éventuel centre commercial. Il montre aussi les photographies prises par le régisseur du domaine, Hubert Poisson, de son ULM (ultra léger motorisé), avec lequel il survole régulièrement la région. L'un de ces clichés, ancien, révèle un château posé au cœur d'un écrin de verdure, dans un paysage normand encore intact. Un autre, pris en 2006, montre des lotissements ayant pris d'assaut les abords immédiats du parc. Il est sans doute temps pour Denis de Kergorlay de marquer son désaccord avec l'extension de cette urbanisation qui risque de dégrader un ensemble architectural et végétal remarquable, agrémenté de vastes pièces d'eau, refuges pour les canards et les cygnes noirs.

La défense du patrimoine est certes une nécessité, l'aménagement urbain et l'équipement des communes aussi. L'occupation de l'espace est un enjeu où peuvent se développer des contradictions, d'autant plus difficiles à résorber que les zones constructibles se réduisent.

Soigner ses alentours

Les espaces dans lesquels s'inscrit l'existence de la bourgeoisie ont un point commun : ils sont protégés par des sas. Le terrain de golf de Morfontaine est invisible depuis les petites routes qui y conduisent et l'entrée se résume à un portail automatique à code, équipé d'un interphone. Les immeubles cossus de l'avenue Henri-Martin sont précédés d'un jardin qui court tout au long de la façade, isolant l'immeuble du trottoir, fermé de surcroît par de lourdes grilles en fer forgé ; l'entrée avec digicode ne donne accès qu'à un vestibule, certes agréablement aménagé, mais il y a une autre porte à franchir, cette fois avec un interphone, tout cela sous la vigilance discrète mais réelle de la concierge ou de caméras de vidéosurveillance. Les bureaux directoriaux sont précédés d'une antichambre où le visiteur doit patienter.

À une autre échelle, l'achat de terrains agricoles assure la maîtrise de l'environnement. En lisière de la forêt de Rambouillet, d'élégantes clôtures de rondins entourent les prés et les champs autour du château de La Mormaire, acheté par François Pinault. La villa construite pour Marcel Dassault à Coignières, dans le département des Yvelines, sur le modèle du Grand

Trianon, est isolée du reste du monde par une immense pelouse, agrémentée de bosquets, clôturée par un haut mur. Ces no man's lands avant le joyau éloignent de la perspective l'autre social, qu'il soit citadin ou paysan.

Remodeler le paysage

Le travail de protection peut concerner l'embellissement du paysage autour du jardin. Didier Wirth habite dans l'ancien manoir de Brécy, dans le département du Calvados. Le bâtiment a succédé vers 1620 à un petit prieuré bénédictin (1300-1600). Les jardins en terrasses, créés entre 1650 et 1680, sont d'un raffinement exceptionnel. La nature y est pliée aux volontés des artistes qui en ont dessiné les plans. Les topiaires, les ornementations des balustrades et des piliers, savamment proportionnées pour compenser les distorsions provoquées par la diversité des angles de vue, les jeux d'eau, la complexité des labyrinthes de buis, tout cela marque le lieu comme extraordinaire, presque sacré. En réalité, cette splendeur botanique et minérale est une reconstitution, le fruit d'un long et patient travail de réhabilitation d'un lieu qui a été à l'abandon de la Révolution à 1920.

La protection, à Brécy, concerne aussi ce qui est aperçu depuis les points de vue sur la campagne environnante. Du haut du lanternon, on jouit d'un panorama magnifique sur le bocage normand et le paysage sert alors de toile de fond aux anciens bâtiments et à l'église conventuelle. La protection s'étend aux environs immédiats ou lointains à partir du moment où ils sont visibles. « Quand nous avons acheté cette propriété en 1992, raconte Didier Wirth, on avait la vue sur des hangars agricoles et sur les routes. » Les nouveaux propriétaires ont alors entrepris de remodeler le paysage perceptible depuis leur domaine. Le remembrement a malmené le bocage en éliminant de nombreuses haies. Les routes avec leurs cortèges d'automobiles, surtout visibles de nuit par leurs phares, sont à l'origine d'une pollution visuelle gênante. « Les voisins ont accepté que je mette des haies dans les limites de propriété, bien entendu à mes frais. » Les haies replantées forment un écran végétal et redonnent au site un caractère plus profondément rural. Le remplacement des tôles de zinc par des tuiles répond au même souci de recréer un environnement visuel plus bucolique, se rapprochant de ce qu'avait pu être ce coin de Normandie lorsque le monastère hébergeait encore une communauté de moines.

Depuis le bas du jardin, le regard gravit les quatre terrasses pour déboucher en plein ciel. Celui-ci était malheureusement barré par des pylônes et des câbles disgracieux. Qu'à cela ne tienne, les lignes EDF de basse et moyenne tension ont été enterrées. « J'ai eu une aide financière de 50 % de la Fondation EDF, se félicite Didier Wirth, pour des raisons de protection des abords d'un monument historique. » Malheureusement, cette solution ne peut être appliquée à la haute tension parce que, au-delà de 80 000 volts, les câbles enterrés fondent. Il reste donc, dans les lointains, une ligne pour l'instant intouchable. Par contre Didier Wirth ne désespère pas de faire repeindre un château d'eau situé sur une ligne de crête, d'un blanc éclatant qui le rend visible de très loin : du lanternon il s'impose à la vue. La solution serait de le badigeonner dans un gris bleu qui lui permettrait de se fondre dans le ciel normand.

Ces interventions sur le paysage peuvent aller loin, puisque Didier Wirth et sa femme ont remodelé la topographie des lieux. La perspective derrière la grille en haut du jardin vient buter sur une route départementale qui domine donc l'ensemble de la propriété. La circulation y est faible, mais voir se profiler sur l'horizon les silhouettes de voitures et de tracteurs gâche le plaisir. Didier Wirth a trouvé la solution en récupérant 1 000 m^3 de terre végétale provenant des travaux de terrassement du parking d'un supermarché voisin. Cette terre a été déposée au sommet de la pente sur laquelle s'étagent les terrasses. Un remblai de plus de trois mètres masque donc aujourd'hui la circulation locale, devenue invisible de tous les points du jardin. La grille de la dernière terrasse, au lieu d'ouvrir sur les véhicules empruntant la départementale, débouche désormais sur le ciel. Ce qui restitue au jardin son caractère mystique, de lente montée vers la perfection céleste depuis les horizons terrestres.

De tels travaux, même si des aides diverses ont pu être rassemblées, restent coûteux pour les propriétaires. Fils d'un industriel, Didier Wirth, polytechnicien, a construit et géré, dans le monde entier, des usines où était réalisée la synthèse de produits chimiques destinés à l'industrie pharmaceutique. Pour mieux se consacrer à sa passion pour les jardins, partagée avec sa femme, Didier Wirth a vendu son patrimoine professionnel (Isochem) à la branche civile de la Société nationale des poudres et explosifs. Un tel itinéraire est assez emblématique du rapport à l'argent et à l'entreprise d'une partie des fortunes professionnelles. Il s'agit d'une relation de grande compétence dans un secteur industriel. Mais aussi d'un rapport très pragmatique : gagner sa vie, et bien la gagner. L'accumulation qui en résulte permet de disposer d'un patrimoine avec la vente des actifs. Si Didier Wirth s'est retiré des affaires, en bénéficiant des revenus de son capital, il reste très actif dans le secteur associatif où il n'est plus question de rentabilité, mais d'être utile en se faisant plaisir. Et peut-être aussi de laisser une trace plus visible de son passage sur cette terre. Il préside aujourd'hui le Comité des Parcs et Jardins de France. Une association dont l'objectif est de protéger et de promouvoir les jardins et les parcs. Elle travaille en étroite relation avec La Demeure Historique et les Vieilles Maisons Françaises, autres associations de défense et de protection du patrimoine français privé. Il est également membre de la Ligue Urbaine et Rurale et de la Société pour la Protection des Paysages et de l'Esthétique de la France. Et aussi de SOS Paris, ville où il habite dans un immeuble classé. La vigilance sur les résidences et leur environnement est proportionnelle à leur valeur économique, mais aussi esthétique, historique et symbolique.

Le château abrite l'église et la mairie

Propriétaire du château de Beaurepaire dans la commune homonyme de l'Oise (75 habitants), le marquis Christian de Luppé en est aussi le maire. Inscrit à l'inventaire supplémentaire des monuments historiques depuis 1976, le château est entouré, au sud, par un vaste parc, des étangs et un bois qui sont inclus dans le Parc naturel régional Oise-Pays de France. Il est protégé au nord par l'Oise et à l'ouest et à l'est par des terres agricoles qui font partie du domaine. De tous côtés une barrière verte, qui permet au marquis de Luppé de conclure : « Je suis sécurisé. »

Toutefois le château reçoit des visites : l'église et la mairie sont installées dans le parc. L'église, du XVIe siècle, était celle du château. Dégradée pendant la Révolution, transformée en mairie, elle fut rendue au culte en 1813. Les châtelains accueillirent la mairie dans les communs et firent don de l'église à la commune. Les habitants de Beaurepaire, pour aller au mariage de l'un des leurs ou pour accomplir leur devoir électoral, doivent emprunter l'allée ombragée de plusieurs centaines de mètres qui conduit de la route départementale au château. À pied, cette longue marche d'approche a quelque chose d'impressionnant, comme s'il s'agissait de franchir un sas pour passer de l'ordinaire à l'extraordinaire. Pour accéder à l'église, les fidèles empruntent une passerelle de bois qui enjambe les douves du château où nagent paisiblement « mes cygnes de richesse », comme dit avec humour le châtelain lui-même.

Devenu église communale, le bâtiment, d'un très beau style Renaissance, est entretenu aux frais du village. Il a toutefois bénéficié, en 1988, pour la réfection de la toiture, des subventions de l'État et du département, le monument étant inscrit. Il s'y est ajouté un chèque de Marcel Dassault, député d'une autre circonscription de l'Oise, envoyé sous enveloppe à l'adresse « Commune de Beaurepaire. Toit de l'église ».

Les membres de la famille Luppé apprécient cet endroit au point d'y célébrer les mariages des neveux et nièces, des cousins et cousines et bien sûr de leurs propres enfants. Christian de Luppé conduira lui-même la cérémonie civile pour sa fille qu'il mariera en septembre 2007. Comme il dit, c'est la joie « de tout père et maire ». La famille a fourni sans discontinuer le premier magistrat du village depuis 1890 : cent dix-sept ans de bons et loyaux services. Les locaux de la mairie sont à deux pas du château, au premier étage des communs : le bureau du maire, avec la photocopieuse à la disposition des habitants le samedi matin, la petite bibliothèque, la salle du conseil. Sous le regard d'un portrait de Jacques Chirac, alors président de la République, une grande table et neuf sièges attendent les conseillers municipaux. Une armoire contient les archives communales. Dans un coin est relégué l'isoloir pour l'accomplissement du devoir électoral. Le cadastre, un service important dans une commune rurale, a droit à une petite pièce pour lui seul. La commune paie l'électricité. L'occupation des locaux se fait par accord tacite : pas de contrat de location. Pour le maire, cela va de soi, il est chez lui ; mais les conseillers sont hébergés à titre gracieux. Depuis le temps, cette mairie dans les communs, cela va de soi pour les Luppé. « C'est normal, je n'ai jamais fait de chantage, déclare Christian de Luppé. Je n'ai jamais dit : "Je me tiens à la disposition de mon successeur pour le déménagement des archives !" » De toute façon, cela risque fort de durer : le fils de l'actuel marquis est conseiller municipal.

Il faut dire que la commune a un train de vie modeste. Le budget a été de 80 000 € en 2006. Les habitants sont ravis de pouvoir profiter des salles de réception du château pour les cérémonies familiales. De même, les fêtes du village ont lieu au château, comme l'arbre de Noël. Une fois par an la commune offre un déjeuner. En alternance dans un restaurant et dans le parc du château, où se trouve d'ailleurs aussi le cimetière communal.

Une telle situation n'est pas unique. La mairie d'Épinay-Champlâtreux occupe l'ancienne maison de l'intendant dans le parc du château dont le duc de Noailles est le propriétaire. Le château du Fayel, propriété des Cossé Brissac, abrite l'église du village. Beaurepaire ne fait que pousser un peu plus systématiquement la symbiose entre le château et la commune.

À Brécy les alentours du château sont remodelés, à Beaurepaire les emblèmes du village, laïc et religieux, font partie du parc. Deux façons de gommer les limites entre le château et la commune pour en faire une entité unifiée.

Le golf, le parc Astérix et les pistes d'essai

Le duc Armand de Gramont, mort en 1962, a constitué en 1957 deux sociétés civiles immobilières entre lui-même et ses cinq enfants pour conserver l'unité du domaine constitué de 1 000 hectares de terres et de bois, dans l'Oise, au sud de Senlis. Son fils aîné recevait, quant à lui, le château de Vallière et le terrain du golf de Morfontaine, ainsi baptisé pour le distinguer du village de Mortefontaine, sur le territoire duquel il est situé. À sa mort, ces SCI ont été gérées par ses fils Henri et Jean, puis, en 1983, par sa petite-fille, Diane de Gramont, fille d'Henri, épouse d'Édouard de Cossé Brissac, et son petit-fils Armand Ghislain de Maigret. Elles sont aujourd'hui sous la responsabilité de deux de ses arrière-petits-enfants, Henri et Armand de Cossé Brissac, les fils de Diane de Gramont et d'Édouard de Cossé Brissac. Comme le domaine, les prénoms se transmettent, ils sont eux aussi un élément de la continuité.

Diane de Gramont a, parmi ses ancêtres, Nathan de Rothschild, le fondateur de la branche anglaise de cette famille juive issue du ghetto de Francfort. Les Rothschild furent anoblis par Metternich, chancelier d'Autriche, dans le premier tiers du XIXe siècle. Un anoblissement jugé trop récent par l'aristocratie de l'époque pour faire accepter le mariage de l'arrière-grand-père de Diane, duc de Gramont, avec Marguerite de Rothschild, et celui du prince de Wagram avec sa sœur Berthe. La religion juive en sus, cela faisait un peu désordre. « En décembre 1893, Proust avait reçu des invitations de la princesse de Wagram et de sa sœur la duchesse de Gramont : c'était là, distinctement, un pas en avant, mais encore bien éloigné de la cime, car ces deux dames, avant leur mariage, n'avaient été que des Rothschild, et l'on estimait que leurs époux s'étaient un peu déclassés en se mariant en dehors de la noblesse, avec des héritières juives[1]. »

La mère de Marguerite et de Berthe avait eu sept filles. Après en avoir marié trois à des cousins, et en avoir perdu deux précocement, elle « avait décidé que ses deux dernières filles, Marguerite et Berthe, épouseraient des Français… Et Agenor de Gramont, bravant les foudres du faubourg Saint-Germain, qu'il connaissait à peine, Marguerite bravant la colère de son père qui la renie, s'épousent[2] ».

Marguerite se convertit au catholicisme et, lorsqu'elle hérita de l'énorme fortune de son père, elle acheta 1 500 hectares de terres et de bois à Mortefontaine, où elle et son mari firent construire, en 1892, le château de Vallière. Avec ses cinquante chambres, ses nombreuses pièces de réception, son salon de musique et

1. George D. Painter, *Marcel Proust 1871-1922*, Paris, Mercure de France, 1992, p. 185-186.

2. Élisabeth de Gramont, *Mémoires*, tome 1, *Au temps des équipages*, Paris, Grasset, 1920, et *Mémoires*, tome 2, *Les Marronniers en fleur*, Paris, Plon, 1928.

son théâtre, c'est, en plus grand, une copie du château d'Azay-le-Rideau.

Armand de Gramont, le grand-père de Diane, était un grand sportif. Passionné d'équitation, il avait créé un terrain de polo à Vallière, avec ses écuries et son haras. Fervent joueur de golf également, un autre sport qui demande de l'espace, il créa un premier parcours de 9 trous en 1912, puis un deuxième de 18 trous en 1927. Aujourd'hui les 130 hectares consacrés au golf offrent un parcours de 27 trous. Le goût pour ce sport lui venait de sa grand-mère, originaire d'Écosse, à laquelle les landes et les bruyères de la région, qui devinrent par la suite la spécialité paysagère de ce golf, rappelaient le pays natal. Autre originalité, il appartenait aux huit membres qui ont apporté les capitaux nécessaires à sa création et à son entretien. « Mon grand-père, précise Diane de Gramont, louait les terres à l'association sportive liée au golf, et ce jusqu'en 1987, année où mon oncle a vendu le golf qui a alors été racheté par les membres de l'association. On peut voir aujourd'hui les photos de mon grand-père et de toute l'équipe qui a fondé le golf dans le salon du club. »

Le golf fonctionne comme un cercle, limité statutairement, comme à ses origines, à 450 membres, triés sur le volet. Les installations et les équipements appartiennent aux membres cooptés qui sont actionnaires de la société civile de Morfontaine. Les parts peuvent être revendues à des membres cooptés, mais elles ne sont pas commercialisables. En revanche, elles sont héréditaires et peuvent donc se transmettre aux générations suivantes. Ainsi le père de Diane de Gramont a racheté des parts pour ses petits-enfants.

Les 130 hectares permettent aux joueurs de pratiquer leur sport dans les meilleures conditions, sans engorgement sur le terrain. « C'est merveilleux, on joue très facilement, commente Édouard de Cossé Brissac. Au fond, le luxe, c'est d'être à son aise. Si vous êtes nombreux, vous vous gênez. Vous êtes obligé d'avoir une discipline rigoureuse et ça embête les puissants qui sont là. L'ambassadeur des États-Unis ou les associés de la banque Lazard ne sont pas habitués à attendre sur un terrain de golf. » Morfontaine fait partie des cercles recensés par le *Bottin Mondain*. La présidente actuelle, Anne-Marie de Chalambert, y est mentionnée, avec une adresse avenue Henri-Martin et deux autres liées au golf : Apremont, dans l'Oise, et Arcangues, dans les Pyrénées-Atlantiques, où le village et le château sont entourés par un parcours de golf qui garantit la tranquillité des lieux. Georges Hervet, héritier de la banque familiale du même nom, est membre du Golf de Morfontaine et donne des adresses sur le boulevard Maurice-Barrès à Neuilly, face au bois de Boulogne, dans les Parcs de Saint-Tropez, dans le Cher et à Cabourg. Ces adresses dessinent un espace résidentiel que l'on qualifierait volontiers de rêve où la quiétude accompagne une sérénité de bon aloi. Pour faire image, on opposera les adresses que pourrait donner un tourneur sur métaux de Villeneuve-Saint-Georges, habitant un petit logement avec vue imprenable sur la route nationale 6 et les voies arrivant de la gare de Lyon et au-dessus duquel les avions sortent leur train d'atterrissage en approche de l'aéroport d'Orly. L'été il a pour habitude de passer quinze jours au camping-caravaning des Sables-d'Olonne. Il y retrouve sa sœur et son beau-frère d'Hénin-Liétard où il lui arrive d'aller fêter Noël ou le Nouvel An.

Nous avons bénéficié pour cette enquête d'un accueil aimable et confiant. Mais l'ouverture du milieu grand-bourgeois aux sociologues a ses limites : malgré des appuis que nous pensions décisifs et de nombreuses démarches, nous n'avons pas pu visiter le golf, qui se révèle être l'un des endroits les plus fermés de cet univers. Impossible même de connaître le montant de l'action et celui des cotisations. « C'est privé, les membres sont chez eux. » Le refus était sans appel.

L'histoire de ce club de golf, à laquelle s'entremêlent celles d'héritiers et d'héritières de la haute noblesse française et d'une famille juive de banquiers internationaux, met en lumière la lente et patiente construction, au fil des générations, d'un espace familial et d'un espace géographique où s'enracinent les différentes formes de richesse.

Mais sur les 1 000 hectares, on trouve, à côté du golf, les 185 hectares loués à un centre d'essais automobile. Créé en 1956 par Simca, ce centre est passé sous le contrôle de Chrysler, puis de Peugeot, auquel succède Valéo, le principal équipementier automobile français, qui se retire en 1993 après un recentrage de ses activités. Le centre d'essais est alors loué à Matra Automobile et prend la forme d'un GIE (groupement d'intérêt économique), le Ceram (Centre d'essais et de recherche automobile de Mortefontaine). Il comporte 15 km de pistes, dont : un anneau de vitesse de 3 km, permettant de rouler jusqu'à 250 km/h ; un circuit routier de 5 km, terrain d'essais pour les pneumatiques, les suspensions, les problèmes de la liaison au sol ; un circuit ville avec des zones de manœuvre. Le

Ceram sert à la mise au point des nouveaux véhicules, à celle des équipements et à leur présentation commerciale. En 2003, la société Pininfarina acquiert le pôle ingénierie de Matra Automobile et gère aujourd'hui le site de Mortefontaine.

Les essais sont en principe réservés aux véhicules grand public et à leurs équipements. Il arrive que des propriétaires de voitures de grosses cylindrées viennent savourer les hautes performances de leurs bolides, ce qui peut gêner les golfeurs. Il y a une certaine tension entre ces deux manières d'occuper cette partie du domaine, où, avant la seconde guerre mondiale, se trouvait le terrain de polo, à l'emplacement de l'actuel anneau de vitesse. Cette tension exprime une contradiction interne à la grande bourgeoisie. Les sociétés impliquées dans les essais disposent avec le Ceram d'un lieu présentant des intérêts certains pour leurs activités : proximité de Paris et de Roissy, isolement, desserte par autoroute. Mais les membres du club de Morfontaine, qui pourraient très bien par ailleurs être actionnaires des sociétés à l'origine de ces essais, vivent mal les nuisances qui en découlent. On se trouve dans une situation semblable à celle du triangle d'or, dans le 8e arrondissement, délimité par les Champs-Élysées, et les avenues Montaigne et George-V. Les habitants fortunés de ce quartier ont été confrontés à une invasion par des activités commerciales productrices de profits importants mais qui ont déstructuré le tissu urbain existant. Les beaux espaces de la bourgeoisie ne sont jamais à l'abri de telles contradictions d'autant plus difficiles à résorber qu'elles sont internes au groupe, voire au groupe familial, et parfois intérieures à l'individu lui-même,

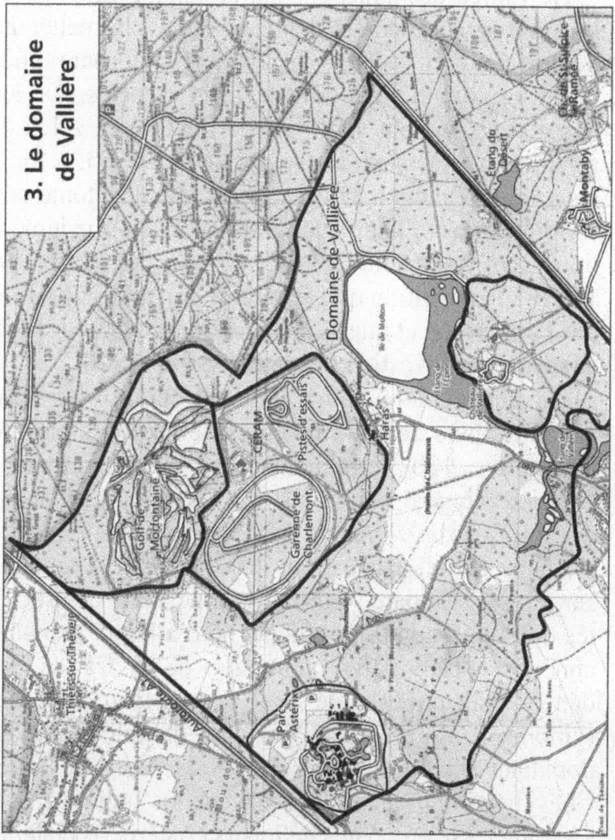
3. Le domaine de Vallière
Golf de Morfontaine
CERAM
Pistes d'essais
Garenne de Charlemont
Haras
Domaine de Vallière
Parc Astérix
Étang du Désert
Montaby

administrateur d'une société qui par ailleurs vient le troubler dans la quiétude de son espace résidentiel ou de loisir.

Au milieu des années 1980, la banque Barclays et la Compagnie générale des eaux sont à la recherche de terrains accessibles depuis une autoroute pour créer un parc d'attraction de label français. Or les terres des Gramont sont près de l'autoroute A1. Les premiers contacts avec eux ont lieu en 1985. « Mais les terrains étaient inconstructibles. Ça a été toute une histoire, raconte Diane de Gramont. Mais finalement nous avons obtenu les permis de construire en 1987, à la condition que le parc ne soit accessible que par l'autoroute, et que l'échangeur pour y accéder soit aux frais des investisseurs. »

Ouvert du début avril à la mi-octobre, le parc accueille près de deux millions de visiteurs par an, il emploie 120 permanents et 1 600 saisonniers. Contrôlé et géré par la société Grévin & Cie, il est devenu l'un des éléments de la Compagnie des Alpes lorsque celle-ci a lancé, en 2002, une OPA amicale sur Grévin. Le parc Astérix est donc l'une des sociétés d'exploitation d'un groupe, né d'ailleurs la même année, en 1989, d'une initiative de la Caisse des dépôts, mais qui est coté sur le second marché. Il rassemblait à l'origine des sociétés d'exploitation de domaines skiables (Tignes, Les Arcs, Méribel, Serre-Chevalier en France, Courmayeur en Italie…) puis s'est intéressé aux parcs de loisirs (Astérix, Bagatelle, la Mer de sable d'Ermenonville, France miniature, Walibi en Belgique…) en commençant par prendre le contrôle de Grévin. Le parc Astérix est l'une des pièces du puzzle de l'un des plus grands groupes de loisirs d'Europe.

Le Ceram et Astérix sont deux entreprises importantes, qui s'insèrent l'une et l'autre dans des réseaux et des structures de sociétés qui tiennent une place non négligeable dans la vie économique. Ces sociétés ont pour bailleurs les héritiers Gramont qui leur ont loué les terrains avec des baux à long terme. Ce faisant, ils sont devenus des partenaires de ces groupes. Cette solution permet aux héritiers de conserver la propriété des terres du domaine, tout en leur assurant des revenus réguliers.

Mais cela n'est pas allé sans récriminations de la part du voisinage et des membres du Golf de Morfontaine. « Il y a eu beaucoup d'opposants à ce parc chez les notables, se souvient Diane de Gramont. "Vous allez bloquer l'autoroute, ça va être épouvantable", nous a-t-on dit. Même les membres du Golf de Morfontaine nous ont un peu tourné le dos, ayant peur de voir leur parcours automobile encombré par les visiteurs du parc. »

Les hauts et les bas des Champs-Élysées

Les Champs-Élysées, « la plus belle avenue du monde », avaient pris dans les années 1980, selon certains, des allures de grand boulevard. Leur passé avait pourtant été fastueux. Au début du XXe siècle, l'*Annuaire du Commerce* Didot-Bottin (le *Bottin Mondain* fut édité pour la première fois en 1903) recense 189 familles sur l'avenue, parmi lesquelles 69 ont un nom à particule ou portent un titre nobiliaire. À cette époque il était possible d'exercer la profession de rentier ou de propriétaire, cela paraissait naturel : 38 chefs de famille sur les Champs-Élysées étaient dans ce cas[1]. La construction des hôtels particuliers avait été la seule forme d'urbanisation dans ce quartier encore éloigné du centre de la capitale. Puis quelques commerces apparurent, liés à l'un des luxes de l'époque, le cheval et les voitures hippomobiles (sellerie, carrosserie…).

1. Jusqu'en 1903 l'*Annuaire du Commerce* Didot-Bottin recense par rue à la fois les familles de la bonne société et les commerces, et ce depuis 1797. À partir de 1903 la maison Didot-Bottin éditera de manière séparée l'*Annuaire du Commerce* et le *Bottin Mondain*. Voir Cyril Grange, « La "Liste mondaine". Analyse d'histoire sociale et quantitative », *Ethnologie française*, 1990/1, et *Les Gens du* Bottin Mondain. *Y être c'est en être*, Paris, Fayard, 1996.

Cependant les industries, les banques, les groupes financiers à la recherche, pour leurs sièges sociaux, de localisations dignes de l'image qu'ils entendent donner d'eux-mêmes, sont attirés par un quartier devenu un des hauts lieux du « chic parisien ». Puis les ambassades, la joaillerie et la haute couture, les cabinets d'avocats et autres sociétés de conseil tentent eux aussi de s'approprier la griffe spatiale de ce beau quartier. À l'occasion de successions les appartements et les hôtels particuliers sont achetés par des sociétés qui s'y installent. Les salons et salles à manger deviennent des bureaux, les structures intérieures des immeubles sont réaménagées, une opération devenue fréquente et désignée par le néologisme de façadisme. La haute couture installe ses ateliers dans les étages.

Les grandes familles ont été à l'origine de l'urbanisation de ces quartiers excentrés. La voracité immobilière du monde des affaires va les submerger. Les familles de la grande bourgeoisie délaissent alors un habitat qu'elles avaient pourtant façonné pour leur usage. Le quartier est progressivement vidé de sa substance résidentielle. La population du 8e arrondissement était passée de 15 000 habitants en 1805 à 108 000 en 1891, durant un siècle d'urbanisation intensive et fastueuse. On n'y compte plus que 68 000 habitants en 1968 et 39 000 en 1999 alors qu'à la même date quelque 225 000 personnes y travaillent. Le dépeuplement paraît aussi irréversible que l'invasion par les activités qui bouleversent de fond en comble l'atmosphère du quartier[1].

1. Voir *Quartiers bourgeois, Quartiers d'affaires*, *op. cit.*

Les membres des quelques familles de la haute société qui résident encore dans les rues de ce quartier, ou qui s'y rendent parce qu'elles y ont leur bureau ou leur cercle (le Travellers est au numéro 25 de l'avenue, le Jockey est tout proche, rue Rabelais) parlent volontiers de « faune » à propos des badauds qui montent et descendent « les Champs ». Ils rejettent ainsi dans l'animalité ceux qui ne leur ressemblent pas et disqualifient sans appel leur façon d'être et de faire. L'allure distinguée, la tenue irréprochable, l'élégance et la distinction des promeneurs d'autrefois ont cédé la place aux postures négligées de passants qui appartiennent de toute évidence à un autre monde. Les grands bourgeois contrariés, exclus de fait de l'avenue devenue infréquentable certains jours à certaines heures, supportent mal, à l'heure du déjeuner, de croiser les midinettes sortant des ateliers de couture, croquant dans leur sandwich tout en faisant du lèche-vitrines. Lorsqu'on sait se tenir, on ne mange pas dans la rue. Les touristes, l'été, leur offrent un spectacle insoutenable : certains se promènent en short, voire en « marcel » (tricot de corps sans manches), on en a même vu torse nu, dégustant assis sur un bord de trottoir un « Big Tasty » dégoulinant ! La perception des hiérarchies sociales passe par celle du maintien du corps, de la gestion des besoins de ce corps. Leur manifestation trop explicite n'est guère la bienvenue.

L'opposition entre le « bas » et le « haut » du monde social renvoie aux oppositions à terre / debout, avachi / digne, vautré / redressé. Toutes ces oppositions se retournent d'ailleurs en décontracté / guindé lorsqu'elles sont perçues d'un autre point de l'espace social. La manière de gérer le corps est lue comme une expression symbolique de la place dans le monde et du rapport à celui-ci, dominant ou dominé. Cette manière d'appréhender la position sociale de l'autre permet de renvoyer l'origine du système des différences et des inégalités à la nature et donc à l'ordre intangible des choses.

Il fallut la mobilisation de patrons d'entreprise, d'habitants du 8e arrondissement et de personnalités des arts et des lettres pour arrêter ce qui était perçu comme une dégradation. Le comité Remontons les Champs-Élysées a été créé en 1988 avec un nom qui est aussi un calembour. Il signifiait que l'avenue était tombée assez bas pour qu'il soit urgent de prendre des mesures conservatoires. Ce comité et d'autres concernant les Champs-Élysées ou les alentours, comme le comité Montaigne et le comité George V, ont mobilisé leurs relations pour que la Ville de Paris entreprenne une remise en valeur de cette avenue qui fut aristocratique et élégante. Des travaux de rénovation ont transformé le paysage urbain.

Les automobiles avaient submergé les contre-allées, envahies par un stationnement plus ou moins sauvage. Elles ont été rendues aux piétons. Les places perdues par le stationnement en surface ont été compensées par un parking en sous-sol. Une deuxième rangée d'arbres masque la densité des constructions et celle de la circulation. Jean-Michel Wilmotte, *designer* à la mode, a conçu un nouveau mobilier urbain. Des copies de lampadaires du XIXe siècle, ainsi que des colonnes Morris, dans lesquelles on a installé des cabines téléphoniques, et un ou deux kiosques à journaux, donnent un petit air haussmannien çà et là.

Cette coexistence avec un design très moderne a été parfois critiquée. Les commerces, les terrasses des cafés et les restaurants ont dû limiter leur emprise sur la voie publique et rendre leur présence plus discrète par une modification des enseignes. Les sols des trottoirs ont été recouverts de dalles de granit clair, qui vient du Tarn. Il aurait fallu, selon Philippe Denis qui eut pendant des années son bureau à proximité, préférer un granit sombre de Bretagne, moins salissant, qui aurait moins craint les outrages des chewing-gums d'une jeunesse peu prévenante pour les semelles des promeneurs. Ce qui n'empêche pas l'avenue d'avoir retrouvé une nouvelle fraîcheur. Les commerces et les établissements de luxe sont revenus. La reconquête aboutira-t-elle ?

L'ouverture d'un luxueux hôtel international en juillet 1997 a semblé manifester un changement. L'ancien immeuble de Louis Vuitton a accueilli l'hôtel Marriott au n° 70. Au premier étage l'atrium, flanqué d'un bar où un pianiste crée une atmosphère feutrée, a grande allure et rend sensible le passage de l'agitation des trottoirs à ce calme d'un autre monde. Les enseignes du luxe sont de retour : Cartier, Montblanc, Lancel, Hugo Boss ont franchi le pas. La réapparition de Vuitton au n° 101, à l'angle de l'avenue George-V, est un signe fort. Le Fouquet's, juste en face, a fait appel à Jacques Garcia, architecte d'intérieur et décorateur fort en vogue, pour restaurer les salles de ce restaurant fréquenté par les acteurs, réalisateurs, scénaristes et producteurs. Les maisons de production sont nombreuses à avoir leurs locaux dans le quartier. Ce qui a valu à ce restaurant le label de « Lieu de mémoire », créé par le ministère de la

Culture pour le protéger d'une menace de fermeture. Le même Jacques Garcia a assuré la décoration du palace Fouquet's Barrière qui a ouvert en 2006, occupant une grande partie de l'îlot où se situe le restaurant. Le soir de son élection à la présidence de la République, Nicolas Sarkozy est venu y fêter sa réussite.

Les Champs-Élysées avaient connu et perdu trois grands palaces, de stature internationale. L'Élysée-Palace au 103 de l'avenue ne survécut pas à la Grande Guerre. Dès 1919 il est acheté par le Crédit commercial de France (CCF, aujourd'hui intégré au groupe HSBC) pour son siège social. L'Astoria, près de l'Étoile, survivra jusqu'en 1957. Il est acheté par Marcel Bleustein-Blanchet qui y installe Publicis et le premier drugstore parisien. Mais l'immeuble brûle en 1972. Le Claridge, au numéro 74, a cédé la place à une galerie marchande, les étages étant occupés par une luxueuse résidence hôtelière.

Seule maison de luxe de cette importance à être restée fidèle à l'avenue, la parfumerie Guerlain doit depuis quelque temps se sentir moins seule. Le 27 avril 1938 la famille Guerlain ouvre « le plus grand institut de beauté du monde décoré par Christian Bérard et Giacometti dans l'hôtel particulier de la famille, construit en 1914 par l'architecte du Ritz, au 68, avenue des Champs-Élysées[1] ».

Si une certaine reconquête est en cours, la diversité des enseignes et des clients reste grande. Ainsi la bourgeoisie peut éprouver quelques difficultés à contrôler les forces qui travaillent la ville. Sa mobili-

1. Source : <www.prodimarques.com/sagas>.

sation semble être parvenue à enrayer un processus qui paraissait inéluctable. Mais le combat est sans cesse à recommencer. Avec les grandes fêtes populaires sur « les Champs », la présence de commerces qui attirent, grâce à la desserte par le RER, une clientèle plus jeune et plus mélangée, des salles de cinéma encore nombreuses, bien que menacées, les lumières de la ville et un pseudo-luxe clinquant mais pas totalement inabordable, les Champs-Élysées restent un lieu de détente, de sortie pour une population que les grands bourgeois ne côtoient plus guère dans l'intimité de leurs beaux quartiers de l'ouest. Désormais, c'est un tourisme de masse qui contribue à tirer l'avenue vers les grands boulevards. En matière urbaine rien n'est jamais acquis.

Un bois de Boulogne sans concessions ?

Jusqu'en 2001 le renouvellement des concessions accordées dans le bois de Boulogne par les municipalités parisiennes se fit sans problème : les majorités de droite n'y voyaient pas d'inconvénient. La nouvelle majorité socialiste, autour de Bertrand Delanoë, est confrontée à un véritable choix politique, d'autant que les baux du Racing Club de France, à la Croix-Catelan, du Cercle du Bois de Boulogne, ancien Tir aux Pigeons, et du plus modeste Tir à l'Arc sont arrivés à échéance en 2005 et 2006.

Cette situation n'a pas été sans créer des tensions au sein de l'équipe municipale composée de socialistes, de communistes et d'écologistes. Certains souhaitent restituer aux Franciliens l'intégralité de cet espace vert très fréquenté alors que d'autres avancent deux arguments en faveur du renouvellement des concessions. La municipalisation aurait un coût pour les finances de la ville, avec l'entretien de quelques dizaines d'hectares supplémentaires et de nombreuses installations sportives. Par ailleurs l'accessibilité à ces enclaves profiterait en priorité à ceux qui en sont les plus proches, les résidents des beaux quartiers. Les jeunes des milieux les plus défavorisés n'iraient pas se baigner dans les piscines ou jouer au tennis en compagnie de jeunes bourgeois. La timidité sociale conforterait la dissuasion déjà opérée par la distance géographique. « On avance de façon pragmatique, on travaille au cas par cas, en ayant toujours les mêmes objectifs : mettre en concurrence chaque fois que cela a un sens, récupérer des espaces pour le public chaque fois que c'est possible, favoriser une plus grande ouverture dans le fonctionnement des concessions et systématiquement augmenter la redevance perçue par la Ville », conclut Nicolas Revel, membre du cabinet de Bertrand Delanoë.

Du Racing Club au groupe Lagardère

Le Racing Club était hébergé sur la concession de la Croix-Catelan depuis cent vingt ans. « Il n'a jamais été question de supprimer cette concession, aucun groupe [du conseil municipal] ne nous l'a demandé », souligne Nicolas Revel. Pour une bonne raison : en cas de récupération de l'espace concédé, il en aurait coûté de 2 à 3 millions d'euros de frais de fonctionnement par an. Sans compter que le Racing Club dégageait, grâce aux recettes du site de la Croix-Catelan, un bénéfice annuel de 6,5 millions d'euros qui étaient versés aux sections sportives du Racing. Cette somme n'étant plus couverte par le Club, elle aurait dû être imputée sur le budget municipal pour maintenir le niveau des activités sportives de l'ensemble du Racing Club.

Une commission spéciale relative à l'attribution de la convention d'occupation domaniale de la Croix-

Catelan a examiné les propositions du Racing Club de France et celles des autres compétiteurs, le groupe Lagardère et le Paris Golf et Country Club. La majorité des membres de la commission a classé en tête le groupe Lagardère, et cet avis a été entériné par le conseil municipal du 10 juillet 2006, avec pour seule opposition celle des Verts. Le groupe Lagardère s'est engagé sur une redevance annuelle qui n'a plus rien à voir avec les précédentes, puisqu'elle s'élève à 2,7 millions d'euros par an contre les 140 000 qu'acquittait précédemment le Racing. En outre un comité de suivi des engagements a été mis en place.

Bien que moins mondain que le Cercle du Bois de Boulogne ou le Polo, le Racing comptait des personnalités influentes comme Dominique de Villepin, Vincent Bolloré ou Jean-René Fourtou. Le droit d'entrée et la cotisation annuelle, respectivement de 6 500 € et de 1 400 €, étaient assez dissuasifs pour opérer une certaine sélection sociale. Le Racing n'était certainement pas dépourvu de moyens de pression, d'autant qu'il compte environ 13 500 membres. « Delanoë va devoir choisir entre les bourgeois du 16e et le CAC 40 », avait déclaré René Dutrey, président des Verts au conseil de Paris, semblant ignorer qu'il peut s'agir des mêmes.

Lagardère s'est engagé à ouvrir les portes de la Croix-Catelan aux enfants des écoles quatre matinées par semaine et à leur permettre d'effectuer des stages de tennis en juillet et août. Mais ce droit d'usage était déjà en vigueur sous la concession précédente. Les enfants des écoles de Paris y ont en principe accès certains jours et à certaines heures. Ainsi les élèves de l'école du Parc des Princes peuvent utiliser des courts de tennis du Cercle du Bois de Boulogne et du Polo de Paris quatre jours par semaine de 9 heures à 17 heures. « Ça ne pose aucun problème, les membres ne se sont pas aperçus de leur présence », considère l'un des responsables du Cercle. « On a également donné accès à la piscine, ajoute-t-il, mais on n'y voit personne. » Sans doute l'éloignement des installations freine-t-il, tout autant que la distance sociale, l'utilisation de ce droit d'usage qui a un coût non négligeable pour les écoles.

Arnaud Lagardère a introduit le sport dans ses investissements. Le groupe, devenant de plus en plus un groupe financier, s'est ainsi diversifié, ce qui explique son intérêt pour la concession de la Croix-Catelan. On peut comprendre aussi selon cette logique l'intérêt de Lagardère pour les jeux Olympiques et son engagement auprès de Bertrand Delanoë pour soutenir la candidature, malheureuse, de Paris. « Le sport fait partie de l'héritage familial[1]. » Jean-Luc Lagardère « possédait un haras, soutenait le club de football du Matra Racing et s'était impliqué dans la course automobile ». Son fils Arnaud, « actionnaire de Canal + et du groupe Amaury, éditeur du premier quotidien sportif (*L'Équipe*) », devient un acteur important du secteur : « Lagardère : sur les maillots d'athlètes français de haut niveau, ce nom frappé sur un écusson est de plus en plus visible. » Le groupe Lagardère va investir 38,9 millions d'euros, sur vingt ans, dans le site du bois de Boulogne. Les espaces sportifs intéressent la bourgeoisie comme secteur

1. Patricia Jolly et Bénédicte Mathieu, « Un empire sportif, Lagardère joue les champions », *Le Monde*, 19 décembre 2006.

d'investissement, mais aussi comme lieux de détente et de pratique sportive, dans un entre-soi relatif, mais suffisant pour ce type d'activités.

Le Cercle du Bois de Boulogne

En 2007 ce cercle familial comptait 3 950 adultes et 2 970 enfants et adolescents (jusqu'à 25 ans). Sa concession avec la Ville de Paris arrivait à échéance le 31 décembre 2005 et son renouvellement s'annonçait difficile à cause d'un vœu du conseil de Paris, adopté en octobre 2004, portant sur l'aménagement et la valorisation du bois de Boulogne, dans la perspective de l'organisation des jeux Olympiques de 2012. Ce vœu a été vécu au cercle avec une grande émotion. On peut en effet y lire :

« La Ville décide d'ouvrir au public, dans un délai maximum de deux ans, d'importants espaces actuellement compris dans le périmètre de concessions :

– par le non-renouvellement de la concession du Tir à l'Arc, permettant un gain de 1,57 hectare, tout en veillant au redéploiement de cette activité sur un autre site ;

– par la redéfinition de l'actuelle concession du Tir aux Pigeons, permettant d'ouvrir, après réaménagement dans le respect du site classé, un minimum de 3 hectares, tout en préservant sur le site une pratique sportive de qualité et ouverte au plus grand nombre. »

Dans la perspective des jeux Olympiques, il s'agissait de reconquérir 11 hectares d'espaces naturels. Ce vœu était applicable même au cas où la candidature de Paris n'aurait pas été retenue. Les forces vives du cercle se sont mobilisées pour construire un projet novateur.

Au 31 décembre 2005, alors que la Ville de Paris avait lancé un appel d'offres, le Cercle du Bois de Boulogne s'étant retrouvé seul candidat à sa succession, sa concession fut prolongée pour de courtes périodes, en attente de l'organisation d'un nouvel appel d'offres. Elle doit maintenant se terminer le 31 août 2007. Le dernier renouvellement rappelle l'obligation de dépolluer le site de tir avant son retour à la ville. Le tir aux pigeons – vivants à la création du cercle, puis en argile – a conduit à une accumulation de résidus de plomb. Le dossier de consultation établi par le bureau des concessions sportives de la mairie de Paris, dans le cadre de l'appel d'offres pour l'attribution de la concession de l'ancien Tir aux Pigeons était clair : « l'emprise au sol totale du site est d'environ 4 hectares ». Qui seraient autant de superficie de moins pour la nouvelle concession pour laquelle postule le Cercle du Bois de Boulogne.

Peut-être parce qu'il n'avait aucune marge de manœuvre, ni sur le plan juridique, la concession arrivant à échéance, ni sur le plan politique, compte tenu d'une majorité municipale ne pouvant admettre le principe de la réservation d'hectares de bois public sous le seul critère de la préférence sociale, le Cercle du Bois de Boulogne a renoncé à sa spécificité de club. Il se présente maintenant comme une simple association sportive. On peut ainsi lire dans son dossier de candidature déposé le 12 juin 2006 qu'« afin de souligner sa volonté d'ouverture, l'Association a décidé de changer de nom et de réformer sa politique d'admission. Désormais, l'Association Sportive du

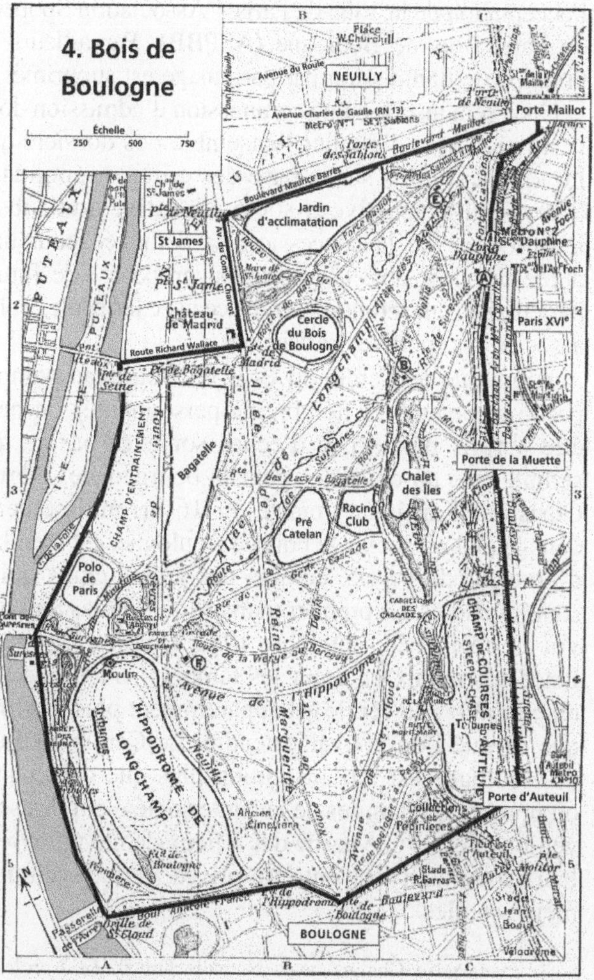
4. Bois de Boulogne
Échelle
0 250 500 750
NEUILLY
Porte Maillot
Jardin d'acclimatation
St James
Château de Madrid
Cercle du Bois de Boulogne
Paris XVIe
Bagatelle
CHAMP D'ENTRAINEMENT
Porte de la Muette
Chalet des Îles
Racing Club
Pré Catelan
Polo de Paris
HIPPODROME DE LONGCHAMP
CHAMP DE COURSES D'AUTEUIL
Porte d'Auteuil
BOULOGNE
Avenue Charles de Gaulle (RN 13)
Boulevard Maurice Barrès
Route Richard Wallace
Allée de Longchamp
Avenue de l'Hippodrome
Allée de la Reine Marguerite
Stade R. Garros

Cercle du Bois de Boulogne s'appellera, sous réserve de l'acceptation de la Ville de Paris, l'Association Sportive de Paris Bois de Boulogne (ASPBB). Par ailleurs le principe de l'admission par parrainage est supprimé. À la place sera installée une commission d'admission dont la mission sera d'étudier l'ensemble des dossiers qui lui seront soumis sur la base des critères répondant à la vocation sportive et socio-éducative du Club ». L'attribution de la concession est sollicitée pour une durée de vingt ans. L'association propose « de futurs partenariats qui seront mis en place avec les écoles et les associations sportives parisiennes ».

Alors que le Cercle du Bois de Boulogne compte parmi ses membres nombre de personnalités on peut être surpris par le peu d'échos soulevés par ce qui semble être un coup dur pour la bourgeoisie. Pierre-Christian Taittinger, maire du 16e arrondissement, dans lequel est inclus le bois de Boulogne, est membre d'honneur du cercle, comme des autres clubs qui y sont implantés. Le premier mariage de Nicolas Sarkozy y a été fêté le 23 septembre 1982, Charles Pasqua et Brice Hortefeux en étant les témoins. L'attitude des responsables du cercle est apparemment plus mesurée que ce que l'on pouvait attendre. Le Cercle du Bois de Boulogne est une institution plus que centenaire, où nombre de familles de la haute société ont des souvenirs. C'est d'une partie des « lieux de mémoire » de leur passé dont ils vont être privés, certains diraient même spoliés[1].

1. Jean-Pierre Chaline, avec Nathalie Duval, *Le Cercle du Bois de Boulogne. Tir aux pigeons : cent ans d'histoire, 1899-1999*, Paris, Le Cercle du Bois de Boulogne, 1999.

Est-ce que les membres du cercle, sentant la partie perdue, ont préféré adopter un profil bas afin de préserver l'avenir d'autres concessions, notamment celle du Polo ? Ou bien ont-ils fait le pari que la lourdeur administrative, couplée avec l'éventuel succès de la droite aux municipales de 2008, pourraient permettre de revenir au *statu quo ante* dans l'indifférence générale ? Ou bien encore, l'offre de cercles étant abondante, sinon pléthorique à Paris et dans sa région, analyse aurait été faite que les membres très sportifs pourront continuer à pratiquer leur discipline favorite, notamment le tennis ou la natation au sein de la nouvelle structure, tandis que ceux, plus âgés, qui fréquentent le cercle pour les plaisirs de la conversation, pour retrouver des amis ou des personnes de leur famille au restaurant, pourront très bien se replier sur d'autres clubs. À moins que, compte tenu de la proximité de Neuilly et du 16e arrondissement, cette partie du bois, proche de ces quartiers très résidentiels puisse de fait rester peu fréquentée par d'autres milieux sociaux.

En juillet 2007, il a été proposé au conseil de Paris que le site soit occupé par la Ligue de tennis de Paris, en partenariat avec le Cercle du Bois de Boulogne. Celui-ci contribuera aux investissements nécessaires (4 millions d'euros) ainsi qu'au loyer qui sera augmenté.

5

« Le monde est mon jardin »

La mondialisation, une vieille tradition

Des affaires sur tous les continents

À la fin du XIXe siècle, l'arrière-grand-père paternel de Dominique-Henri Freiche a créé une société de transport de fret et de transit maritime. En trois générations elle a dû s'adapter aux progrès techniques et passer des fourgons tirés par des chevaux aux containers des avions-cargos géants.

Le goût des voyages de Dominique-Henri Freiche, aujourd'hui âgé de 51 ans, s'enracine dans les récits qui ont enchanté son enfance. Il aime raconter comment cet arrière-grand-père a quitté Bordeaux pour Dakar, sur un bateau de sa société. Il avait, à son arrivée, émis le souhait de rejoindre, par chemin de fer, Ouagadougou, capitale de ce qui était encore la Haute-Volta et qui est devenu le Burkina Faso. Les employés noirs, impressionnés par ce Français en grande tenue bourgeoise pour pays chauds, avec son costume de fin coton blanc immaculé, pensèrent qu'un tel voyageur risquait fort de gâter son habit dans les wagons surchargés, d'autant que le trajet demandait plusieurs jours. Ils lui proposèrent donc de retarder son départ afin qu'il puisse bénéficier du confort d'un wagon-lit. La promesse fut tenue : le voyageur put faire le trajet confortablement, assis ou couché sur un grand lit en cuivre, vissé sur le plancher d'un wagon à bestiaux transformé en chambre à coucher.

Pendant cette équipée africaine, son épouse, qui n'était pas femme à faire de la dentelle dans l'attente du retour de son mari, acheta un voilier et partit pour les îles de la Sonde, à l'extrémité est de l'archipel indonésien. « Mais comme elle était assez femme d'affaires, selon son arrière-petit-fils, elle a mis à profit ce voyage pour vendre des lampes à pétrole portables. » C'est avec joie, bonheur et fortune agrandie que le couple se trouva réuni après trois années de séparation riches en mésaventures diverses qui nourrirent la mémoire familiale.

« J'ai donc pendant toute mon enfance entendu parler de l'Afrique, de l'Asie, de l'Amérique du Sud, du Liban et des gens que ma famille y connaissait. » D'autant que l'affaire familiale était aussi transitaire pour les NMPP (Nouvelles Messageries de la presse parisienne). En conséquence, la compagnie Freiche-Prim assurait, pour Hachette, l'expédition des livres scolaires aux Alliances françaises et aux écoles à travers le monde. Ce qui a contribué à tisser pour la famille de solides réseaux de liens commerciaux et d'amitié, qui se sont transmis de génération en génération. « J'ai toujours entendu parler du Liban à la maison. Les amis de mes parents venaient dîner et nous étions très contents de les accueillir dans le bonheur et la conscience de la richesse de ces amitiés internationales. »

Cette affaire familiale, aux ramifications mondiales, fut vendue au début des années 1990, lorsque le père de Dominique-Henri Freiche cessa son activité. Le fils ne souhaitait pas reprendre cette société, que son père lui avait proposée mais ne voulait pas lui imposer. Pour le fils, le goût des voyages mais surtout l'envie de créer ses propres affaires l'ont emporté sur le devoir de pérenniser l'œuvre de ses ancêtres. Encore que Dominique-Henri Freiche a hérité de ce rapport au monde, dont il a fait son jardin. La grande bourgeoisie est cosmopolite structurellement : les affaires, les résidences, les loisirs et la culture s'enracinent depuis longtemps à l'échelle de la planète. L'éducation intègre cette dimension cosmopolite.

La mère de Dominique-Henri Freiche est italienne et est aussi issue d'une famille de voyageurs qui finirent d'ailleurs par s'établir en France. Très tôt elle persuada ses enfants de l'intérêt pour eux de parler plusieurs langues étrangères et fut assez intransigeante dans cet aspect de leur éducation. Né au Gabon, Dominique-Henri Freiche parle cinq langues couramment : le français, l'anglais, « la seule langue internationale dans le domaine des affaires », l'espagnol, le portugais et, bien sûr, l'italien.

Tout en étant averti des dangers, en particulier sanitaires, que cachent les plus passionnants des voyages, Dominique-Henri Freiche a été élevé dans une conception du monde qui en faisait un jardin, un lieu à parcourir en tous sens sans crainte. Très jeune, il a possédé le mode d'emploi de la planète qui allait être le théâtre de son existence. Sa vie s'est déployée à l'échelle de la terre qu'il ne parcourut pas en aventurier, sans feu ni lieu, mais en professionnel des affaires et en gourmet de la vie. Le message fut capté assez tôt pour qu'il préférât les grandes vacances dans la brousse gabonaise, où ses grands-parents étaient propriétaires de forêts, plutôt que sur les plages de Menton où sa famille avait une villa.

Après des études de droit et de gestion des entreprises, en France et aux États-Unis, Dominique-Henri Freiche part pour la Guinée-Équatoriale avec deux amis. Ils ont tous les trois 26 ans et le projet de reprendre une plantation sur une île. De nombreuses terres y sont à l'abandon et le gouvernement souhaite les réhabiliter. Les investisseurs ont des garanties car le pays met en place un certain nombre de procédures en prévision de l'entrée du pays dans la zone franc.

En 1986, les trois amis vendent la plantation à un groupe espagnol. Elle s'était développée et sa vente leur a procuré une certaine aisance. À la fin des années 1980, la mondialisation prend une ampleur nouvelle avec « la possibilité de faire en Asie, en Inde, ou même en Afrique, un certain nombre d'opérations de travail qui ne peuvent plus se faire en France, à cause du renchérissement du coût de fabrication ». Autrement dit, la perspective des délocalisations industrielles est apparue comme une piste à explorer. Dominique-Henri Freiche fait alors, pendant six mois, le « grand tour » de l'Asie, où il visite une vingtaine de pays. Puis il fonde une société spécialisée dans la délocalisation des entreprises textiles au Sri Lanka, qui crée des zones franches pour dynamiser son économie, ainsi qu'en Inde et au Bangladesh, tandis qu'il habite à Hong-Kong. Au bout de dix ans, il vend une partie des actions de cette société, tout en en restant administrateur. Il a conservé une maison au Sri Lanka, où il séjourne encore cinq mois par an. Dans la montagne, à 2 000 mètres d'altitude, au milieu des plantations de thé, il joue dans un club de golf fondé il y a un siècle par un Écossais. Il fait de longues promenades à cheval dans un paysage de lacs, de sapins et de rivières.

À son retour en France, après ses dix années passées en Asie, Dominique-Henri Freiche a été nommé par décret du Premier ministre, alors Édouard Balladur, auditeur à l'Institut des hautes études de défense nationale (IHEDN). Créé en 1936, ce service de l'État est implanté à l'École militaire, à Paris. Directement placé sous l'autorité du Premier ministre, il réunit en sessions des personnalités et des responsables civils et militaires, pour les sensibiliser aux questions de la défense du territoire national. L'IHEDN figure parmi les écoles et les instituts mentionnés dans les notices de la liste mondaine du *Bottin Mondain*. L'IHEDN apparaît chez nombre de nos enquêtés.

La proximité sociale entre les auditeurs de l'IHEDN doit être importante, si l'on en juge par le fait que, sur les quatre-vingt-quatre de sa promotion, Dominique-Henri Freiche compte encore aujourd'hui quarante amis, dont une vingtaine de très bons amis. Il est vrai qu'il s'inscrit parfaitement dans la sociabilité grande bourgeoise. Depuis 1982 il est membre de l'Automobile-Club de France où ses parrains furent le célèbre journaliste du *Figaro*, James de Coquet, aujourd'hui disparu, et le comte Carlotto, industriel italien du textile. L'Union-IHEDN rassemble plusieurs milliers d'anciens auditeurs répartis en associations internationale, nationale, régionales et thématiques dans lesquelles les auditeurs se retrouvent pour poursuivre les réflexions qu'ils ont commencé à développer à l'institut.

Malgré les nombreux voyages organisés par l'IHEDN, Dominique-Henri Freiche avoue que « le reste du monde » lui a manqué. Il est alors allé tenter sa chance au Cambodge où il a vécu pendant un an et demi à Phnom Penh. Après la période des Khmers rouges et l'occupation vietnamienne, le pays était à reconstruire avec des conditions fiscales avantageuses pour les investisseurs étrangers. Dominique-Henri Freiche a acheté des terrains, puis, avec deux associés, un Cambodgien et un Français de Hong-Kong, il a réalisé quelques opérations immobilières. Comme la communication était difficile, il a pris des cours de khmer dans une école cambodgienne.

En 1996 il reçoit « un message d'un ami qui était administrateur dans le groupe de François Pinault, PPR (Pinault, Printemps, Redoute), [lui] disant que François Pinault souhaitait rencontrer des hommes d'affaires ayant créé des sociétés en Asie ». Dominique-Henri Freiche a alors 40 ans. À l'issue d'un déjeuner qu'il n'est pas près d'oublier, François Pinault lui propose d'entrer dans son groupe pour tenter de le développer en Asie. D.-H. Freiche réside alors pendant deux ans à Singapour d'où il dirige la nouvelle filiale PPR Asie avec la double mission d'améliorer les conditions d'achat du groupe dans cette partie du monde, et d'y implanter un certain nombre de sociétés du secteur de la grande distribution, le Printemps, la Redoute, Conforama ou la Fnac.

Puis il rentre en France pour prendre en charge le développement international de l'ensemble du groupe. Bien qu'alors installé à Paris, il passera son temps à voyager, estimant ses déplacements à 1 200 heures d'avion par an, soit une moyenne quotidienne de trois heures. « Le lundi à Santiago du Chili, le mercredi à Varsovie et le samedi à Tokyo, c'était fatigant mais terriblement passionnant de contribuer au développement d'un groupe aussi magnifique, avec le monde comme terrain de manœuvre. »

La généralisation de l'internationalisation des affaires, avec les délocalisations des industries manufacturières et des services, assure une longueur d'avance à ceux qui bénéficient de dispositions cosmopolites[1]. C'est-à-dire à la grande bourgeoisie qui a, depuis longtemps, des intérêts un peu partout à travers le monde, qui voyage et qui envoie ses enfants étudier ici et là. Le monde est le jardin de jardiniers, enfants de jardiniers qui ont transmis à leur descendance les savoir-faire, les connaissances, les trucs du métier qui permettent aux nouvelles générations d'inscrire positivement et avec succès leurs existences dans le jardin du monde.

Le goût de l'aventure

Jean d'Harcourt cultive la planète comme son verger puisqu'il a fait « pousser des arbres fruitiers à travers le monde. J'ai commencé au Maroc à partir de propriétés qui appartenaient à différents membres de ma famille. Puis en Colombie où j'ai failli me faire assassiner. En Patagonie je me suis investi dans

1. Voir Anne-Catherine Wagner, *Les Classes sociales dans la mondialisation*, La Découverte, « Repères », 2007.

l'élevage de moutons et de bœufs. Puis à Caen, où je faisais des pommes, des poires, des fraises, des groseilles et des framboises ». Sans oublier toutes les activités agricoles liées au domaine de Normandie dont Jean d'Harcourt a hérité avec son frère. C'est un de ses ancêtres qui a fondé Port-Harcourt, au Nigeria, au XIXe siècle.

À plus de 75 ans aujourd'hui, il est très investi dans une nouvelle aventure en Afrique. « Je suis tombé par hasard, comme beaucoup de choses dans ma vie, sur quelqu'un qui montait un projet en Guinée-Bissau, dans l'archipel des Bijagós. J'y suis allé et je m'y suis intéressé. C'est très beau. Il y a environ 80 îles et îlots dont seuls 21 sont habités. Il y a des tribus qui font un peu de culture du riz et qui vivent de la pêche et de la cueillette. Sur l'une d'entre elles, des gens de Dakar ont obtenu l'autorisation du gouvernement de faire un petit ensemble de maisons. Comme l'archipel est classé patrimoine mondial par l'Unesco, il a fallu également obtenir son autorisation. L'ensemble respectera totalement le style du pays et les traditions architecturales. Les murs sont montés dans ce que l'on appelle du banco, une espèce d'argile qui est cuite sur place et que l'on mélange avec du ciment. Là-bas ce sont les femmes qui sont maçons, et elles montent les murs en les pétrissant. »

Toutes les maisons seront construites ainsi. « Mais avec quand même le confort moderne. » Il y aura dans ce programme, « plutôt haut de gamme », une vingtaine de maisons. L'île est inhabitée, de sorte que ceux et celles qui travaillent sur ce chantier font chaque jour l'aller et retour avec l'île dans laquelle ils vivent. « C'est le bout du monde puisqu'il faut aller à

Dakar, puis à Bissau, puis prendre soit un petit avion, soit un bateau. Les terres sont vierges. Le dépaysement est total et on peut avoir le bonheur de la grande découverte et de la création d'autant que les îles sont sacralisées, il y a de la magie. C'est la prolongation de ma recherche de l'authenticité », conclut Jean d'Harcourt.

Les affaires, mais aussi l'aventure, la découverte : le nomadisme distingué de ces aristocrates et grands bourgeois allie l'utile à l'agréable. La recherche d'investissements rentables et le plaisir de l'exploration du monde. C'est à l'échelle de la terre que se construisent et se gèrent les espaces de la haute société. Parfois avec de moins louables objectifs, comme celui d'échapper au fisc.

L'argent nomade : les sans domiciles fiscaux passent la frontière

Des travailleurs frontaliers

Fortunes et puissance ne connaissent pas les frontières, sauf en matière fiscale. C'est avec une belle assurance et un cynisme encore plus remarquable que quelques membres de la famille Mulliez se sont installés en Belgique, à Estaimpuis, à cinq cents mètres de la frontière française. Cette famille contrôle le groupe de distribution Auchan et bien d'autres sociétés. Ce qui lui vaut d'occuper le deuxième rang du palmarès des fortunes publié pour 2006 par *Challenges*[1], avec un patrimoine professionnel estimé à 14 milliards d'euros, contre 17 pour celui attribué à Bernard Arnault. Outre Auchan, les Mulliez sont à la tête d'autres enseignes de la grande distribution, dont Décathlon, Leroy-Merlin, Boulanger, Atac, Kiabi, Bricocenter, Saint-Maclou, Les 3 Suisses, et quelques autres sociétés dont Norauto, Kiloutou, Phildar, Flunch ou la banque Accord. Cette liste n'est pas exhaustive. Au total 3 400 à 4 600 points de vente en France,

1. *Challenges*, « Fortunes de France. Classement 2006 », nº 44, 13 juillet-30 août 2006.

selon les sources, et 2 200 à 2 400 à l'étranger, ce qui représente plus de 4 millions de mètres carrés de surface commerciale.

À Estaimpuis, telles les perles d'un collier, plutôt verdoyant, une dizaine de maisons spacieuses et cossues s'égrènent le long de la rue Reine-Astrid, à l'abri de haies qui donnent son unité à l'ensemble. La reine des Belges y a perdu sa rue que les habitants du cru ont rebaptisée « Mulliez », ce qui n'est guère original mais correspond à la réalité. Des banquettes anglaises longent les villas, des plots incitent les véhicules et les piétons à éviter d'utiliser ces trottoirs engazonnés. On trouve des fermes restaurées, un bâtiment haut et vaste d'une architecture remarquable des années 1930. Ou encore une villa d'un style plus contemporain avec de grandes verrières. De temps à autre des hérons survolent les jardins et plongent à l'abri des regards vers ce qu'un voisin nous dira être un étang où vivent des poissons rouges. Les volumes de terre dégagés lors du creusement de cet étang et d'une piscine ont été offerts aux agriculteurs pour leur permettre de combler fossés et dénivellations dans leurs champs. Ceux qui avaient vendu leurs terres aux « immigrés » français furent parmi les premiers bénéficiaires.

Les Mulliez cultivent volontiers une image ascétique mâtinée de catholicisme fervent. Il est vrai que, à part cette annexion de quelques hectares du territoire belge, leurs signes extérieurs de richesse ne sont pas nombreux. Par contre la fortune est immense. La Cimovam, le holding qui gère les affaires de la famille, contrôle les emplois de quelque 200 000 salariés en France et de 96 000 autres à travers le monde[1]. Son chiffre d'affaires aurait presque doublé en 2005[2]. Selon les clauses du pacte fondateur, seuls les descendants Mulliez peuvent être actionnaires, mais, par principe, à égalité dans les différentes sociétés et sans pouvoir vendre leurs parts en dehors de l'Association Familiale Mulliez (AFM).

Une exception à cette règle : Franky Mulliez, PDG fondateur de Kiloutou, a revendu 51 % de sa société au fonds Sagard durant l'hiver 2005-2006. Est-il pour autant le « mouton noir de la famille »[3] ? Il ne semble pas avoir dérogé si l'on se situe au niveau de la confrérie des grandes familles. Car Sagard, le fonds d'investissement de Paul Desmarais, n'est ouvert qu'aux grandes fortunes. Créé en 2002 par ce milliardaire canadien qui l'a baptisé du nom d'un somptueux domaine de 75 km^2 qu'il possède dans la province de Charlevoix, au Québec, son comité consultatif comprend des personnalités qui comptent, aux deux sens du terme : Albert Frère, le premier patrimoine belge, les Dassault, Halley (Promodès puis Carrefour), Peugeot, Pineau-Valencienne (ancien PDG de Schneider et animateur du fonds). « Sagard n'est pas un fonds d'investissement, c'est un club composé de personnalités qui partagent la même culture familiale et la même philosophie des

1. Bertrand Gobin, avec Guillaume d'Herblin, *Le Secret des Mulliez. Révélations sur le premier empire familial français*, Rennes, Éditions La Borne Seize, 2006. Ce livre, édité à compte d'auteur, est une mine d'informations. On peut le commander sur le site <lempiredesmulliez.com>.

2. *Challenges*, *op. cit.*

3. Francine Rivaud et Anna Rousseau, « 7 familles au capital plus ou moins verrouillé », *Challenges*, *op. cit.*

affaires[1]. » Un membre de la famille Mulliez ne semble pas déplacé dans un tel aréopage. Certes Franky Mulliez a franchi les limites de la dynastie, mais il a étendu et consolidé les réseaux d'intérêts de la famille.

Les Mulliez se préoccupent d'« entretenir l'*affectio societatis* chez leurs rejetons, écrit Bertrand Gobin [...]. En plus du rôle joué par les parents au travers de l'éducation de leurs enfants, l'association [AFM] consacre beaucoup de moyens et d'énergie pour s'assurer de l'adhésion permanente des membres aux valeurs initiales. L'AFM dispense de multiples formations. Une trentaine de modules différents sont proposés chaque année : analyse de bilans, audit des comptes d'exploitation, formation au marketing, aux fonctions d'administrateur, etc. Pour les 15 / 17 ans, un associé a eu l'idée de monter un club équestre. Un autre organise chaque été des stages de voile aux îles des Glénan[2] ». Une fois par an, une grande fête, la « cousinade », rassemble tous les membres de la famille.

Cependant celui qui tient le rôle de *pater familias*, Gérard Mulliez, habite dans la banlieue lilloise, dans un ensemble de cinq résidences où son fils aîné, Arnaud, président des hypermarchés France-Plus, a également son domicile. Les trois autres maisons sont occupées par Francine Vandamme, l'assistante du patriarche, et par deux responsables de l'état-major

1. Laurent Dassault, cité par Jean-Pierre de La Rocque, « Investir entre soi, c'est tellement enrichissant », *Challenges*, *op. cit.*, p. 68-69.

2. Bertrand Gobin, *op. cit.*, p. 187.

du groupe, le directeur financier et le contrôleur de gestion. Ainsi le grand patron vit à deux pas de son bureau sous la garde rapprochée de ses collaborateurs[1].

L'exil fiscal n'est donc pas la règle générale chez les Mulliez. Les expatriés ne sont pas allés loin et cette configuration met en évidence à la fois la recherche de la maximisation du profit et la solidarité du groupe familial qui se traduit par une grande proximité spatiale des résidences, à cheval sur la frontière.

Un exil qui ne va pas de soi

L'exil doré a ses contraintes : il faut prouver que l'on a passé moins de 183 jours en France, dans l'année, pour être considéré comme un expatrié. En pratique c'est assez difficile à contrôler. Il n'y a pas un agent des impôts derrière chaque personne physique arguant des 183 jours hors de France. Il est aisé de se jouer du décompte en l'absence de contrôles aux frontières. C'est toutefois moins facile pour les personnes médiatisées. La rumeur belge soutient que, lorsqu'ils sont de passage dans leur appartement parisien, les exilés fiscaux n'éclairent qu'après avoir calfeutré les ouvertures. Ils règlent toutes leurs dépenses en liquide, pour ne pas laisser de traces. Mais on peut très bien vivre en France avec une carte bancaire au nom d'une société domiciliée dans un paradis fiscal, c'est incontrôlable.

1. Voir Bertrand Gobin, *op. cit.*

Pour les familles qui cumulent fortune et ancienneté, l'ancrage territorial qui en est le corollaire constitue à lui seul un frein à l'exil. Certes, les affaires et la mondialisation, les mariages internationaux, les écoles et les études supérieures aux États-Unis, les lieux de villégiature exotiques, les chasses au grand gibier dans les forêts tropicales inscrivent les vieilles familles dans un internationalisme qui est consubstantiel à la richesse et au pouvoir. Mais, parallèlement à cet internationalisme distingué, l'ancienneté est aussi liée à un patrimoine qui a des racines profondes : les maisons de famille, les châteaux sur les terres des ancêtres, les villas des bords de mer, les hôtels particuliers et les appartements parisiens. Ces enracinements vont de pair avec des rôles sociaux à tous les échelons de la nation : conseiller municipal ou maire de la commune, certaines dynasties fournissant des députés et parfois des ministres. Lorsque la source de la fortune est encore dans le domaine de la production, il peut y avoir des fonctions dans l'entreprise, comme chez les Peugeot ou les Michelin. Même si la richesse est devenue financière et déconnectée du secteur productif, la mémoire du passé industriel compte encore : on l'a vu, en 2004, avec le tricentenaire des Wendel pour lequel le musée d'Orsay fut mobilisé avec une exposition à la gloire de la famille et un millier de ses membres réunis sous la grande verrière pour une photographie commémorant tout à la fois la dynastie et le holding familial.

Souvent ces lignées ont aussi l'honneur de voir leur patronyme sur les plaques des rues de nos villes et de nos villages. Voilà de quoi faire hésiter devant l'exil fiscal. Il s'y ajoute un rapport à la fortune qui prend en compte le fait qu'elle est héritée. Le descendant doit tout à ses ancêtres, même s'il a fait fructifier ce qu'il a reçu. Le sentiment d'une dette à l'égard du pays et des générations antérieures pèse sur la décision d'un éventuel départ à l'étranger.

Il en va autrement pour les « nouveaux riches ». Si cette expression a quelque chose de péjoratif, cela tient au fait que ces familles viennent seulement d'arriver à la tête de fortunes considérables, des tard venus en quelque sorte. La richesse va-t-elle survivre à la première génération ? Et aux suivantes ? Ces nouveaux riches fournissent probablement les gros bataillons de l'exil fiscal. C'est l'avis de Philippe Marini, sénateur UMP de l'Oise, rapporteur général de la commission des finances du Sénat, auteur, en 2007, d'un rapport consacré à l'impôt de solidarité sur la fortune et aux délocalisations fiscales. « Les gens qui partent sont des gens en phase de réussite, dit-il, des entrepreneurs, pour lesquels l'ISF joue un rôle psychologique considérable. Ils paient peu d'impôt au titre même de l'ISF, mais il y a dans leur conduite une part d'irrationnel[1]. » Avant que l'alchimie du temps ait pu en faire de grands bourgeois, ces émigrés économiques prouvent par leur désertion le peu de cas qu'ils font de leurs concitoyens. L'argent est la valeur première, loin devant le culte des ancêtres et la célébration des lieux de mémoire. Leurs racines sont financières et le déménagement fiscal montre qu'ils n'hésitent pas à se délocaliser eux-mêmes pour ne pas payer leurs impôts.

1. « ISF. Les exilés fiscaux sont de plus en plus jeunes », interview de Philippe Marini, *L'Express*, jeudi 15 février 2007, propos recueillis par Thomas Bronnec.

Toutefois il semble bien que, même exilées, ces familles désirent conserver des liens avec le territoire national. Les fortunes, loin de souffrir de l'éloignement du sol natal, grossissent par l'effet des économies d'impôts. On peut le supposer à l'examen des adresses mentionnées dans le *Bottin Mondain* à la suite de l'adresse bruxelloise ou suisse. Selon Yves Jacquin Depeyre, économiste et spécialiste de la fiscalité des non-résidents, cette présence des expatriés se fait sentir dans les zones de villégiature en France. Sur les bords de mer les plus chics, ils sont nombreux parmi les propriétaires de villas. Ainsi au Cap-Ferret, ou au Cap-Ferrat[1]. Où l'on ne les voit pas souvent : ils ne doivent pas être localisés plus de six mois par an en France. Ils ne vont donc occuper leurs lieux de villégiature que quelques semaines. Comme ils n'ont pas de besoins financiers pressants, ils ne louent pas ces maisons le reste de l'année. Mais leur présence s'est fait sentir sur le marché immobilier local. « La saison se réduit à un mois, les prix flambent et les commerçants se désolent. »

La croissance des richesses conduit à une pression à la hausse sur le marché immobilier dans les régions privilégiées. « En 2005, 12 % des acquisitions ont été le fait de non-résidents », avec des pointes de 20 % à 30 % dans les quartiers parisiens les plus recherchés : île de la Cité, Saint-Germain-des-Prés, place Vendôme, place des Vosges. « Les volets sont souvent fermés et le phénomène est aussi triste et préoccupant [à Paris] qu'au Cap-Ferrat. »

1. Yves Jacquin Depeyre, « Du Cap-Ferret au Cap-Ferrat », *Le Monde*, 7 septembre 2006.

Cette pression sur le marché immobilier ayant un effet de levier rend plus difficile aux salariés le logement dans Paris et dans les zones très demandées. Avec comme corollaire un accroissement de l'amplitude des migrations alternantes alors qu'une part non négligeable du parc immobilier reste sous-occupée. « Le marché immobilier est spécifique. Il a pour objet des biens qui ne sont pas transportables et dont l'offre n'est pas extensible. Pour permettre à l'afflux de capitaux non résidents de s'investir, il faut repousser à distance les personnes qui vivent et travaillent sur place[1] ». Loin de soulager la tension sur le marché immobilier, l'exil de Français fortunés aurait donc plutôt tendance à accentuer les phénomènes de ségrégation.

Concurrence entre les paradis fiscaux

Le choix de l'exil s'accompagne parfois de l'abandon de la nationalité française par naturalisation dans le pays de destination. C'est ainsi que Johnny Halliday a fait savoir qu'il demandait la nationalité belge pour retrouver ses racines familiales du côté paternel. « Son père était un homme relativement connu dans les cafés bruxellois, dans les bars et les bistrots, comme un personnage assez folklorique, raconte Jean-Pierre Stroobants, correspondant du *Monde* à Bruxelles. Il y avait un *a priori* plutôt favorable au départ mais, en y regardant de plus près, les députés sont en train de voir ça d'un autre œil. Tout le monde a compris

1. *Ibid.*

désormais que le but de sa demande était quand même l'atterrissage à Monaco. S'il n'y avait pas eu l'exil à Gstaad et l'amplification des rumeurs sur Monaco, ça serait passé plus facilement. » En effet, les avantages fiscaux confortables qu'offre la principauté monégasque à ses résidents ne sont pas accordés aux ressortissants français, mais jusqu'à présent les Belges peuvent en bénéficier. Après avis de la commission des naturalisations de la Chambre, les députés étaient appelés à trancher le 6 mars 2007. Le délai fut reporté de six mois, au motif que la vérification de la bonne foi des intentions du prétendant était nécessaire. Mais pendant cette période, une révision de la convention fiscale entre la Belgique et la principauté de Monaco est prévue, qui annulerait les prérogatives des citoyens belges admis à bénéficier des exemptions d'impôt en vigueur sur le rocher. La naturalisation du chanteur ne lui servirait plus à rien, d'autant plus qu'entre-temps l'élection de Nicolas Sarkozy, riche en promesses d'embellies fiscales pour les plus fortunés, incite à songer au retour.

La Belgique, le Luxembourg, la principauté de Monaco, la Suisse, offrent des avantages fiscaux aux portes de la France. Même sur le territoire national, il existe au moins une île préservée des méfaits du fisc. Dans les Antilles, Saint-Barthélemy est un paradis tropical de 25 km^2, avec quelques centaines de résidences luxueuses. Une villa avec quatre chambres et vue sur mer, y compris depuis la piscine à débordement, est louée par l'agence Sibarth 27 300 dollars par semaine, en haute saison (soit environ 20 500 €). Sibarth gère 250 villas de ce type. Mais l'île jouit surtout d'un statut très particulier qui en fait un paradis fiscal.

De Washington où elle habitait, Gabrielle Steers s'envolait régulièrement pour Saint-Barth. D'origine allemande, elle a fait des études de droit à Munich, puis aux États-Unis où elle a enseigné à l'université de Washington la littérature allemande tout en poursuivant des études d'histoire de l'art. Elle a épousé un membre du Congrès. « C'était seulement quatre heures d'avion, c'était un peu une maison de campagne. J'y ai connu Edmond de Rothschild, David Rockefeller [qui a lancé Saint-Barth] et bien d'autres qui, depuis, sont partis. Car maintenant Saint-Barth est devenu un produit de masse. À l'époque on profitait de très belles plages avec des amis. Les transports, dans l'île, s'effectuaient sur des ânes. Ce que mon mari et moi nous appréciions le plus au monde, c'était l'authenticité. Les débuts de Saint-Barth, dans les années soixante, c'était la recherche du calme, de la solitude et de l'innocence. »

Les résidents privilégiés de cette île ne payent ni taxes ni impôts. Cette aberration, pour un territoire qui relève tout de même des lois de la République française, a sa source dans les quatre-vingt-quatorze années pendant lesquelles il a été sous administration suédoise, laquelle exemptait les îliens de toute forme de prélèvement fiscal. L'île fut rétrocédée à la France en 1877, sous réserve de l'accord de ses habitants. Ceux-ci en profitèrent pour refuser toute imposition. Bien que le Conseil d'État ait réfuté le bien-fondé de cette dérogation, le privilège demeure. Le 11 décembre 2006, au cours d'une émission sur France 2, *Complément d'enquête*, animée par Benoît

Duquesne, celui-ci interrogea le ministre du Budget, Jean-François Copé qui répondit qu'il fallait « régulariser les choses en respectant les spécificités de cette île et en lui donnant l'autonomie fiscale ». Dans des termes moins langue de bois, cela reviendra à préconiser le maintien des privilèges fiscaux et à légaliser l'illégalité. Le ministre, mis devant l'énumération de tous les cadeaux fiscaux offerts aux plus riches, en a perdu son sang-froid. « C'est un discours d'un autre temps, s'est-il exclamé, opposer les méchants et les gentils, les riches et les pauvres, j'en ai vraiment ras-le-bol ! »

Selon Philip Beresford, qui réalise chaque année le classement des plus grandes fortunes britanniques pour le *Sunday Times*, « quelque 6 000 millionnaires étrangers se sont transférés avec armes et bagages à Londres[1] ». Sept des dix plus grosses fortunes du pays sont détenues par des étrangers. Mais pas encore d'exilés français au sommet de la distribution. Pourtant le statut de « résident non ordinaire » qui leur est attribué est très avantageux. Les expatriés ne sont imposés que sur les revenus générés en Grande-Bretagne. Ceux produits par le patrimoine situé hors des frontières ne sont pas pris en compte. D'autant que la double imposition étant exclue par la convention fiscale franco-britannique, l'expatrié ne paie pas d'impôts en France.

Le système suisse est différent, mais au moins aussi alléchant. Environ 3 600 exilés étrangers y bénéficient du « forfait fiscal ». Mais pas les ressor-

1. Marc Roche, « L'allée des milliardaires », *Le Monde*, 13 février 2007.

tissants helvètes qui, eux, ont tendance à s'exiler à Monaco ou en Grande-Bretagne. L'un des principaux avantages de la Suisse, le secret bancaire, commence à se lézarder. C'est du moins l'avis de Georges Halvick, patron d'un Family Office dans ce pays, une société de services qui gère les patrimoines de familles fortunées. « La pression de l'Europe est forte, analyse cet expert de la fortune, et si l'avenir de la Suisse devenait européen, le secret bancaire serait mis à mal. C'est pourquoi, dans la trajectoire fiscale d'un nouvel enrichi, ce pays peut être une étape avant une destination plus lointaine comme Singapour, ou Dubaï. Certes, le Luxembourg est plus proche et a toujours, jusqu'à nouvel ordre, son statut de place *offshore*. Mais il est aujourd'hui possible d'être en contact téléphonique ou électronique avec Singapour, dans toutes sortes de langues, à tout moment, sans avoir à prendre en compte les décalages horaires. Cela évite bien des voyages inutiles et fatigants. Singapour n'a toujours pas signé de traité, elle n'est pas officiellement une place *offshore*, alors que dans la pratique elle fonctionne comme telle. »

Les paradis fiscaux sont en pleine expansion[1]. En janvier 2007, les syndicalistes réunis en marge des rencontres de Davos, « en ont dénombré 73, dont la moitié ont moins de 25 ans d'existence, écrit Frédéric Lemaître. Certaines multinationales sont passées maîtres dans l'art d'utiliser ce subterfuge. Comme Boeing, qui a créé 31 filiales dans des paradis parfois trop petits pour qu'un avion de ligne puisse y atterrir ! Ou

1. Christian Chavagneux et Ronen Palon, *Les Paradis fiscaux*, Paris, La Découverte, « Repères », 2007 (nouvelle édition).

la banque Morgan Stanley, qui a aujourd'hui 99 filiales dans ces paradis fiscaux, contre 2 en 1997[1] ». L'offre est abondante : ne pas acquitter les impôts auxquels le contribuable serait assujetti s'il se comportait en travailleur ordinaire, vivant et travaillant au pays, est surtout une question de choix entre les multiples solutions présentes sur ce marché bien particulier. Les grandes fortunes sont nombreuses à céder à la tentation et à aller au paradis avant que l'heure en soit venue.

Combien y a-t-il de Français exilés à l'étranger pour des raisons fiscales ? On parle de plusieurs dizaines de milliers entre la Belgique, la Suisse, le Luxembourg, Monaco et la Grande-Bretagne. Le rythme actuel se situe autour de 500 à 600 exilés par an. Près de 3 000 seraient partis aussitôt après l'arrivée de la gauche au gouvernement, en 1981, puis en 1997, à la suite de la dissolution prématurée de l'Assemblée nationale par Jacques Chirac. La part est difficile à faire entre réfugiés fiscaux et hauts cadres ayant leur emploi dans l'administration européenne. En Belgique, avec les familles ayant élu domicile à Bruxelles, dans la région de Tournai, comme les Mulliez, et celles ayant choisi Courtrai et ses environs, J.-P. Stroobants estime la population des réfugiés fiscaux à 3 000, peut-être 4 000 familles, ce qui représenterait 10 000 à 15 000 personnes.

Mais de nouvelles occasions apparaissent qui génèrent de nouveaux pôles d'expatriation. Ainsi le Maroc, avec Marrakech, devient à la mode et offre lui

1. Frédéric Lemaître, « De l'art de contourner le fisc », *Le Monde*, 27 janvier 2007.

aussi des opportunités fiscales. Panama est une niche sûre pour les très gros patrimoines. Chypre est demeurée un petit paradis fiscal, inséré maintenant dans la Communauté européenne, ce qui peut lui valoir son succès, mais aussi sa disparition si les États membres exigent un minimum d'alignement de sa fiscalité. Actuellement le taux d'imposition des entreprises y est de 10 %, l'un des plus bas de l'Union européenne. L'offre s'accroît en fonction de la demande : la Suisse se plaint de la concurrence de l'Irlande qui offre un taux d'imposition des sociétés limité à 12,5 %. Quant aux anciens pays du bloc communiste, leur surenchère, dans leur logique du libéralisme sauvage triomphant, prend des allures de dumping fiscal.

Sans doute les Mulliez, en contribuables frontaliers, ont-ils trouvé la solution optimale, celle qui permet de concilier les racines, la préservation de l'identité, et l'exil, dans leur cas peu traumatisant. Dans la concurrence entre les paradis fiscaux, la proximité géographique et culturelle joue un rôle essentiel : pouvoir ménager, épargner ses origines, ses liens nationaux, en allant s'installer dans un ailleurs pas trop lointain, est primordial. Cette configuration permet une continuité qu'un éloignement plus important peut rompre.

6

Des intérêts convergents entre familles et pouvoirs publics

La grande bourgeoisie maîtrise la culture dominante, aime les produits du terroir et les paysages bucoliques, recherche le calme, le luxe et la discrétion, cultive la courtoisie comme mode de relation aux autres, respecte les héritages du passé et les monuments historiques. Le mode de vie grand-bourgeois est porteur de valeurs universelles et donc de l'intérêt général. La haute société est en position de défendre, en s'appuyant sur l'esthétique et le droit, des valeurs partagées en défendant les siennes.

SOS Paris en est un exemple. Cette association est porteuse d'une idée de Paris fondée sur des références au passé, à travers les monuments, mais aussi les charmes des quartiers populaires, les qualités de la table et des vins, la tradition des industries du luxe. Les mêmes se retrouveront dans les associations qui veillent sur les jardins, reconstituent les potagers des châteaux, participent à la gestion des forêts en tant que veneurs ou collaborent avec le Conservatoire du littoral pour arracher le bord de mer à l'emprise des promoteurs.

Pour que cela fonctionne, les passerelles avec l'État sont de la première importance. Heureusement, elles vont de soi : patrons et hauts fonctionnaires ont fréquenté les mêmes établissements, souvent Sciences-Po et l'ENA. Les carrières sont diverses, mais les passés sont communs. Cette proximité facilite la multiplication des associations, des commissions et des comités où, entre soi, on peut faire des choix raisonnés et élaborer les meilleures stratégies, comme à travers le G8, ce regroupement des présidents d'associations de défense du patrimoine et de hauts fonctionnaires du ministère de la Culture. Les réseaux de la grande bourgeoisie peuvent produire, défendre et faire aboutir leurs projets et leurs souhaits avec d'autant plus de facilité qu'ils se présentent comme conformes au bien commun.

L'entre-soi balnéaire et le Conservatoire du littoral

Une grande propriété en Bretagne sud

Le point de vue de la famille

Jacqueline de Beaumont parle volontiers de sa propriété en Bretagne près de Pont-Aven et de Moëlan-sur-Mer, « car il n'y a que là, dit-elle, que j'ai pu sauver l'environnement. Nous avions trois kilomètres de bord de mer, c'était magnifique ! Et cela attirait la convoitise de tous les promoteurs. Je n'ai pas voulu de promoteurs car je sais bien qu'il y a des choses plus importantes que l'argent. Nous avons vendu au Conservatoire du littoral pour que ce paysage splendide soit conservé à tout jamais dans son intégralité ».

« C'était une propriété agricole qui avait été achetée vers 1870 pour le grand-père de mon mari. Il y avait plusieurs fermes sur 200 hectares de terres. C'était trois kilomètres de littoral, mais avec de la profondeur dans les terres. Le bord de mer était découpé par des criques et des plages dont une qui était accessible par le chemin des goémons car c'est par là que les charrettes descendaient pour récolter les précieuses algues dont on fumait les terres. »

Le fait que la bande de terre longeant la mer soit devenue publique ne change pas grand-chose dans les loisirs balnéaires de la famille. « Puisque, de toute façon, on ne pouvait pas empêcher les gens d'y aller... Parce que le maire avait décidé que le littoral était d'usage public. »

« Je suis assez contente parce que personne ne pourra gâcher ce site. La propriété s'étend sur un bras de mer que l'on appelle la rivière de Merrien, une sorte de fjord où l'on pratique l'ostréiculture et qui débouche sur la pleine mer. C'est superbe ! De l'autre côté, on trouve le port de Doëlan et ses petites maisons blanches, qui ont le plaisir d'avoir la vue sur notre côte sauvage au point que les habitants de Doëlan n'ont pas supporté la couverture qui protégeait notre piscine ! »

« Le grand-père de mon mari avait épousé Mademoiselle de Tréveneuc, de famille bretonne. L'hiver, il chassait à courre à Hennebont, et l'été il naviguait sur son bateau, le *Pétrel*, qu'il amarrait dans notre petit port. Ses marins, le soir, en costumes de marins, servaient le dîner, pieds nus sur les parquets du château, comme ils l'étaient sur le pont du bateau ! Et les petites femmes de chambre étaient toutes en coiffe ! Lorsque ma belle-mère est arrivée dans cette propriété en 1923, elle a eu l'impression d'être dans un pays étranger, dont elle ne parlait pas la langue, le breton. Le personnel ne parlait pas français, et pour aller chercher le pain, nous leur donnions un panier, en leur disant "barán, barán". Vers les années cinquante, c'était encore le cas. Les personnes âgées aussi parlaient très mal le français et me tutoyaient avec le plus grand respect ! »

« Nous avons eu l'idée de vendre au Conservatoire du littoral après la lecture d'un article dans un journal. Nous avons d'ailleurs été les premiers à le faire dans les années soixante-dix. Comme nul ne peut être sûr de ses descendants, il était préférable d'assurer la pérennité de ce site splendide. Cette propriété appartient aujourd'hui à mes petits-fils qui y vont beaucoup et qui l'entretiennent avec passion, y ayant même ajouté un jardin japonais. »

Le point de vue du Conservatoire

« C'était en effet au tout début de la création du Conservatoire du littoral, confirme Emmanuel Lopez, qui en est aujourd'hui le directeur. Ce devait être en 1977, car la loi de création du Conservatoire date de 1975 et la mise en service effective de l'établissement public de 1976. La propriété de Madame de Beaumont a été la première acquisition en Bretagne. Je me souviens d'avoir tout de suite compris que cette famille avait une vision intelligente de l'avenir de cette propriété. Elle conservait la partie bâtie, qu'elle occupait. Cette famille estimait qu'elle n'était pas en mesure de contrôler la pression des voitures ou du camping sauvage. Il fallait une autorité légitime pour protéger ce site, avec un garde ayant la capacité de verbaliser. Ce qui n'est pas possible ni pour des personnes privées, ni pour des associations. L'accès à la mer est perçu comme un droit, comme un bien public. Donc même un garde privé n'aurait pas pu interdire tel ou tel pique-nique. Cette famille avait compris cela.

« Juridiquement le Conservatoire du littoral garantit la pérennité de la protection. Le terrain est inaliénable, le Conservatoire ne peut pas le revendre. Ils avaient donc avec nous une garantie de pérennité avec un transfert des responsabilités sur la collectivité publique. Ce qui n'est pas scandaleux, car la collectivité publique, de fait, avait pris possession de ce terrain avec une fréquentation très forte que la famille n'était pas en mesure de contrôler.

« C'était intelligent, et je garde un bon souvenir de cette opération, car le domaine était vaste. Il y avait une partie naturelle en bord de mer, de la lande et des ajoncs, et une partie agricole. La partie agricole, comme le maire de Moëlan était alors président du conseil général, on avait coordonné tout ça et on l'avait fait acheter par le département. Celui-ci avait évidemment les mêmes objectifs de protection. C'était le début du Conservatoire. Aujourd'hui, avec le recul, nous aurions peut-être tout repris, l'espace naturel et l'espace agricole.

« Dans ce cas-là, on était dans une négociation intéressante, parce qu'amiable, avec un plus affectif. En Bretagne la structure foncière est spécifique. Ce sont quelques grandes propriétés aristocratiques, mais pour le reste le littoral a toujours été habité puisque la piraterie a été éliminée depuis longtemps, alors qu'elle était encore active en Corse et en Provence, jusqu'au début du XIXe siècle. En Bretagne, la structure foncière est donc très éclatée, avec pour règle de petites parcelles. Il y a par exemple 295 propriétaires pour la seule pointe du Raz. »

Le point de vue des sociologues

Dans cette opération chacun a trouvé son compte. Les intérêts de la famille et les objectifs d'intérêt général, ici représenté par le Conservatoire du littoral, étaient convergents. La volonté de contrôler les usages faits des bords de mer était commune. La transaction, dont nous ne connaissons pas le montant, s'est effectuée à l'amiable. Quand il n'y a pas accord, « on va devant le juge », précise Emmanuel Lopez. Mais dans 80 % des cas, ce n'est pas nécessaire. Ce sont les Domaines qui font les estimations.

Si la famille de Jacqueline de Beaumont s'est garantie contre toute initiative immobilière, elle s'est aussi acquis la reconnaissance de tous les amoureux des rivages. Ce gain symbolique assoit la légitimité de la présence d'une famille qui n'est pas originaire de la région.

Madame de Beaumont, avec un franc-parler teinté d'humour, admet que sa famille a été gagnante dans l'opération. « Aujourd'hui, cela ne change rien : je vais à la mer comme avant et je ne paie plus l'entretien des chemins. » Ceux-ci, soigneusement balisés, permettent d'agréables promenades sur les hauteurs dominant l'océan. Hors saison, on y croise de temps à autre un couple âgé dans un paysage de plein vent, fait de vagues, de rochers et de landes sauvages. Les résidences de la famille, disséminées sur le plateau, à l'abri de haies et de portails au maniement électrifié, sont discrètes et le touriste de passage ne prendra pas conscience de leur présence. Emmanuel Lopez, au nom du Conservatoire, exprime le même objectif que la famille, dans un langage plus administratif. « Ils avaient donc avec nous une garantie de pérennité avec un transfert de responsabilité sur la collectivité publique. »

Dans ce cas encore, le pragmatisme de la bourgeoisie a pris le dessus en privilégiant l'intérêt de la famille à long terme plutôt qu'à courte vue. Cette attitude correspond à une capacité de prévision acquise dans la nécessité de se projeter dans l'avenir pour assurer la transmission aux générations suivantes, pour maintenir la dynastie familiale. Elle suppose aussi une capacité financière qui mette à l'abri de la nécessité, de l'urgence, de telle sorte que des intérêts matériels immédiats ne remettent pas en question des considérations à plus long terme.

Faire de nécessité vertu

Les Parcs de Saint-Tropez

La loi du 31 décembre 1976 a créé une servitude de passage sur les propriétés riveraines du domaine public maritime, accordant à tous la liberté d'accès aux rivages. Les Parcs de Saint-Tropez, lotissement privé de luxe, regroupent 150 maisons sur 120 hectares entre la ville de Saint-Tropez et la plage des Salins, sur le cap Saint-Pierre et la pointe des Rabiou. Ce lotissement est gardienné, la voierie est privée, ainsi que quelques espaces collectifs, dont des courts de tennis. La gestion, confiée à du personnel permanent, procure des conditions de séjour exceptionnelles, surtout en été, à l'écart des foules touristiques. Aussi ce domaine est-il un lieu de villégiature apprécié des grandes fortunes, avec parmi les propriétaires, Bernard Arnault, François Pinault ou Albert Frère.

Disposer de telles demeures surplombant la Méditerranée, au milieu de parcs donnant de tous côtés sur la mer, constitue un privilège dont on peut prendre la mesure depuis le sentier du littoral. Des panneaux plantés çà et là soulignent toutefois qu'arpenter un tel lieu n'est dû qu'à la tolérance des propriétaires. Autorisés à longer leurs pelouses et à entrevoir leurs piscines, les marcheurs devraient apprécier à sa juste valeur le cadeau qui leur est ainsi fait. « Nous avons aménagé tout le long des rivages une promenade pour les piétons : nous vous souhaitons d'en profiter agréablement », est-il précisé en préambule. Les conseils qui suivent sont agrémentés d'un avertissement : « Nos gardes sont assermentés pour dresser procès-verbaux aux contrevenants. » La dernière phrase est équivoque : « Merci pour le respect de ces dispositions afin de nous aider à maintenir ce privilège dans les Parcs. » Ce privilège semble bien être celui dont jouissent ces randonneurs admis à côtoyer l'olympe et comblés par tant de bonté. Cette façon de renverser les situations est monnaie courante dans les rapports sociaux dans lesquels sont impliqués des dominants.

Les châteaux ouverts au public

Les châtelains qui ouvrent leur demeure aux touristes, afin de pouvoir bénéficier des aides publiques pour l'entretien des monuments historiques, transfigurent la réalité de la relation. Les châtelains recourent à la fois à la diversité des formes d'ouverture et à un travail symbolique sur sa signification sociale. L'ouverture aux étrangers, à ceux qui ne font pas partie de la famille ni du même monde, est un sacrilège ambigu. En même temps qu'il est profanation, il est témoignage d'intérêt et d'admiration pour un passé fastueux, ce qui vient conforter le châtelain dans sa certitude d'appartenir à une élite, à une famille hors du commun et à l'histoire nationale.

Le châtelain a le sentiment de remplir un devoir, une responsabilité héritée avec le château : maintenir un patrimoine et créer les conditions pour qu'il devienne accessible au peuple de France. Mais, dans ce processus, bien loin de perdre leur identité en perdant le monopole de l'usage du château, les châtelains ont l'impression de la conforter en réaffirmant publiquement leur appartenance à une lignée, à une société d'exception. Au lieu d'être vécue comme un renoncement, l'ouverture au public permet, en transformant une contrainte administrative en choix délibéré, de renouer avec le prestige des châtelains d'autrefois.

L'intervention du Conservatoire du littoral

De façon analogue, les familles qui vendent des terres en bordure de mer au Conservatoire du littoral n'ont pas le sentiment de déroger au devoir de transmettre leur propriété dans son intégrité. Au contraire, cette transaction va non seulement leur permettre de garantir la pérennité d'un site, mais en plus apporter à la famille l'aura de la générosité à l'égard du peuple. La domination autorise ces tours de passe-passe sémantiques et symboliques et les dominants ont toujours le beau rôle. Avec le Conservatoire du littoral, les familles qui vendent la partie non bâtie de leur propriété, que ce soit en Bretagne, en Corse ou à Port-Cros, « retrouvent le partage des mêmes valeurs de pérennité des sites. Mais ces valeurs aristocratiques, le Conservatoire veut les faire partager. La beauté, oui, conclut Emmanuel Lopez, mais pour tous ».

La générosité de cette idée est transmuée en gain symbolique au profit des donateurs ou des vendeurs, et d'autant plus que les biens cédés sont importants. Mais on peut apprendre aussi que, « dans cette négociation, la famille nous a fait payer la clôture entre eux et nous ». Ou que la famille qui a vendu de nombreux hectares sur l'île de Port-Cros a pu transformer une partie de la transaction en paiement de droits de succession sous la forme d'une dation. L'article 26 de la loi du 30 décembre 1995 permet en effet de remettre en paiement de tels droits des terrains bâtis ou non bâtis situés dans les zones d'intervention du Conservatoire. Il est donc désormais possible pour des propriétaires, souvent en situation d'indivision lorsqu'ils héritent, de se libérer des droits de succession qu'ils ont à acquitter, en remettant à l'État, non pas une somme d'argent, comme c'est la règle en matière de liquidation de sommes dues au Trésor public, mais en cédant tel ou tel espace naturel situé en bord de mer. Cette mesure est d'autant plus importante qu'à l'occasion d'une succession les héritiers sont parfois obligés de vendre ou de morceler des propriétés familiales, qui constituent de remarquables ensembles naturels.

Dès lors qu'il s'agit des puissants, le fonctionnement des services administratifs semble s'assouplir et s'adapter aux conditions particulières, aux intérêts des personnes ou des familles. Y aurait-il deux poids et deux mesures ? Les expropriations pour les uns et les transactions à l'amiable pour les autres ? On peut supposer que la connivence qui conduit à des aménagements conciliants des pratiques administratives est liée à la qualité des lieux et des biens et qu'elle relève aussi de la proximité entre les fonctionnaires ayant pouvoir de décision et les administrés appartenant à la haute société. Ceux-ci sont mieux armés, culturellement et socialement, pour mener des négociations efficaces et faire valoir leur point de vue sans qu'ils aient à recourir de manière manifeste à quelque forme de pression que ce soit. On agit avec prudence lorsqu'on a affaire à des agents sociaux que l'on sait pourvus de relations puissantes.

Aux îles Chausey, le Conservatoire du littoral a signé une charte partenariale avec les trois familles de la grande bourgeoisie parisienne qui possèdent une partie de l'archipel. Celui-ci est très différent à marée basse et à marée haute car il est situé dans la baie du mont Saint-Michel, l'une des zones maritimes où l'amplitude des mouvements de la mer est des plus importantes au monde. Un arrêté préfectoral d'attribution confère au Conservatoire la gestion des 5 000 hectares et des centaines d'îlots qui découvrent aux basses mers. En réguler la fréquentation touristique n'était pas à la portée des propriétaires et le Conservatoire a donc pris ces espaces maritimes sous sa responsabilité. « Les propriétaires, selon Emmanuel Lopez, ont eu l'intelligence de comprendre que nous pouvions être leurs alliés. Ce qui correspondait, par ailleurs, parfaitement à leurs intérêts de propriétaires amoureux de cet endroit magnifique et très riche sur le plan biologique. »

Une donation originale : Keremma

Un phalanstère familial persiste depuis près de 200 ans à Keremma, sur les communes de Goulven, Tréflez et Plounevez-Lochrist, sur la côte nord du Finistère, en Bretagne. Louis et Emma Rousseau, qui en furent les fondateurs au XIXe siècle, ont aujourd'hui quelque 2 000 descendants. Plusieurs centaines d'entre eux habitent encore sur le domaine de manière principale ou secondaire. Keremma : ce nom est composé de Ker, maison en breton, et du prénom Emma. Louis Rousseau, né en 1787, achète un espace afféagé de 300 hectares d'un seul tenant en 1823. L'afféagement est l'octroi par une famille noble, ici le duc de Penthièvre, de terres vaines, c'est-à-dire incultes, à mettre en valeur. Situées en bord de mer, il s'agit de dunes et de marécages. Louis Rousseau et sa jeune femme Emma ont comme objectif de fixer les sables volants et d'assécher les marais pour y créer des exploitations agricoles. Louis Rousseau fut très influencé par le saint-simonisme puis par le catholicisme social. Il eut l'ambition de créer une communauté capable de vivre en autarcie. Une digue est construite, puis des fermes, 400 autres hectares sont achetés. Des arbres sont plantés pour couper le vent. Bref, conclut l'une des descendantes, Dominique Brehon, « il s'agissait d'améliorer la Bretagne par la mise en valeur de terres jusqu'alors inutilisables, une forme de colonisation en France même ». Le site devient remarquable, les dunes sont fixées et les habitants restent fidèles aux terres des ancêtres tout en diversifiant leurs activités professionnelles. Il y aura beaucoup d'officiers, des personnages importants dont un sous-secrétaire d'État à la Marine.

Les promeneurs, de plus en plus nombreux, fréquentent les dunes et les plages. Paul-Armand Rousseau, dans son discours prononcé le jour de la donation des 110 hectares d'espace dunaire au Conservatoire du littoral, le 14 juillet 1987, se souvient : « Peu à peu les dégradations s'accentuaient, surtout les dimanches. Les autos s'arrêtaient en haut des dunes, souvent même dans les plantations d'oyats, on installait des tentes dans ces oyats, on allumait des feux de pique-nique au milieu d'eux. Des écriteaux furent installés pour inciter à respecter le site. Rien n'y fit. Notre famille ne parvenait plus à s'opposer aux graves dégradations et la situation devenait inquiétante[1]. » Car les promeneurs renvoyaient « à la famille Rousseau l'image de riches propriétaires jaloux d'un bien qu'ils ne désiraient pas ouvrir au public ».

Le Conservatoire du littoral a fait ce que tentaient de faire les descendants de Louis Rousseau, mais avec l'efficacité et la légitimité de l'institution. La convention de donation comportait des engagements précis de la part du Conservatoire pour remettre de l'ordre dans l'utilisation des dunes et des plages. Le stationnement anarchique des voitures et le camping sauvage ont été interdits. Les dunes de Keremma, le plus vaste massif dunaire de la côte bretonne, ont été replantées. « Tout était piétiné, des véhicules partout. Ces familles, là encore de la grande bourgeoisie parisienne, ont compris qu'elles n'arriveraient jamais à réguler elles-mêmes les foules de promeneurs en quête de nature sauvage », commente Emmanuel Lopez.

La situation était devenue assez délicate, d'autant que les descendants de Louis Rousseau, qui était né près d'Étampes, étaient toujours considérés comme des étrangers, et le sont encore, alors que nombre d'entre eux ont eu des responsabilités électives au niveau local et départemental. Le fils aîné de Louis Rousseau, Armand, ingénieur des Ponts et Chaussées, fut député, sénateur, président du conseil général du Finistère, sous-secrétaire d'État aux Travaux publics puis à la

1. Jean-Marie Ballu, *Dunes de Keremma. La donation au Conservatoire du littoral*, juillet 1988, Association de Keremma.

Marine et enfin gouverneur général de l'Indochine. Plusieurs descendants assurèrent les responsabilités de maire de Tréflez, dont le père de Dominique Brehon, le général Louis Pichon. Jacques Rousseau a été adjoint au maire et est encore aujourd'hui conseiller municipal.

Il n'est paradoxal qu'en apparence que le Conservatoire du littoral, dont l'une des missions est d'« autoriser l'accès libre et responsable de chacun aux rivages[1] », soit ainsi appelé à la rescousse pour mettre un terme à une fréquentation anarchique des bords de mer. Ici un milieu instable et fragile qui « possède une richesse floristique et faunistique d'un grand intérêt écologique[2] ». Mais l'interdiction des parkings sauvages et quelques autres mesures, pour réglementer la fréquentation des lieux, ont permis de satisfaire à l'exigence première du Conservatoire, « prévenir, en créant un patrimoine de protection, la perte définitive d'un capital biologique, esthétique, identitaire ; permettre la restauration d'écosystèmes précieux et de paysages remarquables[3] ». Les effets pervers du tourisme de masse sur l'environnement sont indéniables, et les descendants de Louis Rousseau ont pu, en faisant donation au Conservatoire, en limiter les conséquences sur l'espace dunaire auquel ils étaient attachés. Ce contrôle de la fréquentation a restauré le charme de cet endroit dont le calme était à certaines périodes très malmené. La protection du littoral et le maintien de conditions de séjour agréables

1. *Le Conservatoire du littoral*, brochure de présentation, octobre 2006.
2. *Ibid.*
3. *Ibid.*

pour les riverains vont de pair. Ce qui est d'autant plus apprécié que le rôle de surveillance et de répression est alors assumé par une institution officielle.

Aujourd'hui le domaine familial ne comprend plus les dunes devenues la propriété du Conservatoire du littoral. Mais l'accès des descendants de Louis Rousseau est toujours aussi libre, comme il l'est pour tout promeneur à condition de respecter les quelques consignes de bon sens qui visent à préserver cette zone côtière indemne de toute construction. De sorte que, comme dit Dominique Brehon, « on a été généreux, il faut le dire, mais c'était un intérêt bien compris » car les abords du domaine familial, côté mer, sont sauvegardés de manière pérenne.

Les concessions privées dans le bois de Boulogne

À l'origine, bien de la couronne, le bois de Boulogne devient propriété de l'État en 1848, puis de la Ville de Paris par une loi du 8 juillet 1852. Cet espace vert offre à ses riverains aisés, de Neuilly et du 16e arrondissement, un lieu de détente idéal puisqu'ils peuvent s'y rendre à pied. Mais il est de statut public, n'importe qui peut le fréquenter. Toutefois il existe au sein de cet espace mêlé, incertain, des lieux protégés. Plusieurs d'entre eux sont ouverts au public comme le Jardin d'Acclimatation ou les restaurants haut de gamme (le Pré Catelan, la Cascade, le Pavillon royal, le Pavillon d'Armenonville, le Pavillon Dauphine, le Chalet des Îles). D'autres sont privés et réservés aux seuls membres des cercles auxquels la Ville de Paris les a concédés. Si l'argent permet d'accéder aux restaurants, il n'est pas suffisant pour les clubs qui exigent des qualités sociales liées à la naissance.

Dès 1865 une concession est accordée au tout nouveau Cercle des Patineurs, fondé la même année. Il est vrai que « parmi les fondateurs, on lisait les noms de la haute société parisienne[1] » : prince Joachim Murat,

1. Henri Corbel, *Petite Histoire du bois de Boulogne*, Paris, Albin Michel, 1931.

comte O. Aguado, prince d'Arenberg, A. Blount, marquis de Castelbajac, prince de Sagan. Ces amateurs de patinage avaient les moyens d'influencer les édiles parisiens. « Par suite du bail passé par la Ville de Paris, le Cercle des Patineurs possède la jouissance exclusive d'un bassin construit sur la pelouse de Madrid, ainsi que des bâtiments qui y sont annexés, le tout renfermé dans une enceinte[1]. » « À la suite de l'hiver de 1865 qui avait été exceptionnellement doux, le Cercle des Patineurs pensa à compléter son établissement en y introduisant tous les jeux de sport et notamment un tir aux pigeons[2]. » Ultérieurement le Cercle des Patineurs-Tir aux Pigeons prit la forme de l'Association pour l'Encouragement des Tirs en France, plus connue sous le nom de Cercle du Bois de Boulogne, qui précise dans l'article 3 de son règlement intérieur qu'« aux termes d'un bail passé avec la Ville de Paris, l'Association pour l'Encouragement des Tirs en France a la jouissance exclusive de terrains situés sur la Pelouse de Madrid, ainsi que des bâtiments et installations y existant[3] ». Un conseiller municipal soulignait, au cours d'une délibération, le bien-fondé de cette concession : « J'ajoute que la Société pour l'Encouragement des Tirs en France, disait-il, est composée de personnes des plus solvables, offrant les garanties morales et financières les meilleures[4]. »

Quelques années plus tard, en 1882, le Racing Club

1. Cercle des Patineurs, *Règlement*, Paris, Imprimerie Paul Dupont, 1869.

2. Henri Corbel, *op. cit.*, p. 180.

3. Cercle du Bois de Boulogne-Tir aux Pigeons, *Annuaire 1987*, Paris, PYC-édition, 1987.

4. *Bulletin municipal officiel*, 17 juin 1899, p. 2004.

de France est fondé. Le conseil municipal de Paris lui accorde en 1886 une concession, à la Croix-Catelan, entre le Pré Catelan et le lac Inférieur. En 1892, c'est au tour du Polo de Paris de faire son apparition. Son siège social est situé au lieu dit Pelouse de Bagatelle où la Ville de Paris lui concède quelques hectares. Enfin, en 1895, est fondé le Cercle de l'Étrier. Il dispose de locaux et de terrains contigus à ceux du Cercle du Bois de Boulogne, eux aussi concédés par la Ville de Paris.

Les espaces ainsi fermés – encore aujourd'hui – au public ne sont pas négligeables : 8,1 hectares pour le Cercle du Bois de Boulogne, 6,65 pour la Croix-Catelan, 8,67 pour le Polo de Paris et 1,64 pour le Cercle de l'Étrier. Ce sont des espaces clos, dont les enceintes dissimulent les installations. La discrétion est ici de règle. Entrée limitée aux membres et à leurs invités occasionnels. « Sur 7 hectares, en plein cœur du bois de Boulogne, la Croix-Catelan offre une piscine olympique de 50 mètres, une autre de 33 mètres, 50 courts de tennis, une piste en herbe pour le jogging, 4 terrains de volley-ball et un club-house comprenant : saunas, douches, service médical et de massage, vestiaire, salons, snack et restaurant. L'été, le Tout-Paris s'y presse, l'hiver les sportifs s'y entraînent[1]. » Le Cercle du Bois de Boulogne dissimule derrière de hautes palissades et des haies fournies un grand bâtiment de style anglo-normand qui abrite les services administratifs, le salon, très fréquenté par les

1. Xavier Périssé et Dominique Dunglas, *La Privilégiature. Du Jockey Club à l'Ordre du Clou*, Paris, RMC édition, 1988, p. 252.

bridgeurs, et le restaurant. Le tir aux pigeons vivants, maintenant interdit, a été remplacé par le tir aux pigeons d'argile, mais ce sport d'adresse ne concerne qu'une minorité des membres. Les autres disposent de 21 courts de tennis, dont certains en terre battue, d'une piscine ouverte de mai à octobre, d'installations diverses, le tout disséminé sur des pelouses parfaitement entretenues et agrémentées de massifs de fleurs.

Au Polo de Paris, 4 des 8,5 hectares sont réservés au terrain de polo, souvent transformé, en semaine, en terrain de golf. Les installations comprennent un manège de dimensions olympiques et des écuries qui occupent 30 palefreniers, et hébergent 200 chevaux, dont certains appartiennent à des membres du club. Une piscine, 30 tennis et une aire de jeux pour enfants complètent les installations de plein air. Le restaurant, concédé à une société de restauration, accueille, outre les membres de plein droit du Polo, des hommes d'affaires qui y organisent des déjeuners dans le cadre prestigieux du cercle, et à condition qu'ils fassent partie d'une association *ad hoc*, les « Amis du Polo ».

Pour n'être point nuls, les effectifs de ces grands clubs restent marginaux relativement à la population de l'agglomération parisienne. Les cercles, dans le bois de Boulogne, font bénéficier leurs membres et leurs familles d'équipements exceptionnels dans un cadre préservé et à l'abri de rencontres non souhaitées. Malgré l'importance des installations, ces concessions, grâce à la discrétion dont elles s'entourent, restent peu connues des promeneurs. Comment, d'ailleurs, savoir ce qui se cache derrière ces palissades et ces haies ? Ne s'agit-il pas d'installations de la Ville de Paris liées à l'entretien du bois ? Ou d'un club auquel il suffirait d'adhérer pour pouvoir utiliser les équipements, comme c'est le cas pour les deux associations de pétanque ou le cercle hippique du Touring Club auxquels on peut accéder sans l'obstacle du parrainage, de la notoriété sociale, de droits d'entrée élevés ? Ces îlots mondains au sein de l'un des espaces verts parisiens les plus fréquentés sont quasi clandestins. Les guides touristiques n'en parlent pas. Un topo-guide des sentiers à travers les bois de Boulogne et de Vincennes ne signale pas l'existence de ces clubs dans ses commentaires, alors que les sentiers passent à proximité de ceux-ci et que les allusions et descriptions ne manquent pas dans ce guide sur d'autres curiosités qu'abritent les bois parisiens[1].

1. Fédération française de la randonnée pédestre, *À la découverte du bois de Boulogne*, Paris, Topo-guides des sentiers de grande randonnée, 1986.

Un parc naturel :
protéger les espaces protégés

« J'ai soutenu de mon mieux, écrit le marquis de Breteuil, les efforts entrepris par mes amis, le sénateur Édouard Bonnefous et le conseiller général Claude Dumond, pour la création d'un parc régional dans la Vallée de Chevreuse[1]. » Ce parc est le bienvenu car il protège un lieu de promenade apprécié des Parisiens. Mais, tout en préservant des espaces naturels très sollicités par les loisirs d'urbains en mal de campagne et de forêts, cette classification vient redoubler celles dont bénéficiaient déjà quelques demeures historiques remarquables. Il en est ainsi du château de Breteuil, qui appartient au marquis qui en porte le nom, du château de Dampierre, à la famille du duc de Luynes, et du château de Mauvières, au comte et à la comtesse de Bryas. À proximité, toujours dans le périmètre du parc, l'ancienne abbaye des Vaux de Cernay est devenue un hôtel de luxe après avoir été la propriété d'Henri de Rothschild. Connu aussi sous son nom d'auteur dramatique, André

1. Henri-François de Breteuil, *Un château pour tous. Cinq siècles de souvenirs d'une famille européenne*, Paris, Philippe Gentil, 1975, p. 160.

Pascal, il est le grand-père de Monique de Rothschild, qui chasse à courre dans les forêts de l'Oise et qui a d'excellents souvenirs d'enfance des journées passées dans cette splendide demeure. La présence de ces domaines exceptionnels a dû jouer dans la décision de la création d'un parc régional et dans sa délimitation précise.

Les rois, les princes, la noblesse en général, ont accordé beaucoup de place à la chasse dans leurs loisirs et à la chasse à courre en particulier, grande consommatrice d'espaces boisés. Les percements d'allées en étoiles des forêts domaniales en témoignent encore aujourd'hui. La forêt, lieu où la haute société de l'Ancien Régime côtoyait le peuple des campagnes, reste un espace contrasté socialement. Le *Bottin Mondain* met en évidence la concentration des familles de la noblesse et de la grande bourgeoisie dans les limites du Parc naturel régional Oise-Pays de France, dit aussi des Trois Forêts (Halatte, Chantilly et Ermenonville). Sur les 368 familles de cet annuaire qui donnent pour adresse principale l'Oise, 141, soit 38 %, se situent à l'intérieur des limites du parc. Pour ce qui est des résidences secondaires, 83 sur 256 sont aussi dans le parc, soit plus de 32 %. Au total, 71 familles mentionnées dans le *Bottin Mondain* ont une adresse à Senlis et 37 à Chantilly, les deux principales communes du parc. Ces deux villes sont déjà protégées puisque Senlis bénéficie du label de secteur sauvegardé, tandis que Chantilly jouit du périmètre de protection de son château, classé monument historique. Les trois forêts sont des sites classés depuis 1930.

Le Parc naturel régional Oise-Pays de France a une forme assez circulaire, le centre étant occupé par Senlis. Il englobe donc les trois forêts, qui enserrent dans leur écrin de verdure de nombreux villages « charmants », voire « bien léchés », comme disent les habitants chics de la région. De quoi abriter agréablement l'existence de familles aisées, dans un cadre paisible et dans de grandes maisons qui favorisent une intense sociabilité. Si les parcs naturels régionaux ont pour mission de favoriser les activités économiques locales, comme l'artisanat, l'élevage ou les produits du terroir, et de sensibiliser le public à la protection du patrimoine à la fois naturel et culturel, celui des Trois Forêts assure, aussi, la pérennité des espaces et des modes de vie grand-bourgeois. Les châteaux, les allées forestières percées pour la chasse à courre, les abbayes, les terrains de golf et leurs clubs, les villages sous surveillance, l'omniprésence du cheval et des sports équestres, des centres de ville qui mettent en scène le mode de vie des propriétaires de belles demeures et de gros 4 × 4 : le parc régional est marqué par cette omniprésence de l'aisance matérielle.

La langue administrative a l'art d'euphémiser les enjeux sociaux de ce type de protection. « C'est la qualité naturelle, culturelle, patrimoniale, paysagère et l'identité de son territoire qui caractérisent chaque parc naturel régional », peut-on lire dans une brochure officielle. Celui de l'Oise-Pays de France, créé le 13 janvier 2004, par décret du Premier ministre, est « la concrétisation d'une volonté commune et forte pour que ce territoire soit un territoire reconnu, préservé et développé durablement ». Mais l'examen du périmètre de ce parc permet de mettre en évidence la complicité entre les enjeux écologiques et les enjeux sociologiques. Ceux-ci sont importants et se jouent au

5. Les limites du Parc naturel régional Oise-Pays de France

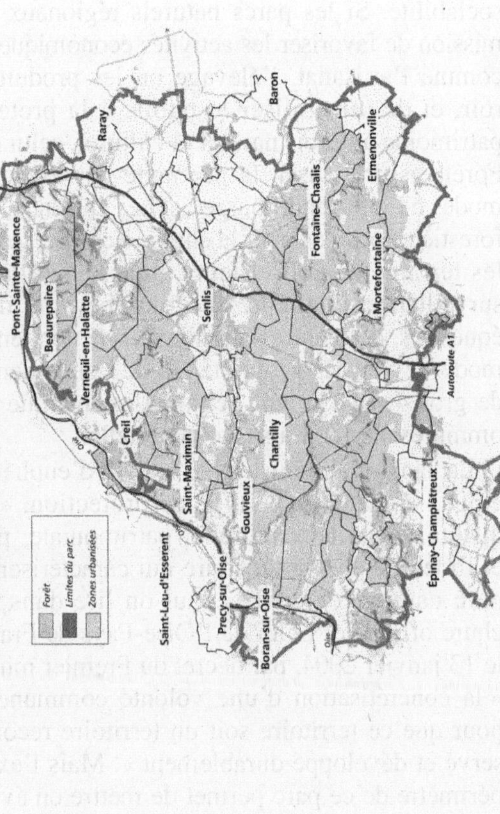

Source : Parc naturel régional Oise-Pays de France

mètre près : comme la délimitation des grands crus classés, comme toute classification, celle-ci est l'objet d'enjeux sociaux. Mais tout le monde ne souhaite pas être dans la course : parmi les maires tous ne font pas acte de candidature. Certains sont opposés à leur intégration dans le parc, car ils souhaitent conserver leur pouvoir de décision intact, sans avoir à se conformer aux impératifs d'une tutelle supplémentaire. Leurs projets d'urbanisation peuvent être incompatibles avec la charte du parc et ils choisissent alors de rester en dehors de ses limites.

Le projet du Parc naturel régional Oise-Pays de France a été élaboré au début des années 1990, avec l'objectif de protéger le patrimoine, en particulier naturel, tout en favorisant et en maîtrisant le développement économique et social. Selon Sylvie Capron, la directrice du parc, « les trois forêts de l'Oise sont un véritable carrefour, une plaque tournante pour les espèces animales et végétales. Ce secteur a un intérêt régional et doit donc être préservé. Mais, du fait qu'il s'agit d'un véritable corridor écologique, au sein du continuum forestier allant jusqu'aux Ardennes, ce parc a également un intérêt national ».

Entre 1990 et 2004, il a fallu en dessiner les pourtours. À l'ouest de la forêt de Chantilly, la vallée de l'Oise constitue une frontière naturelle qui a aussi marqué les activités humaines. La rive droite est plus urbanisée et plus industrielle. La rive gauche, où commencent les massifs forestiers apparaît tout naturellement comme la zone à protéger, en étendant cette protection vers l'est, jusqu'aux limites du massif, c'est-à-dire jusqu'à Raray et Ermenonville.

Faire le tour du parc révèle quelques entorses à ce schéma de principe. En commençant le périple par Asnières-sur-Oise, à hauteur de l'abbaye de Royaumont, on constate une première dérogation. La commune de Boran-sur-Oise, qui se situe sur la rive droite, est incluse dans le parc. Les responsables administratifs ont considéré que les villages de Boran et de Précy, lui aussi sur la rive droite, présentaient des configurations architecturales et urbanistiques intéressantes, qui pouvaient justifier leur inclusion. Mais les projets municipaux étaient incompatibles avec la charte du parc. Le maire de Boran a accepté de procéder à la révision du POS de façon à pouvoir s'intégrer dans la nouvelle instance. Tandis que la municipalité de Précy faisait le choix inverse, en obtenant toutefois le statut de commune associée au parc. La composition socio-professionnelle des populations actives ayant un emploi est très proche dans ces deux communes : peu d'agriculteurs, entre 36 % et 40 % de cadres et de professions intermédiaires, un peu plus de 50 % d'employés et d'ouvriers (recensement Insee de 1999). Par contre le *Bottin Mondain* indique trois familles ayant leur adresse principale ou une adresse secondaire à Boran, mais aucune à Précy. Le comte Philibert de Moustier et Madame, née Marie-Laure O'zoux mentionnent une seule adresse, celle du château de Boran. Le comte Pierre-Emmanuel de Moustier est né à Boran, et donne le château comme adresse secondaire. Enfin Christian de Panafieu a épousé Sonia de Moustier et le couple possède une adresse secondaire à Boran, au Colombier. Le château de Boran est la maison de famille des Moustier, et on peut faire l'hypothèse que cela a joué un rôle dans l'incursion des limites du parc sur la rive droite de l'Oise.

Saint-Leu-d'Esserent, sur la rive droite aussi, a été ignorée malgré la présence d'une magnifique abbatiale des XIIe et XIIIe siècles. « On n'a rien demandé, reconnaît le maire, mais on ne nous a pas consultés. » Il est vrai que cette ville de 5 000 habitants, à la composition sociale assez populaire, avec seulement 8 % de cadres mais 59,5 % d'employés et d'ouvriers, a un maire communiste, locataire du château de La Guesdière, du XVIIe siècle, devenu hôtel de ville depuis 1962. Les catégories administratives de paysage, d'identité patrimoniale recouvrent aussi des enjeux sociaux. Alain Blanchard, le maire de Saint-Leu, autrefois technicien à EDF, admet le principe du parc régional comme fondé. « Nul ne peut contester, dit-il, la nécessité de protéger les forêts de la pollution, de la pression foncière, des zones d'activité et des infrastructures routières. Il est juste sur le fond de préserver ce patrimoine, mais je suis préoccupé car le parc couvre pour l'essentiel les espaces des gens riches. Il ne faudrait pas que ce parc soit une zone préservée où la population vivrait bien au détriment des familles des alentours qui habitent des zones moins protégées et plus industrielles. »

En effet le parc régional accroît les phénomènes de ségrégation : il renchérit les prix fonciers et immobiliers et les jeunes couples de milieu modeste sont obligés d'aller vivre dans le nord de l'Oise, ce qui les éloigne de leurs lieux de travail situés bien souvent à Paris ou à Roissy, avec l'aéroport. À Saint-Leu-d'Esserent, chaque jour, 30 000 véhicules traversent la ville, dont 10 000 sont des poids lourds polluants.

« Tandis que les familles aisées du parc ne connaissent pas de problèmes majeurs de circulation. » Les centres des villes comme Senlis ou Chantilly deviennent inaccessibles pour les bourses modestes. Les produits des épiceries atteignent des prix prohibitifs, comme ce kilo de tomates, cueillies « à la main », vendu à 12 €. Les familles populaires n'ont pas d'autre choix que d'aller se ravitailler dans les centres commerciaux périphériques. Ces villes et ces villages dans ces zones boisées et préservées étaient déjà très chers, mais le parc a eu comme effet pervers de renchérir des prix déjà élevés.

Le parc, en continuant vers le nord, englobe la commune de Saint-Maximin, à la population populaire, avec 67 % d'employés et d'ouvriers, mais évite la ville de Creil, du moins sa partie urbanisée et populaire, pour n'en retenir que la base militaire et les plateaux agricoles et forestiers. Saint-Maximin a la particularité d'héberger des demeures des Rothschild et surtout des carrières de pierre. La pierre qui en est tirée, dite de Saint-Maximin, est un véritable patrimoine local. Par contre les grandes cités de Creil n'avaient pas vocation à être intégrées dans le périmètre du parc.

Le parc évite aussi une partie de Verneuil-en-Halatte, une commune non industrielle et ne comportant que très peu de logements sociaux. « Le maire n'était pas favorable au parc, selon Sylvie Capron, parce qu'il était plutôt dans une optique de développement et qu'il ne souhaitait pas que le parc puisse interférer dans les affaires de la commune. Aussi la ville n'est pas incluse dans le périmètre du parc. Mais par contre toute la partie de la forêt d'Halatte qui se situe sur le territoire communal de Verneuil en fait bel et bien partie. »

Beaurepaire, le village du marquis de Luppé, qui abrite la mairie dans les communs de son château, a été intégré en entier au parc, mais rien de plus normal : il se trouve sur la rive gauche. La partie de Pont-Sainte-Maxence qui se situe sur la rive droite n'a pas été incluse parce que très industrielle, contrairement à la volonté affirmée de la municipalité. On remarque après cette ville une excroissance du périmètre à hauteur du domaine de La Villette. Celui-ci « intéressait beaucoup les créateurs du parc », selon sa directrice. « Pour des raisons écologiques car ce domaine fait le lien avec le marais de Sacy, et permet de préserver les corridors écologiques. »

Puis la limite s'affranchit de l'Oise et oblique vers l'est en contournant les forêts d'Halatte et d'Ermenonville. La définition du périmètre dans la plaine du Valois fut rendue délicate par la présence d'une communauté de 62 communes. Les élus étaient majoritairement opposés à l'entrée dans le parc, craignant les interférences entre les deux entités et la confusion dans les prises de décision. La solution fut de n'inclure que les communes les plus proches et les plus tournées vers Senlis. Certaines, comme Baron, ont été partiellement intégrées. Le maire était hostile à l'intégration, mais la partie la plus proche de la forêt d'Ermenonville, site classé, est dans le parc. Le *Bottin Mondain* indique plusieurs familles dans cette zone, route de Montlognon : les comtes Gilles et Brice de La Bédoyère, la comtesse Étienne de La Bédoyère, les barons Bruno de Rosnay et Hugues Parmentier. Cette inclusion partielle du territoire communal a peut-être à voir avec la présence de ces domaines, que leurs propriétaires aient fait valoir leur désir d'être inscrits dans les limites du parc, ou que les domaines eux-mêmes aient été suffisamment intéressants du point de vue de la conservation de la nature. Ce ne sont que des suppositions, car il est aussi des familles qui préfèrent garder leur liberté. Le comte Édouard de Cossé Brissac, dont le château du Fayel, dans l'Oise, est situé en dehors du périmètre du Parc naturel régional Oise-Pays de France, est très satisfait car « nous n'avons pas besoin de contraintes bureaucratiques, nous savons très bien faire par nous-mêmes ce qu'il faut pour que les beaux espaces perdurent pour les générations à venir ».

Le territoire communal d'Ermenonville a été intégré dans sa totalité, en raison de l'importance des parties boisées, de même qu'à Mortefontaine. Quant à Survilliers et Fosses, les limites du parc évitent soigneusement les zones industrielles et les zones d'activité. Les communes du Val-d'Oise, de Châtenay-en-France à Épinay-Champlâtreux, où le duc de Noailles héberge la mairie dans le parc de son château, « sont elles-mêmes venues taper à la porte pour manifester leur intérêt pour le parc », conclut Sylvie Capron. À quelques nuances près, ce sont les communes déjà les plus préservées qui ont bénéficié des mesures de protection. Les débats territoriaux sont parfois vifs. « Jamais avec les HLM de Creil », aurait juré un maire de droite, jugeant les cantons de Montataire et de Creil « peu fréquentables ».

Les grandes familles de la noblesse et de la bourgeoisie ancienne inscrivent leur existence dans des espaces variés, mais toujours protégés. L'appartement parisien bénéficie du périmètre de sauvegarde et de mise en valeur du faubourg Saint-Germain. La maison de famille dans l'Oise est située à l'intérieur des limites du Parc naturel régional Oise-Pays de France. Le chalet à Gstaad, en Suisse, est construit là où le règlement d'urbanisme est si draconien que les nouvelles fortunes elles-mêmes hésitent à s'y risquer. La maison en Bretagne, qui vient de Madame, est bien à l'abri depuis que le Conservatoire du littoral a pris la responsabilité des terrains en bord de mer. Ce qui ne peut que rencontrer un consensus général. Qui, aujourd'hui, pourrait envisager de raser un hôtel particulier du faubourg Saint-Germain ? Qui pourrait concevoir de réaliser une piste de karting dans la forêt d'Halatte, ou d'ouvrir un casino sur la pointe du Raz ? L'une des forces de la grande bourgeoisie est d'incarner l'intérêt général, parce qu'elle contrôle les espaces les plus précieux, parce qu'elle possède les demeures, les œuvres et les ancêtres qui ont fait la richesse symbolique de la France.

Le G8 : concertation entre associations et ministère

Quelques années après la naissance informelle, en 2002, du G8 patrimonial regroupant huit associations nationales de défense du patrimoine, un arrêté du ministre de la Culture et de la Communication, alors Renaud Donnedieu de Vabres, porte officiellement création, le 20 janvier 2005, du Groupe national d'information et de concertation sur le patrimoine, et ce, pour une durée de cinq ans. Selon l'article premier de cet arrêté « ce Groupe national a pour mission de favoriser la concertation et les échanges d'informations entre l'État et les associations nationales, reconnues d'utilité publique, de sauvegarde et de mise en valeur du patrimoine bâti et paysager ». « C'est là, reconnaît Christian Pattyn, une institutionnalisation des rapports entre les associations de défense du patrimoine et l'administration de la culture. » Les réunions ne sont pas régulières, « c'est à la demande ; à certaines époques cela peut être toutes les six semaines, à d'autres ce sera beaucoup moins fréquent ». Mais, selon l'article 3 de l'arrêté, c'est « au moins deux fois par an ».

Du côté de l'administration, comme de celui des huit présidents d'associations, on reste dans le même monde social. Ce qui n'est pas contradictoire avec la diversité sociale des adhérents. Si Michel Clément, présent dans le *Who's Who* en tant que conservateur général du patrimoine depuis 2003, n'a pas de notice dans le *Bottin Mondain*, le ministre de la Culture, Renaud Donnedieu de Vabres, est, lui, présent dans le *Bottin Mondain* par sa mère, le *Who's Who* indique des études à l'IEP de Paris et à l'ENA, une naissance à Neuilly et une adresse personnelle dans le faubourg Saint-Germain. Mais les passerelles entre les instances dirigeantes de ces associations et le ministère sont aussi le fait de la mobilité des personnes. Christian Pattyn a été le premier directeur du Patrimoine, nommé en 1978. Il a d'ailleurs très bien su cohabiter pendant deux ans avec le nouveau ministre de la Culture, de gauche, Jack Lang. Christian Pattyn incarne à lui seul l'arrêté ministériel puisque, lorsqu'il était directeur du patrimoine, il avait déjà « beaucoup de relations avec les présidents des associations de défense du patrimoine ».

Il n'en reste pas moins que « cette idée que, par un arrêté, on crée un groupe de réflexion commun entre le ministère et des associations de droit privé, c'est une première, conclut Christian Pattyn. Aujourd'hui, plus de vingt ans après avoir quitté les fonctions de directeur du patrimoine, je me trouve, parfois, face au directeur de l'architecture et du patrimoine, mon septième successeur, dans la position de celui qui revendique ou qui n'est pas d'accord ».

Il est normal, de la part des hauts fonctionnaires, d'entretenir des relations avec les représentants d'associations, de syndicats ou de partis politiques, mais les passerelles, les contacts s'établissent plus aisément, avec plus d'efficacité, lorsqu'on est entre gens du même monde. Les intérêts des grandes familles pour le patrimoine se confondent sans difficulté avec ceux des familles plus modestes. En partie grâce à la magie sociale qui, en s'appuyant sur le droit et l'esthétique, parvient à transformer ces intérêts particuliers en intérêts généraux, le patrimoine de qualité des uns se confondant avec le patrimoine national. Il n'y a alors aucun inconvénient, au contraire, à ce que les représentants de l'État et ceux du mouvement associatif patrimonial se concertent, pour le plus grand bien de la nation.

7
Le collectivisme pratique

Les lotissements chics

La multiplication des lotissements chics, notamment dans les régions de villégiature, sur la côte d'Azur ou en Corse, permet d'assurer l'entre-soi auquel les familles de la haute société sont attachées. Les associations de copropriétaires emploient du personnel qui assure l'entretien courant des plantations et des villas, et leur surveillance diurne et nocturne. Certains villages de l'Oise où les résidences secondaires abondent à proximité de la forêt de Chantilly, recourent aussi à ce mode collectif de gardiennage.

Des cahiers des charges contraignants

Le contrôle collectif sur les biens immobiliers des lotissements chics prend aussi la forme du cahier des charges. Il s'agit alors de définir en commun une sorte de plan local d'urbanisme à l'échelle du lotissement. Plus restrictif et contraignant que le plan communal élaboré par les services de la mairie, ce PLU à petite échelle restreint la marge de manœuvre des propriétaires individuels tout en préservant des aspects de la copropriété qui paraissent importants à sauvegarder.

« L'esprit des prescriptions ci-dessus, est-il écrit dans le cahier des charges de 1959 du domaine de l'Escalet, à Ramatuelle, est de donner au lotissement et aux constructions qui y sont réalisées, une unité et une harmonie générale, tout en conservant le maximum d'indépendance à chaque acquéreur-constructeur. Ces règles seront appliquées avec toute la souplesse désirable, mais avec le désir d'éviter dans l'intérêt de tous la disparité de constructions anarchiques. » Un additif précise en 1968 qu'il convient de préserver l'unité des matières et des couleurs. « La pierre employée sera de la même nature et couleur que celles des rochers du Domaine de l'Escalet. Les enduits seront choisis dans une gamme colorée composée de : terre d'ombre naturelle ou calcinée, terre de Sienne naturelle ou brûlée, ocre jaune, ocre rouge. Le blanc pourra servir de support à ces teintes qui resteront franches. »

On retrouve cette logique collective à un degré supérieur dans les associations syndicales autorisées de nombreux lotissements chics : la villa Montmorency, dans le 16e arrondissement de Paris, le parc de Maisons-Laffitte, les Parcs de Saint-Tropez[1]. Les copropriétaires se donnent des contraintes de manière à préserver la valeur d'usage de leur bien immobilier et sa valeur marchande. Les deux sont liées : la qualité exceptionnelle de ces espaces dépend de l'autocontrôle exercé par les propriétaires eux-mêmes sur le

1. Voir notre ouvrage, *Grandes Fortunes. Dynasties familiales et formes de richesse en France*, Paris, Payot, « Petite bibliothèque Payot », 2006 (nouvelle édition), chapitre VI : « La collectivisation de la propriété individuelle : les lotissements chics », p. 245.

comportement des uns et des autres. À Keremma, des règles fixent la taille minimale des parcelles à 3 000 m^2 et exigent l'usage de clôtures végétales. Cette préservation de l'espace de vie est aussi une métaphore de la préservation du milieu social. Il s'agit d'assurer la possibilité d'une continuité de génération en génération : autrement dit, ces lotissements chics, parce qu'ils sont propriété collective (et privée) d'une partie du groupe, réalisent concrètement le collectivisme pratique, c'est-à-dire la gestion en commun de ses intérêts vitaux par le groupe lui-même.

Le recours à une gestion collective grâce à une association syndicale autorisée de copropriétaires apparaît comme le moyen le plus rationnel pour faire face aux problèmes posés par l'entretien et la surveillance de résidences délaissées durant de longs mois. L'implication de l'État et des services publics dans la gestion des biens de la haute société peut être dénichée dans les moindres recoins de l'enquête et sous des formes parfois inattendues. Ainsi, à la différence des syndicats de copropriétaires, qui relèvent du droit privé, les associations syndicales autorisées, mises en place dans la seconde moitié du XIXe siècle, ont le statut d'un établissement public administratif relevant de la tutelle du préfet. Tout propriétaire d'un ensemble immobilier ainsi géré en est obligatoirement membre. Le percepteur est le comptable de l'association, il prélève la contribution de chaque membre qui est perçue en même temps que la taxe d'habitation, sur l'avis de laquelle elle figure.

Ce type d'associations, régi par la loi du 21 juin 1865, est moins fréquent en milieu urbain, encore que la villa Montmorency soit gérée de cette manière. La vocation première de ces associations fut l'organisation et la gestion de l'irrigation de zones agricoles. « Les revendications de la chambre des propriétés immobilières se règlent sur celles des agriculteurs, explique Hélène Michel. Par exemple, dès 1875, les propriétaires urbains mènent une action pour pouvoir bénéficier de la loi du 21 juin 1865, relative à l'organisation d'associations syndicales libres de propriétaires, jusque-là bénéficiant aux seuls propriétaires fonciers dans le but d'améliorer l'agriculture[1]. » Hélène Michel relève que les responsables de ces deux organisations, la chambre des propriétés immobilières et les associations syndicales libres agricoles, appartiennent au même monde : « M. Boucher d'Argis, président de la chambre syndicale des propriétés immobilières de la Ville de Paris de 1889 à 1899, a des responsabilités au sein de la Société des agriculteurs de France. De leur côté, le marquis Élie de Dampierre, son président, ainsi que le marquis de Vogüé qui lui succède, sont tous deux membres de la Chambre des propriétés immobilières de Paris[2]. » La loi est donc modifiée le 23 décembre 1888 et étendue aux propriétaires urbains qui peuvent ainsi réaliser des travaux d'assainissement ou de voirie dans des lotissements ou des villas privées.

1. Hélène Michel, *La Cause des propriétaires. État et propriété en France, fin* XIXe-XXe *siècle*, Paris, Belin, 2006, p. 28. Voir également *La Chambre des propriétaires*, n°18, mars 1875, et n° 118, décembre 1888.

2. Hélène Michel, *op. cit.*

Un collectivisme familial : Keremma

Avant la création du Conservatoire du littoral, l'association familiale de Keremma avait essayé d'obtenir le classement du site, qui fut refusé. À partir de 1976, il parut évident que la solution pouvait venir de la nouvelle institution. L'association signa une convention de partenariat avec le Conservatoire aux termes de laquelle les terrains feraient l'objet d'une donation en cas de réussite de l'expérience. La période probatoire, couverte par la convention, était la condition nécessaire pour obtenir une unanimité familiale, garante de la poursuite du processus, du transfert de propriété des dunes au Conservatoire et, en conséquence, de la transmission aux générations à venir d'un espace naturel préservé. Les 110 hectares sur 9 kilomètres de côtes intacts de toute urbanisation appartenaient à 57 propriétaires, descendants de Louis Rousseau. Leur accord unanime ne fut pas le plus difficile à obtenir. La cérémonie officielle de la donation eut lieu pour son bicentenaire en 1987.

Cette opération a contribué à souder encore un peu plus le groupe familial, déjà mobilisé par la transmission de la mémoire du couple des fondateurs, Louis et Emma. Cette transmission aux jeunes générations peut s'appuyer sur les nombreux textes rédigés par des membres de la famille dont deux arrière-petits-fils du fondateur : Henri Rousseau, qui a écrit un essai, *Premiers Temps de Keremma. Mythe et réalité*, publié à compte d'auteur, et Jean Touchard, qui fut secrétaire général de la Fondation nationale des sciences politiques, auteur d'une thèse, *Aux origines du catholicisme social, Louis Rousseau 1787-1856*[1].

L'association Keremma édite, tous les quatre ans, un annuaire avec les coordonnées des 946 foyers (édition 2006) où l'on trouve des descendants de Louis et Emma Rousseau. Les noms des conjoints, les prénoms et les dates de naissance des enfants mineurs, les professions, y sont indiqués. Ce dernier élément permet de mettre en évidence un milieu social assez homogène et assez élevé. Jacques Rousseau, géophysicien pétrolier à la retraite, est passé par Polytechnique comme son arrière-grand-père, son grand-père et son père, et aussi comme son frère et deux cousins germains et comme quatre de ses cinq oncles du côté paternel. Des dynasties de polytechniciens aussi fournies doivent être rares. Si au départ la famille Rousseau comportait pour l'essentiel des militaires, avec de nombreux officiers de marine, et de hauts fonctionnaires, elle s'est élargie aux professions libérales, avec des architectes et des médecins. Sur les 946 descendants, plus de la moitié (503) résident en Île-de-France, dont 262 à Paris et 106 dans les Hauts-de-Seine, dont beaucoup à Neuilly, et 4 seulement en Seine-Saint-Denis. Sans relever exclusivement de la grande bourgeoisie, puisque les situations économiques sont assez diverses, cette famille appartient à une certaine élite dans laquelle le capital culturel et le capital social sont importants.

La Dépêche de Keremma donne des nouvelles des uns et des autres, les naissances, les décès, les

1. Jean Touchard, *Aux origines du catholicisme social, Louis Rousseau 1787-1856*, Paris, Armand Colin, 1968.

mariages, les anniversaires des plus âgé(e)s et traite de la vie à Keremma dans un bulletin qui paraît deux fois par an. Quant à *L'Écho côtier*, émanation aussi de l'association, sa parution est estivale. Un site sur Internet complète ce dispositif qui montre une belle vitalité pour des bicentenaires.

Cette richesse sociale s'inscrit sous les frondaisons de vieux hêtres qui ont dû connaître Louis Rousseau et Emma, dans une forêt créée de toutes pièces au XIXe siècle. À leur abri s'égrènent quelque 160 maisons. Celles des cinq enfants des fondateurs, qui forment l'ossature autour de laquelle le phalanstère a grandi, sont dans un alignement parfait, reliées entre elles par une allée centrale qui est l'artère la plus fréquentée. Les enfants y rencontrent des inconnu(e)s qu'ils saluent d'un chaleureux « bonjour ma tante » ou « bonjour mon oncle ». C'est la tradition et il y a peu de chances de se tromper. Les compétitions cyclistes sur cette allée font partie des bons souvenirs. Les constructions qui parsèment les 450 hectares représentent différentes époques, de la Restauration et du Second Empire au fonctionnalisme moderne en passant par l'éclectisme du début du XXe siècle. Les dimensions des bâtiments sont aussi très variables et renvoient aux inégalités de ressources. Mais, comme le dit Dominique Brehon, le seul critère de légitimité qui a cours à Keremma, c'est de faire partie de la famille.

Les Rousseau et les branches qui en sont issues célèbrent chaque année leurs retrouvailles estivales entre le 25 juillet et le 15 août. À ce moment-là, Keremma fait le plein. Une messe est dite dans la chapelle de Saint-Guevroc, qui est restée propriété de la famille bien que située au cœur des dunes. Une centaine de chaises à l'intérieur ne suffisent pas à accueillir les fidèles, dont la plupart participent à l'office, célébré conjointement par un prêtre de la famille et le recteur de Tréflez, debout dans les dunes. Plus tard, un vaste pique-nique familial ou un dîner tournant, au cours duquel on va les uns chez les autres, sans oublier l'assemblée générale de l'association et celle du syndicat de la copropriété : ce moment est un temps fort de la réactivation des liens et des solidarités de la famille. Ces festivités de l'été sont aussi l'occasion de rapprocher joyeusement les générations qui se rencontrent peu le reste de l'année. Ce sont surtout des retraités qui occupent la quarantaine de résidences principales, les autres maisons étant des résidences secondaires.

Les vacances, au milieu de cousins et de cousines, offrent les conditions pour qu'il y ait des alliances entre les différentes branches de la généalogie. On en compte une douzaine, dont celui de Jacques Rousseau qui a épousé sa lointaine cousine, Marie-France Pichon. Ainsi les branches familiales s'entremêlent, à l'image des maisons et des jardins qui, faute de limites bien marquées hésitent à appartenir à l'un ou l'autre. La silhouette d'une vieille tante, au détour d'un chemin, dans la lumière du sous-bois, donne au lieu une intimité, une familiarité que ne procurerait pas une maison de famille isolée dans son parc, non loin d'autres maisons de familles, mais celles-ci allogènes.

Keremma est certes une collectivité, un exemple de ce collectivisme pratique des classes dominantes qui savent gérer en commun leurs intérêts sans pour autant renier leur adhésion à l'individualisme consubstantiel au libéralisme économique, auquel par ailleurs ils adhèrent. Au-delà des contraintes statutaires, la liberté de chacun reste grande puisque les maisons peuvent être vendues à une personne étrangère à la famille. Il y a certes une pression du groupe pour éviter qu'une partie du domaine sorte du phalanstère et les ventes se font principalement à l'intérieur de la tribu. Une vingtaine de maisons sur les 160 en seraient sorties. À l'inverse il est des descendants qui, pour des raisons de successions compliquées, ont une demeure, peu distante de Keremma, mais en dehors du domaine. C'est le cas de Dominique Brehon. Quant aux fantaisies architecturales, elles sont bien acceptées, d'autant que la taille des parcelles et la couverture boisée donnent aux maisons une grande indépendance.

C'est là une forme du cumul dont les dominants sont des spécialistes. Individualisme et collectivisme peuvent coexister dans un tel domaine. Cette forme de cumul s'ajoute à celle qui mêle les différentes formes de richesse, économique, culturelle, sociale. Pas de famille pauvre à Keremma, et plutôt des familles aisées. Culturellement, le capital scolaire est important. Les maisons elles-mêmes et les biens qu'elles abritent sont parfois de grande valeur esthétique, comme dans les cinq maisons des enfants de Louis et Emma qui ont aujourd'hui une belle patine et l'ameublement des origines, agrémenté de tableaux d'époque ou de marines récentes. La richesse sociale ici va de soi, elle est inscrite dans la configuration des lieux, dans l'association Keremma et ses publications. L'annuaire à lui seul en est la démonstration. Le symbolique à partir de cet ensemble n'a pas de mal à s'imposer : c'est ainsi que la donation du bord de mer a suscité un intérêt considérable dans la presse et a été saluée par plus de cinquante articles : 4 dans les hebdomadaires et 12 dans les quotidiens nationaux, 16 dans les quotidiens régionaux, 11 dans des publications diverses (de *Rustica* à des revues de droit public), 11 dans des revues spécialisées dans la protection de la nature et des sites[1].

1. Voir Jean-Marie Ballu, *Dunes de Keremma. La donation au Conservatoire du littoral*, *op. cit.*, p. 53 *sq.*, où l'on trouve la reproduction de l'ensemble de ces articles.

L'Institut de France, gestionnaire des propriétés sans héritiers

Dans la forêt d'Ermenonville, en face de la Mer de sable, l'abbaye de Chaalis attend les touristes. Ancienne résidence de campagne de Nélie Jacquemart-André, le domaine a été légué à l'Institut de France en 1912. À peu de distance, l'Institut est propriétaire du domaine de Chantilly, encore plus vaste avec son château, ses écuries et ses manèges renommés, ses prés et ses forêts. Tout se passe comme si les grandes familles s'étaient dotées d'une institution pour assurer une prise en charge de biens qui ne peuvent être transmis autrement, en l'absence d'héritiers.

Henri d'Orléans, duc d'Aumale, né en 1822, mort en 1897, veuf sans enfant, après la perte de ses deux fils, légua le domaine de Chantilly à l'Institut de France, dont il était membre depuis 1871. Il avait mis à ce legs deux conditions. À sa mort le château devait être ouvert au public dans le décor même qu'il avait créé et les collections ne pouvaient pas être déplacées. Le château ouvrit au public le 17 avril 1898, moins d'un an après la mort de son donateur. Nélie Jacquemart-André, qui lui était très liée, trouva cette solution excellente et n'ayant pas d'héritier, elle décida de faire de même pour ses propres biens fonciers et immobiliers car « l'Institut de France, dans son esprit, représente mieux son pays que l'État républicain », selon la brochure consacrée à Chaalis par cet organisme.

Par son testament en date du 19 janvier 1912, Madame Nélie Jacquemart, veuve de Monsieur Edmond André, banquier, appartenant à la haute société protestante, a légué l'ensemble de ses biens, l'abbaye de Chaalis et l'hôtel particulier du boulevard Haussmann à Paris, devenu le musée Jacquemart-André, à l'Institut de France. L'ensemble est géré aujourd'hui par une fondation, sous la direction de Jean-Pierre Babelon, membre de l'Institut (Académie des inscriptions et belles-lettres).

Le service « Monuments et musées gestion » de l'Institut de France assure le maintien de ces patrimoines familiaux. Depuis la création de l'Institut, sous l'Ancien Régime, les liens entre cet organisme et la haute société sont étroits. Il fédère les Académies françaises, des inscriptions et belles lettres, des sciences, des beaux-arts, des sciences morales et politiques. L'Institut prend en charge des biens dont il assurera la pérennité matérielle et symbolique : grâce à son intervention, la mémoire des personnalités fortunées qui en étaient les propriétaires pourra être préservée malgré l'absence d'héritiers. Les demeures gérées par l'Institut témoignent d'un mode de vie qui cumule les différentes formes de la richesse au degré le plus élevé. Par leur valeur et par le coût exorbitant de leur entretien, elles sont le symbole même de la richesse matérielle. Elles inscrivent dans l'espace toute la fortune accumulée : une débauche de jardins, de terrasses, d'escaliers, de pièces multiples, de salles d'eau, de coins et recoins, de pièces de service, de locaux réservés à la lingerie, d'autres consacrés à la préparation des repas, à la conservation des vins... Au-delà de cette profusion d'espace, l'importance des pièces de réception et le nombre des chambres laissent imaginer les dîners donnés dans ces demeures, le nombre des invités, dont beaucoup étaient hébergés sur place. Autrement dit une vie sociale intense qui permet de tisser et de conforter les réseaux. Les immeubles légués l'ont été avec leur mobilier et leurs œuvres d'art. Par testament, le légataire, en l'occurrence l'Institut, ne peut en disposer à sa guise. C'est donc aussi tous les vestiges d'un mode de vie imprégné de culture, sous la forme d'objets d'art, de tableaux, de sculptures, de vieux meubles, de livres reliés, de tapisseries, d'instruments de musique, qui sont présentés aux visiteurs.

Le comte Aymar de Virieu fut recruté en 1992 en tant qu'administrateur de l'abbaye de Chaalis. Il a toutes les caractéristiques sociales qui conviennent au poste, ayant passé une partie de son enfance au château de la commune de Virieu, dans l'Isère. Sa mère, Anne Joly Lyautey de Colombe, aujourd'hui décédée, et sa femme, Isabelle d'Aleyrac Contaud de Coulange, portent également de jolis noms, comme on dit dans ce milieu. Il peut se sentir à l'aise dans cette ancienne abbaye, ses 30 hectares de parc et ses 1 000 hectares de forêts. Il donne l'impression d'être chez lui dans ce domaine, tant ils sont faits l'un pour l'autre. Aymar de Virieu se montre passionné par cette résidence d'été achetée en 1902 par Nélie Jacquemart-André et par les objets exotiques qu'elle a rapportés de ses nombreux voyages, en Égypte, en

Italie ou en Birmanie. Sa fortune et sa renommée de collectionneuse attiraient les marchands qui venaient jusque chez elle lui proposer des pièces rares, belles ou étonnantes.

Aymar de Virieu, homme de communication, présente les dispositions adaptées à son poste. Il peut mobiliser des relations pour développer les animations qui permettent d'augmenter le nombre de visiteurs et de restaurer des œuvres d'art. Dans la chapelle, où se trouve le tombeau de Nélie Jacquemart-André, les fresques du Primatice, peintes au XVIe siècle, ont pu être sauvées grâce au soutien de la direction des Affaires culturelles – puisque le bâtiment est classé – du groupe Generali (assurances) et du World Monuments Fund. L'importance attachée à l'éducation, à la culture et au patrimoine historique montre ici son efficacité. Il n'y a aucun lien de parenté entre Aymar de Virieu et Nélie Jacquemart-André, qu'il n'a évidemment pas connue. Il se montre pourtant aussi motivé et concerné par le domaine dont il a la charge administrative que s'il en avait la responsabilité en tant que propriétaire, avec pour devoir de transmettre ces biens hérités à la génération suivante de la lignée. L'individu est hérité par son éducation : tout membre de la haute société hérite de sa classe, et doit être à la hauteur de cet héritage collectif.

L'Institut s'est par contre trouvé dépassé par la gestion du domaine de Chantilly. La solution a été de recourir aux ressources de l'Aga Khan. Le prince Karim Aga Khan IV, d'origine indienne, est imam héréditaire des musulmans ismaïlis, présents en Inde, au Pakistan, en Afghanistan, en Birmanie. Né en Suisse, il a fait ses études au Rosey, l'un des plus grands collèges de ce pays, dont les élèves appartiennent aux familles les plus fortunées, puis à Harvard. Il est membre honoraire de France Galop et du Turf Club irlandais, du Royal Yacht Squadron, fondateur et président du Yacht Club Costa Smeralda en Sardaigne. Il donne, dans le *Who's Who* 2007, une seule adresse privée : Aiglemont, à Gouvieux, dans l'Oise. La gestion de Chantilly a été confiée, pour vingt ans, à la Fondation de l'Aga Khan pour la sauvegarde et le développement du domaine de Chantilly, créée en 2005, l'Institut restant le propriétaire. Le recours à une fondation est judicieux. Le produit des placements n'est pas soumis à l'impôt sur le chiffre d'affaires, ni assujetti à la TVA. La fondation permettra de continuer à entretenir le château, les 115 hectares du parc dessiné par Le Nôtre, l'hippodrome, les écuries, les manèges…

Quant aux 7 800 hectares de terres agricoles et de forêts, situés dans le massif de Chantilly-Halatte-Ermenonville, ils sont gérés par l'ONF, qui en récupère les revenus pour faire face aux charges d'entretien du domaine. Celui-ci est à cheval sur les départements de l'Oise et du Val-d'Oise et est compris dans les limites du Parc naturel régional Oise-Pays de France.

Le rôle de l'Institut est de prendre en charge ces biens immobiliers et ces collections dont il assurera la pérennité matérielle et symbolique. Il s'agit d'une remarquable manifestation de la solidarité du groupe. Face aux aléas de l'existence et aux incertitudes, c'est un recours d'une grande efficacité : la mémoire des Jacquemart-André, comme celle du duc d'Aumale sont entre de bonnes mains et leurs noms ne sont pas près de s'effacer des livres d'histoire, des albums d'art et des guides touristiques. Ces garanties sur l'avenir, l'Institut est armé pour les fournir. Non par les richesses matérielles dont il pourrait disposer, mais en raison de son prestige, du renom de ses membres et donc du capital social considérable dont il dispose. Il illustre cette règle de la haute société : les services rendus peuvent l'être sans que les destinataires de ces actes soient connus, toute cette solidarité étant une sorte de jeu à somme nulle où, par les médiations les plus diverses, une générosité apparemment à fonds perdus reviendra toujours au généreux donateur : la densité des réseaux est telle que personne n'est jamais oublié dans cette redistribution généralisée au plus haut niveau.

Les ventes aux enchères : dispersion et recomposition des patrimoines

La direction de Christie's France

Le directoire de Christie's France SAS a pour président François Curiel. Natif de Neuilly, il a fait des études de droit et d'histoire de l'art. Expert en joaillerie, il est membre du Polo de Paris, du Cercle de l'Union Interalliée et du Links Club de New York. François de Ricqlès, vice-président, né à Neuilly lui aussi, est par ailleurs commissaire-priseur et membre du Polo et de l'Interallié. Emmanuel de Chaunac (directeur général), Thomas Seydoux (Art impressionniste et moderne) et Florence de Botton (Art contemporain) complètent cette instance.

Le conseil de Christie's France est présidé par François Curiel et comprend parmi ses membres Patricia Barbizet qui figure dans le *Bottin Mondain* aux côtés de son mari, Jean Barbizet, directeur de banque, et ils ont l'un et l'autre une notice dans le *Who's Who.* Elle est présente au titre de directeur général de la Financière Pinault, poste qu'elle occupe depuis 1992. On trouve également Isabelle de Courcel, née Thierry-Mieg, une grande famille du Nord, dont le mari, baron Jean Chodron de Courcel, est passé par HEC et l'ENA. Il est membre du Nouveau Cercle de l'Union, et elle du Polo. Par son mari, elle est parente de Bernadette Chodron de Courcel, épouse de Jacques Chirac.

Parmi les autres membres de ce conseil, on trouve encore Hugues de Guitaut, qui figure dans le *Bottin Mondain* sous le double titre de comte Hugues de Pechpeyrou Comminges de Guitaut et de marquis d'Époisses. Il donne deux adresses, dans le faubourg Saint-Germain et au château d'Époisses en Côte-d'Or. Christiane de Nicolay-Mazery siège à ses côtés. Elle a écrit de nombreux livres sur la vie de château et les familles de l'aristocratie dont elle est issue. Elle a longtemps travaillé avec son cousin, Raymond de Nicolay, commissaire-priseur de renom, avant d'intégrer Christie's France. Le conseil comprend également Éric de Rothschild, fils du banquier Alain de Rothschild et banquier lui-même chez Rothschild & Compagnie, et Sylvie Winckler, dont le mari est un avocat installé à Bruxelles.

Les responsables de Christie's, les commissaires-priseurs, les experts, les vendeurs, les acheteurs, appartiennent, pour beaucoup, à la haute société, celle des beaux quartiers, des hôtels particuliers et des châteaux. Dès que l'on récolte des informations sur les origines et les cursus, on retrouve les mêmes familles, les mêmes quartiers, les mêmes établissements scolaires, les mêmes grandes écoles et les mêmes cercles.

Les mêmes biens, échangés dans les ventes de meubles et d'objets d'art, ne quittent pas, à l'échelle internationale, le milieu grand-bourgeois. Cependant, après les collectionneurs américains et les nouvelles fortunes liées au pétrole, ce sont aujourd'hui les Russes et les Chinois qui rachètent leur patrimoine artistique. Cédés par les uns, évalués par d'autres, mis aux enchères, ils sont finalement achetés par des membres de la classe. Les commissaires-priseurs et les experts font partie de ce corps collectif qui gère, accumule et redistribue les patrimoines. Ce milieu a l'exclusivité des beaux objets et des œuvres de valeur.

Les commissaires-priseurs et leurs clients

Que ce soit Thomas Seydoux pour les tableaux impressionnistes ou Christiane de Nicolay-Mazery pour les collections de meubles et d'objets d'art, les responsables de Christie's doivent avoir des contacts suivis avec les familles susceptibles de vendre et celles en mesure d'acheter. Le plus simple est encore de faire partie du même monde : en ce domaine la culture acquise à l'école ne suffit pas. Encore faut-il maîtriser les techniques des mondanités et savoir être familier avec les princes et les chefs-d'œuvre, avoir cette élégance que l'on n'acquiert guère à l'école et qui permet de traiter sur un pied d'égalité avec les œuvres et avec ceux qui ont en charge de les transmettre à qui de droit.

En raison de la vive concurrence qui oppose les grandes maisons internationales, notamment Sotheby's et Christie's, les acteurs de ce secteur ne doivent laisser échapper aucune occasion. Une connaissance en amont des familles susceptibles de se séparer d'une collection de porcelaines, ou d'œuvres d'art de toute nature, est indispensable. Pas de meilleure solution pour connaître les intentions d'une famille que d'en être des familiers. La sociabilité mondaine est un aspect essentiel pour qui fait commerce de patrimoines. Pour être, au bon moment, là où il faut, quand se préparent les décisions, rien de mieux que de faire partie du milieu social et d'être naturellement associé aux projets des familles.

Les raisons de la vente d'objets précieux sont diverses : depuis l'envie de recommencer une collection ou de la faire évoluer, jusqu'à l'obligation de s'en séparer en raison de problèmes familiaux ou de difficultés financières liées à la fiscalité ou aux droits de succession. Il peut arriver ainsi que l'on soit contraint de se défaire de l'ensemble du mobilier d'un château devant l'inéluctabilité de sa vente. Bref, « lorsque les objets arrivent chez Christie's, dit Christiane de Nicolay-Mazery, nous sommes chargés de les mettre en valeur, de faire des recherches sur les provenances possibles et de les proposer grâce au catalogue à ceux qui vont les aimer à leur tour et de trouver les collectionneurs qui vont les adopter pour une nouvelle période de leur vie ».

La provenance recense les propriétaires successifs de l'objet et leurs noms prestigieux pourront amplifier la magie de l'œuvre. Il faut une correspondance entre les objets et ceux qui les approchent, les ont possédés ou vont les acheter. L'origine indiquée dans les catalogues signifie que l'objet n'est pas anodin. Il est authentifié par ses propriétaires précédents, grands collectionneurs, personnages historiques, grandes familles ou, bien sûr, lieux prestigieux comme Versailles, Compiègne, Saint-Cloud ou Fontainebleau. Dans ces ventes aux enchères, l'enjeu est aussi que la lignée de l'objet ne soit pas interrompue.

On conçoit que Christiane de Nicolay-Mazery dise être passionnée par son métier. Elle est faite pour lui, comme les objets qu'elle voit passer d'un amateur à un autre sont faits pour elle, ou plutôt pour son milieu marqué par la connivence avec le monde de l'art et des créateurs. Elle apprécie ce rôle de médiation et de circulation des belles choses qu'elle contribue à faire revivre. Cette passation se fait souvent de propriétaires âgés à des acquéreurs plus jeunes, mieux armés pour assurer l'insertion des œuvres dans des maisons porteuses d'avenir. Christiane de Nicolay-Mazery dit se refuser à ne faire qu'un métier commercial. Ce qui donne du sens à son activité, c'est une vision vivante de l'aristocratie et de la grande bourgeoisie comme gardiennes d'un patrimoine à transmettre aux générations à venir dans une sorte de développement durable propre aux grandes familles dont le réseau en expansion s'élargit aujourd'hui aux frontières du monde.

La vente d'une collection

C'est aussi avec passion que Christiane de Nicolay-Mazery suit les objets d'art et les meubles mis en vente du début à la fin du projet, lorsqu'ils sont encore « chez eux », dans leur demeure, jusqu'au moment de la vente aux enchères. « Je vais dans la maison, raconte-t-elle, je m'imprègne des lieux, je photographie beaucoup, pour que les objets soient restitués dans l'ambiance de ceux qui les ont collectionnés. Je pose le plus de questions possible sur les origines et la vie des objets. Puis nous réalisons le catalogue à partir des photos et des textes des spécialistes. Nous essayons de réaliser, sous la forme d'un catalogue, un vrai livre qui recrée l'atmosphère de la maison des vendeurs. » Ainsi la mémoire de la famille dont proviennent les objets n'est pas perdue. La famille bénéficiera pour elle-même de ce moment arrêté à travers un livre qui immortalise une partie de son patrimoine. À son tour le catalogue devient un objet d'archive qui sera d'autant plus recherché que la vente aura pu être réalisée dans un hôtel particulier ou un château renommé, dans le cadre même où les objets ont vécu et pour lequel ils ont été rassemblés et collectionnés. Les beaux espaces et les grands noms ont donc non seulement le pouvoir de faire monter les enchères, mais encore ils sacralisent les catalogues, témoins impérissables, lieux de mémoire d'un moment dans l'interminable saga des dynasties. Selon Christiane de Nicolay-Mazery, « les quelque 10 000 abonnés à nos catalogues sont séduits par un objet, mais aussi par tout ce qu'il y a autour. Dès qu'il s'agit d'une collection prestigieuse, les prix s'envolent ».

Ainsi le 16 novembre 2006 a eu lieu, chez Christie's France, la vente de meubles anciens et d'objets d'art appartenant au comte et à la comtesse Édouard Decazes, une collection provenant de leur maison de Chantilly, qu'ils avaient décidé de quitter. Dans sa notice du *Bottin Mondain*, le comte Decazes mentionne sept décorations, dont la Légion d'honneur, la Croix du Combattant volontaire, la Grand-Croix de l'Ordre de Malte. Il est membre de l'ANF et de quatre clubs, le Cercle de Deauville, le Cercle de l'Union Interalliée, le Jockey-Club et le Polo de Paris. Propriétaire d'une écurie de courses, il mentionne avec son épouse née Caroline Scott deux adresses en Suisse, à Lausanne et Gstaad, et une autre à Chantilly.

Le catalogue édité à l'occasion de cette vente est illustré en couverture par une photographie représentant de face et en pied le comte et la comtesse Édouard Decazes. Ils marchent en direction du photographe, vers les tribunes ou le pesage d'un hippodrome. Le comte Decazes est en tenue de propriétaire d'écurie, longue jaquette sombre et pantalon rayé, haut-de-forme gris clair et fleur à la boutonnière. Il porte en bandoulière un étui à jumelles et tient entre les mains, gantées de noir, le programme de la réunion. La comtesse, gantée comme son mari, mais de blanc, en robe de cocktail, porte à l'épaule des jumelles dans leur étui et tient le même programme en laissant apercevoir quelques lettres du titre, probablement *Courses à Chantilly*. La couverture du catalogue n'utilise donc pas une photographie d'objets de la vente. Elle se contente d'un portrait des vendeurs dans une situation valorisante : en tenues élégantes, ils sont saisis dans un lieu et à un moment où la hauteur de leur position sociale est perceptible. Ainsi les responsables de Christie's ont-ils délibérément placé cette vente sous le label de l'excellence sociale des vendeurs. C'est le premier élément qui s'impose à l'acheteur éventuel. La valeur des objets proposés tient d'abord à la personnalité de ceux qui les ont choisis et en ont fait le décor de leur demeure. Ce thème revient dans les pages intérieures du catalogue : l'ouvrage s'ouvre par deux pages d'une sorte d'album de photos de famille où l'on voit le comte et la comtesse au pesage de Longchamp ou sur un terrain de polo, et des scènes qui leur sont familières : un équipage de chasse à courre et une course hippique. On retrouve certains de ces clichés en plus grand format à l'intérieur du volume, qui comprend 142 pages. Par exemple celui dont la légende précise : « Dimanche 1er avril 2001, "Prix des Pyramides" à Longchamp. Cheval Kalberry appartenant à la comtesse Édouard Decazes. »

Sous la reproduction d'un ancien portrait du comte Élie Decazes, une courte notice résume la carrière de cet ancêtre élevé au rang de duc par Louis XVIII, pour ses bons et loyaux services au gouvernement du roi. Plus tard il fonda en 1826 une société pour développer le charbon et le fer de l'Aveyron, et, en 1829, son nom a été donné à la cité de Decazeville en son honneur.

Les photographies du catalogue montrent les objets en situation, dans la « Bibliothèque », le « Bureau de Monsieur », la « Chambre de Madame », le « Boudoir de Madame », la « Salle à Manger », le « Grand Salon » ou « Salon des Broderies ». Là encore, en photographiant les objets dans les pièces où ils étaient placés, on les présente dans l'intimité de l'espace quotidien de leurs propriétaires. On les arrache à l'effet de banalisation que produit leur inventaire systématique dans le reste du catalogue qui les présente, plus classiquement, les uns à la suite des autres. Dans la disposition qui leur était affectée dans les pièces d'où ils proviennent, ils prennent une autre dimension, un peu comme dans un club, la présence simultanée de personnes appartenant à la bonne société fait rejaillir sur chacune d'entre elles tout le capital symbolique des uns et des autres et donc démultiplie l'effet social produit par la mise en commun des richesses individuelles.

L'addition des objets au fil des pages donne un aperçu du mode de vie qui correspond à un tel patrimoine. Le catalogue met en scène, dresse le décor d'une vie exceptionnelle, centrée sur le cheval, que ce soit à travers les courses hippiques, la chasse à courre, en France ou en Angleterre, le polo. Les nombreux tableaux et gravures qui ont ces thèmes pour sujets rappellent la spécificité de cette famille, une spécificité d'ailleurs relative, tant elle est partagée dans ce milieu. Une autre dimension de la vie grande-bourgeoise saute aux yeux : l'importance de la sociabilité qui se traduit par le nombre des objets qui renvoient aux arts de la table : porcelaine, argenterie, cristal. De même la profusion de sièges, de fauteuils, de chaises, souligne combien on reçoit dans ces maisons.

Le tout est marqué au sceau de la culture, avec la bibliothèque, les tableaux nombreux, les objets de collection raffinés. Une culture qui transparaît dans leurs descriptions. Comme pour cette « marquise d'époque Louis XVI », dont la fourchette d'estimation oscille entre 12 000 et 18 000 $. Passons sur le terme marquise qui n'est certainement pas universellement compris dans le sens, qu'il prend ici, de siège, généralement du XVIIIe siècle, pour une ou deux personnes, selon l'ampleur de la robe d'apparat. Ce meuble a une « estampille de Georges Jacob ». Il est « en bois sculpté et doré à décor d'entrelacs, reposant sur des pieds fuselés à cannelures rudentées, garniture de coton bleu, estampillé sous la ceinture G IACOB ». Voilà qui n'est pas accessible au premier venu.

La photographie révèle une « garniture de coton bleu » usée jusqu'à la trame, et largement déchirée.

Le canapé en simili cuir de l'instituteur, dans cet état, partirait directement aux objets encombrants. Mais, dans le cas d'une marquise Louis XVI appartenant au comte Decazes, cette usure est comme la pourriture noble du raisin avec lequel on fait les grands sauternes : une marque d'excellence et d'authenticité. L'usure du temps n'est pas un affront dans ce contexte, mais un élément de prestige qui peut s'afficher avec ostentation : le temps permet d'être au-delà du périssable. L'usure ajoute même une bonification économique : alors que dans les autres milieux sociaux les biens accumulés perdent leur valeur au fil des générations pour devenir très vite obsolètes, à l'inverse la plupart des objets anciens qui meublent l'espace de la vie quotidienne des grands bourgeois accèdent au statut d'objets d'art. Si bien que les familles finissent par habiter des maisons qui peuvent devenir telles quelles des musées, comme celle de Nélie Jacquemart-André.

Neuilly, un urbanisme chic, géré solidairement

En 1801, Neuilly n'était qu'un village de 1 506 habitants. En 2007 c'est une ville qui en compte plus de 60 000. Mais le village du début du XIXe siècle, où abondaient les terres maraîchères, était situé à l'ouest de Paris, dans le prolongement des beaux quartiers. De sorte que, dès cette époque, on y construisit des hôtels particuliers au milieu de grands parcs, comme en témoignent aujourd'hui les murs, les grilles et les portails parfois conservés qui clôturent les jardins entourant les immeubles de standing érigés depuis la Libération.

Au milieu du XIXe siècle, le domaine des Orléans, au nord de la commune, au-delà de l'avenue Achille-Peretti et de l'avenue du Roule, fit l'objet d'une opération de lotissement assortie de règles d'urbanisme draconiennes. Ainsi des boulevards de trente mètres de large devaient être ouverts, et protégés par une zone non constructible de vingt mètres de chaque côté. Si bien que les immeubles sont distants en façade d'au moins soixante-dix mètres.

D'autres lotissements, au sud, près du bois de Boulogne, sur l'emplacement des parcs des hôtels particuliers du siècle précédent, ont tracé un urbanisme spécifiquement grand-bourgeois. « Le parcellaire, la trame a été scellée, et on n'en est pas sorti puisque les servitudes ont été ensuite intégrées dans les plans d'urbanisme. De sorte que, conclut Bernard Aimé, directeur de l'urbanisme de la ville, ces mesures ont d'autant plus garanti la continuité urbaine de Neuilly que les maires ont fait preuve de longévité. Achille Peretti pendant quarante ans, de 1943 à 1983, et Nicolas Sarkozy pendant près de vingt ans, de 1983 à 2002. »

La présence de terres vierges de toute construction, coincées entre le bois, la Seine et les fortifications limitant Paris, a favorisé la construction d'une ville bourgeoise. Il n'y avait qu'une « seule limite perméable, le tissu industriel de Levallois-Perret, selon les précisions de Bernard Aimé. Nicolas Sarkozy a cherché à renforcer ce sentiment, qui doit habiter chaque Neuilléen, de partager un même environnement par le classement des villas et des voies privées, et celui des hôtels et immeubles remarquables, et par la création d'espaces boisés classés (EBC) qui représentent 14 hectares, soit 4 % du territoire communal ». Dont le jardin d'une des premières fortunes de France, Liliane Bettencourt, rue Delabordère. « Elle nous a invités à déjeuner, pour nous remercier. Elle tenait beaucoup à préserver ce parc magnifique, qu'elle aime », confie Louis-Charles Bary à Marie-Dominique Lelièvre, dans un entretien[1]. La grande villa, elle, est classée « bâtiment de référence ».

Le classement des villas et des voies privées et celui des hôtels particuliers et des immeubles dits

1. Paru dans *Marianne*, 24 février 2007.

remarquables par leur histoire, leur architecture ou les événements qui s'y sont déroulés, contribuent à assurer la pérennité d'un urbanisme caractérisé par la débauche d'espace et de verdure. Un urbanisme qui satisfait son responsable, Bernard Aimé, et qu'il attribue plus « au volontarisme de la ville » qu'à la pression des associations. La ville lui paraît marquée par « la beauté, la qualité et la tranquillité », ce qui montre « que l'on peut bien vivre dans une ville comme Neuilly, pourtant assez dense ». Ce qui est vrai comparativement à d'autres communes, populaires. Ainsi Neuilly compte 16 000 habitants au kilomètre carré contre 6 900 pour Nanterre, ou 10 900 à Aubervilliers. Mais les comparaisons sont délicates car les surfaces ont été évaluées par le service du Cadastre en ne retranchant du territoire communal que les lacs, étangs et estuaires des fleuves. Les usines, entrepôts, emprises des voies de chemin de fer, ateliers de la RATP, sont pris en compte, c'est-à-dire tous les espaces non résidentiels qui sont particulièrement nombreux dans les communes ouvrières proches de Paris.

À Neuilly, la majorité des élus et des habitants se servent de cette densité pour se disculper de l'absence de logements sociaux. Alors qu'il suffirait qu'il y ait une véritable volonté politique pour imposer aux promoteurs de réaliser obligatoirement tel pourcentage de logements sociaux pour des catégories modestes dans toute opération immobilière à Neuilly, comme cela se fait dans de nombreuses autres communes de banlieue et à Paris. Mais il y a un accord tacite entre les habitants et les responsables de la ville pour maintenir ce paradis urbain, puisqu'à l'homogénéité sociale correspond une homogénéité idéologique et politique qui aboutit à des scores exceptionnels : Nicolas Sarkozy a recueilli 73 % des suffrages exprimés au 1er tour de l'élection présidentielle de 2007, et 87 % au deuxième tour.

8

La mobilisation permanente

Au cœur des réseaux : les cercles

Unité et diversité

Le *Bottin Mondain* donne, en tête de volume, la liste des « cercles et clubs ». En 2006, 119 sont recensés, avec chacun l'abréviation qui les signalera dans les notices de la liste mondaine. Si certains ont des effectifs réduits, d'autres comptent plusieurs centaines, voire plusieurs milliers de membres. On en dénombre près de 1 000 au Jockey Club, le Cercle du Bois de Boulogne dépasse les 4 000, l'Automobile-Club, le Polo de Paris et le Cercle de l'Union Interalliée oscillent entre 2 000 et 3 500 membres. Le magazine *Cercles et Clubs*, créé en 1995, est destiné aux 20 000 membres d'une quinzaine de cercles aux noms souvent éloquents : Automobile-Club de France, Cercle de Deauville, Cercle Foch, Cercle France Amériques, Club des Gentlemen Riders et des Cavalières, Maison de la Chasse et de la Nature, Maxim's Business Club, Nouveau Cercle de l'Union, Polo de Paris, Union Club Bordelais, Union de Lyon, Wine & Business Club, Yacht Club de France, et deux cercles à l'étranger, le Cercle Munter (Luxembourg) et le MBC (Genève).

La population réellement concernée est difficile à chiffrer. Il faudrait ajouter aux effectifs donnés ci-dessus les conjointes ou les conjoints et leurs enfants, surtout dans le cas des clubs ayant une vocation familiale comme le Cercle du Bois de Boulogne et le Polo de Paris. Celui-ci compte moins de 3 500 membres proprement dits, mais, avec les conjoints et les enfants, il accueille au total 5 200 personnes. Mais il faudrait défalquer les doublons, les affiliations multiples dans deux, voire trois ou quatre cercles n'étant pas rares. La vitalité de ces institutions s'exprime aussi par l'importance des listes d'attente de candidats qui, ayant manifesté leur désir d'entrer dans ces clubs, patientent parfois plusieurs années avant que les instances de cooptation se soient prononcés sur leur cas.

Les cercles les plus anciens ont été constitués autour d'une activité particulière : l'élevage de chevaux et les courses pour le Jockey Club, le bridge pour Le Cent d'As, le tir aux pigeons pour le Cercle du Bois de Boulogne, la pratique du cheval pour le Cercle de l'Étrier. Ou en fonction de conditions exceptionnelles, comme le Cercle de l'Union Interalliée créé en 1917 pour offrir aux officiers des armées alliées un lieu où séjourner agréablement à Paris. Or les motifs mis en avant au moment de la fondation sont devenus marginaux. Au Jockey Club, malgré la présence sur les murs de nombreux tableaux ayant pour thèmes des cavaliers sur leur monture, des attelages ou des courses hippiques, la Société d'Encouragement pour l'amélioration des races de chevaux en France, qui le fonda en 1834, est devenue un souci secondaire. Les armées alliées ont quitté le sol national, ce qui n'empêche pas l'Interallié d'être très vivant. En définitive, les cercles rassemblent plusieurs dizaines de milliers de membres, dont la diversité des responsabilités sociales est une garantie d'enrichissement des réseaux auquel chaque membre participe.

Les conditions d'accès à ces cercles et clubs sont très variables. La liste du *Bottin Mondain* va du Club Alpin français au Jockey Club, le premier étant très ouvert, le second très fermé, tous les cas de figure existant entre ces extrêmes, avec toutefois une prédominance des cercles qui mettent en œuvre une sélection sévère. Leurs membres perçoivent l'existence de hiérarchies et de différences et ils les commentent dans des jugements, parfois catégoriques, sur les institutions voisines et en quelque sorte concurrentes. Ces jugements sont des indicateurs des principales lignes de partage entre les différentes fractions des hautes classes. Les responsables du Bois de Boulogne présentent leur cercle comme ouvert et moderne, puisque les femmes et les enfants y ont accès. Ils l'opposent aux grands cercles masculins comme le Jockey ou l'Automobile-Club, jugés désuets dans leur souci de fermeture. Toutefois d'autres membres du Cercle du Bois de Boulogne, nobles et appartenant au Jockey, ne partagent pas ce point de vue. Pour un noble du Cercle du Bois de Boulogne, le Jockey est tout de même un lieu reposant par son homogénéité, source de la confiance qui existe entre ses membres. Avec l'Association d'Entraide de la Noblesse Française, il s'agit de lieux où l'aristocratie et ses valeurs propres peuvent s'affirmer : l'identité noble s'y expose sans retenue. L'autre point de vue, opposé, n'est pas plus nuancé : le Jockey est un lieu d'un autre siècle, ce que symbolise le service assuré par des valets de pied en gants blancs et habit à queue-de-pie.

L'appartenance simultanée à deux ou trois clubs est fréquente. Elle peut cacher des préférences, la qualité de membre d'un cercle donné ne signifiant pas toujours une adhésion sans réserve à ses caractéristiques mais pouvant être une simple concession à la tradition familiale. « Mon mari, révèle Mme de Quesnay, est membre de l'Interallié. Il l'est parce qu'il en a besoin dans le cadre de son travail, ça lui permet de recevoir qui il veut. Il est aussi au Jockey Club où il n'a jamais mis les pieds parce que, justement, il ne peut pas faire au Jockey ce qu'il fait à l'Interallié et qu'il le trouve un peu coincé. » Les Quesnay en sont membres de naissance. Ne pas en être serait refuser l'héritage.

Pour le comte d'Estèbe, membre du Jockey, « l'Interallié, c'est très différent, il suffit que vous soyez candidat. Le président vous reçoit et vous demande si vous connaissez des membres du cercle et généralement on vous admet ». Il n'est pas sûr qu'entrer à l'Interallié soit plus facile qu'entrer au Jockey, mais ce qui importe c'est qu'un membre du Jockey ait le sentiment que l'on y reçoit à peu près n'importe qui alors que, rue Rabelais, le critère de la naissance joue ce rôle de garde-fou qui ferait défaut rue du Faubourg-Saint-Honoré. À l'image vieillotte du Jockey s'oppose ainsi le laxisme social supposé de l'Interallié.

Tout est dans le style. Dans le rapport à l'argent, qui ne manque pourtant pas au Jockey, même si tous les membres ne sont pas de grandes fortunes. « Au moment du krach boursier d'octobre 1987, poursuit le comte d'Estèbe, je n'ai jamais entendu quelqu'un se plaindre. J'ai seulement entendu "on a vu pire". Alors que dans d'autres cercles j'ai vu des gens complètement affolés, tout reposant sur l'argent. L'argent disparaît, il n'y a plus personne ! L'argent est, au Jockey Club, comme une manière agréable de prendre la vie, il vaut mieux en avoir, mais ce n'est quand même pas tout. »

Nul doute que les cercles soient des lieux où vont bon train les réflexions caustiques sur les autres clubs, ce qui atteste de groupes fortement intégrés. Mais à travers cet effort pour se démarquer, c'est aussi l'identité sociale du cercle qui s'affirme et donc l'identité de ses membres. Pour le comte d'Estèbe, « il n'y a pas d'autres cercles, il y a le Jockey et puis c'est tout. Et puis, dans les autres cercles, le président a une personnalité dominante, ils sont connus par leurs succès. Tandis qu'ici les présidents sont très efficaces et très discrets. Il n'y a pas de mise en avant ».

Les oppositions ne s'établissent pas uniquement entre le Jockey et les autres. Ainsi, pour l'un des responsables du Cercle du Bois de Boulogne, l'Interallié se caractérise par le fait qu'il regroupe beaucoup d'étrangers et l'aristocratie de l'argent. Ce qui pour lui n'est pas un compliment. Le Polo de Paris fait, lui aussi, l'objet de ses critiques en tant que symbole de l'argent et de l'affairisme. Ainsi il déplore la création de l'Association des Amis du Polo qui permet à des hommes d'affaires non membres d'y tenir des déjeuners professionnels. Et puis, un sport comme le polo, même s'il n'est pratiqué que par quelques dizaines de membres, coûte très cher. Un responsable de l'Interallié s'est démarqué, lui aussi, du Polo, en soulignant ce qu'il juge être une ouverture excessive, liée au besoin d'augmenter les effectifs afin de faire face à de grands travaux. Il a estimé que le Cercle Interallié avait plus d'affinités avec celui du Bois de Boulogne, par la qualité des membres.

L'un des axes d'opposition entre les cercles est la mesure dans laquelle on sait, ou l'on ne sait pas, y entourer de discrétion la fortune. Pour certains, celle-ci ne doit pas s'étaler, cela fait partie des bonnes manières. Ces systèmes d'opposition, mérite / naissance, suranné / moderne, exhibitionnisme / discrétion, dessinent les lignes de force d'un espace des cercles. Ils rompent avec une représentation monolithique des hautes classes : celles-ci sont fractionnées, multiples, concurrentes et l'existence de cercles divers, non réductibles les uns aux autres, répond aux variations dans la manière de concevoir l'excellence sociale, d'incarner la richesse légitime, le pouvoir et la culture. Les sensibilités variant à la marge, chacun pourra trouver le lieu où s'épanouir avec ses semblables. Cette diversité présente l'avantage de multiplier les réseaux et leurs maillages et donc de souder et de mobiliser l'ensemble des hautes classes[1]. On retrouve une hétérogénéité du même ordre dans le domaine des rallyes. Les hautes classes, les classes dominantes, les classes privilégiées… : le pluriel n'est pas gratuit, il répond à la mosaïque sociale que ces termes désignent. Comme y correspondent les différences limitées mais réelles dans la répartition des domiciles de leurs membres entre les beaux quartiers

1. Sur ce thème, voir Geoffrey Geuens, *Tous pouvoirs confondus : État, capital et médias à l'ère de la mondialisation*, Anvers, EPO, 2003.

traditionnels du 7e et du 8e arrondissement et les nouveaux quartiers chics de l'ouest parisien, le 16e et Neuilly.

Mais, au-delà de ces variations, les classes privilégiées se rejoignent pour assurer le maintien de leur position dominante, réunir les conditions de sa reproduction. Si l'on discute du détail, il importe de s'entendre par-dessus des divergences finalement anecdotiques. Déjà les frontières entre aristocratie et bourgeoisie sont franchies : même le Jockey accepte en son sein de bons bourgeois et, depuis des décennies, les alliances entre familles de l'un et l'autre bord se multiplient. Aussi les commérages liés à la diversité ne sont-ils qu'une autre forme de la mobilisation d'un groupe qui doit envelopper la variété des positions et des sensibilités. Il y a diversité, mais plus encore identité profonde des enjeux et des intérêts entre les cercles et leurs membres. Dans la pratique, au-delà du discours plus ou moins ironique sur les autres, recueilli çà et là, c'est la convergence qui l'emporte.

Le profit de l'appartenance à un club est à usage interne

Les annuaires des cercles sont hors commerce, confidentiels et réservés aux seuls membres. Le profit de l'appartenance est à usage interne : c'est au sein des classes dominantes qu'il présente toute sa valeur. De l'extérieur, ces institutions sont considérées comme désuètes, des endroits où de vieux messieurs tuent le temps, en attendant qu'il ne les tue, en jouant au bridge. La communication à l'intérieur du groupe est si importante que, comme dans le *Bottin Mondain*, les adresses et les numéros de téléphone sont mentionnés, alors même que les personnes concernées peuvent être sur liste rouge. L'importance de la sociabilité dans ces milieux aboutit à ce que la prudence ne soit plus de mise lorsque le support sur lequel vont figurer ces renseignements est destiné au milieu avec lequel on souhaite être en contact.

Le club se suffit à lui-même et il craint la publicité, dont il n'a aucun besoin pour se faire connaître du public concerné. Exciper de sa qualité de membre ferait double emploi avec toutes les marques de distinction qui séparent déjà du vulgaire celui qui la possède. Or l'enjeu des cercles n'est pas dans le pléonasme social que constituerait leur exhibition publique, en direction des classes moyennes ou populaires. Cela redirait ce que toute la personne proclame déjà par la position sociale occupée, le vêtement, le langage et les manières. Leur finalité est dans la constitution de lieux où les règles d'entrée assurent un entre-soi sans faille. Nombre de notices du *Who's Who*, très utilisé par les journalistes, ne mentionnent pas les appartenances aux cercles, qui sont en revanche indiquées pour la même personne dans le *Bottin Mondain*. Ce dernier est en effet destiné à une diffusion limitée. « Y être, c'est en être », pour reprendre la jolie formule de Cyril Grange.

Le *Who's Who*, lui, est plus éclectique. Il recense les responsables politiques de tous bords, dont Marie-George Buffet, secrétaire nationale du PCF, et Jean-Marie Le Pen, président du FN. Il peut être consulté dans de nombreuses bibliothèques, l'achat étant plus délicat en raison du prix prohibitif (environ 400 €). Lorsque Pierre Bourdieu écrit, à propos de l'absence de références aux cercles dans le *Who's Who*, que cela manifeste le peu d'importance accordée à ces institutions par les patrons, il en sous-estime la portée. Les cercles jouent un rôle qui déborde le patronat, car on y trouve aussi des hommes politiques, des savants, des hommes de lettres, des officiers de haut rang, ainsi, bien entendu, que des industriels et des banquiers. Ce n'est pas le Medef (Mouvement des entreprises de France), mais plus que le Medef : la sélection pour y entrer se fait avec davantage de rigueur. On peut être un grand patron sans être membre d'un club mondain. On ne peut pas appartenir pleinement au « grand monde » si l'on n'est pas dans l'un des cercles qui comptent. Ces institutions sont symboliquement très classantes, mais elles peuvent ignorer des personnes disposant d'un pouvoir important, particulièrement dans l'économie et les affaires. Un peu à la façon de l'Académie française qui consacre une position éminente, mais ignore des talents plus nouveaux et moins établis.

La coopération entre les cercles

Des rencontres informelles rassemblent, environ tous les deux mois, les directeurs ou les secrétaires d'un certain nombre de cercles. Il s'agit d'harmoniser les prestations offertes aux membres. La revue *Cercles et Clubs*, au rythme de deux numéros par an, relate l'activité de ceux qui participent à cette concertation, à travers des entretiens, des récits de voyages et des reportages photographiques de fêtes diverses dans lesquels abondent les portraits de groupe, carnets mondains en images. De nombreuses conventions organisent des accords de réciprocité entre les clubs. Pendant la semaine de fermeture de l'Interallié, en décembre, ses membres masculins peuvent être accueillis par l'Automobile-Club et les femmes sont alors acceptées au Jockey (au 3e étage, cela va sans dire, celui des invités, aucune femme ne pouvant pénétrer au second, réservé aux membres, donc aux hommes). De même, un accord entre le Jockey et l'Interallié permet aux membres du premier cercle d'utiliser les installations sportives du second, équipements dont il est lui-même dépourvu et où sont organisées des compétitions interclubs.

Au-delà des différences, les proximités sociales et la convergence des intérêts rapprochent les cercles dans la pratique. Toutefois leurs initiatives communes ont des limites et la proposition avancée un jour de créer un cercle des cercles qui pourrait réaliser son propre terrain de golf n'a pas été retenue. Chacun tient à conserver sa spécificité et son autonomie et, par là, un certain nombre de traits, voire de particularismes, qui contribuent à définir son identité. Pour autant le réseau des cercles est une réalité et chacun d'eux ne vit pas en vase clos. Dans ces réseaux constitués par les appartenances multiples à des cercles, ce sont aussi des responsabilités, des fonctions, des positions de pouvoir qui s'entremêlent et s'additionnent. Il ne s'agit pas de familles sur le déclin : la seule énumération des positions professionnelles, des éléments de carrière (le *Who's Who* décrit les *carrières* dans ses notices, et ne parle jamais de *profession*) des

25 membres du Grand Conseil du Cercle de l'Union Interalliée suffit à montrer à quel point les affaires et la politique sont présentes dans ces clubs. Douze de ces membres appartiennent également au Nouveau Cercle de l'Union. Mais, dans le cas d'espèce, il s'agit presque d'un artifice : selon l'accord passé entre le Nouveau Cercle et le Cercle de l'Union Interalliée, les membres du premier deviennent automatiquement membres du second. Les appartenances multiples de la même personne à différents cercles paraissent plus fréquentes pour les membres du Grand Conseil que ce n'est le cas pour l'ensemble des membres de l'Interallié. Il existerait ainsi des agents qui feraient de la vie de cercle une sorte de spécialité, y investissant plus que d'autres leur sociabilité.

Les clubs constituent une toile d'araignée, l'un des éléments du maillage tissé par la grande bourgeoisie pour se maintenir au pouvoir. Certains membres du Grand Conseil sont aussi présents au Jockey Club, à l'Automobile-Club de France, au Cercle du Bois de Boulogne ou au Polo de Paris. On retrouve ces affiliations multiples parmi les membres du comité exécutif de l'Automobile-Club. Celui-ci a été fondé en 1895 par le marquis de Dion, le baron de Zuylen de Nyevelt et un journaliste, Paul Meyan. Il s'agissait alors d'accompagner et de promouvoir le nouveau moyen de locomotion qui venait d'apparaître et qui était encore un objet de très grand luxe, réservé à une infime minorité qui faisait confectionner ses véhicules sur mesure, à partir d'un châssis, par des carrossiers des Champs-Élysées. Aujourd'hui installé dans les hôtels Pastoret et Moreau, sur la place de la Concorde, l'Auto, comme disent ses membres, au nombre de 2 500, a pour président le marquis Hugues du Rouret, membre de l'ANF, qui fréquente également le Cercle du Bois de Boulogne, le Jockey et la Société des Cincinnati. Il a succédé au marquis Philippe de Flers, devenu président d'honneur, administrateur de la Compagnie internationale de placements et de capitalisation, qui est aussi membre du Jockey et du Club des Trente. Gérard Féau en est vice-président et président de son association sportive. Directeur général de D. Féau SA, l'un des principaux réseaux d'agences immobilières et de conseil en ce domaine, fondé par son père, il est également membre du Rotary Club de Paris et du Maxim's Business Club. Parmi les membres du Comité de l'Auto on trouve en outre des affiliations au Cercle de l'Union Interalliée, au Golf de Saint-Cloud, au Polo de Paris, au Golf du Prieuré de Sailly.

Les clubs les plus anciens, ceux créés au XIXe siècle, ont une vocation généraliste. On trouve dans leurs locaux un restaurant, un bar, des salons, une bibliothèque, des salles de conférence : les lieux de convivialité sont privilégiés. Parfois des installations sportives, des courts de tennis, des piscines et des salles de gymnastique. L'Automobile-Club offre dans son entresol les services d'un salon de coiffure et des soins de manucure et de pédicure. D'autres cercles peuvent avoir une vocation spécifique. Il en est ainsi des golfs, comme ceux de Morfontaine ou de Chantilly. La pratique de ce sport est centrale, mais elle va de pair avec la sociabilité intense qui caractérise ces institutions. Il en va de même pour le Yacht Club de France, la Maison de la Chasse et de la Nature, l'Aéro-Club de France.

Les appartenances multiples ne sont pas contradictoires avec la spécificité sociale de chaque cercle. En outre le même individu peut être porteur d'attributs relativement indépendants, comme le fait d'être de noblesse authentique tout en étant impliqué dans le monde des affaires, ce qui peut conduire à de doubles ou triples affiliations, en fonction des logiques dominantes en chaque cercle. La passion pour la chasse, le golf ou la navigation de plaisance incline à compléter l'appartenance à un club parisien et mondain par une affiliation à un cercle où les compétences, les services et les relations utiles à une activité spécifique pourront être trouvés. Les alliances familiales viennent encore multiplier les ramifications des réseaux tissés entre ces cercles. Olivier Giscard d'Estaing, du Grand Conseil de l'Interallié, a des liens avec le Polo, dont il n'est pas membre, par son frère Valéry, son cousin Philippe, son neveu Louis, qui lui est, en outre, au Club des Gentlemen Riders et des Cavalières, au Cercle de Deauville et au Cercle France-Amériques.

Affaires, fonctions, familles et clubs forment un écheveau inextricable de relations et d'alliances. On conçoit que les cercles soient des lieux commodes pour entretenir et faire fructifier ce capital social qui n'a d'équivalent dans aucun autre milieu.

L'Internationale des clubs

Le réseau ne se limite pas aux grands cercles parisiens. Des accords de réciprocité existent avec de nombreux clubs étrangers, qui assurent l'accueil des membres français dans d'autres pays et, en contrepartie, celui des étrangers dans les cercles de Paris. « Nous sommes en correspondance avec le cercle le plus fastueux des États-Unis, rappelle le comte d'Estèbe, le Knickerbocker Club, sur la Cinquième Avenue à New York. Il paraît que lorsque vous y allez, vous êtes ébloui par le luxe. Lorsque vous invitez un Américain, ici, au Jockey, vous êtes ensuite reçu comme un roi aux États-Unis. Notre cercle est aussi jumelé avec un grand cercle anglais, le Turf, et avec le Cercle du Parc à Bruxelles. Donc nous pouvons, quand nous allons à l'étranger, aller dans ces cercles et eux viennent chez nous pour un temps : c'est très agréable, ça recrée un peu l'Europe du XVIIIe siècle. Je suis allé un jour à Rome, à la Quascia, on parle un français impeccable. J'ai rencontré un prince romain, qui m'a invité chez lui pour voir ses collections d'antiques. C'était le petit-neveu de Grégoire XVI je crois. La nourriture y est remarquable. Si jamais vous y êtes invité, demandez les pâtes au citron. Je n'en connais pas la recette, mais c'est un délice. À la Quascia, c'est parfois très élégant parce que vous avez un cardinal qui vient dîner. C'est très beau, comme palais, c'est une merveille. Mais l'atmosphère est la même. Des gens qui se connaissent, qui ne s'éblouissent pas, des gens qui entretiennent des rapports normaux, des gens du même monde. »

L'Interallié présente dans son annuaire une liste de clubs affiliés à l'étranger tout à fait impressionnante : 136 clubs y sont mentionnés à travers 29 pays, 44 clubs pour les seuls États-Unis. De quoi faire le tour du monde dans des conditions exceptionnelles. Ces accords sont fondés sur la réciprocité et l'Interallié accueille chaque année environ un millier d'étrangers de passage à Paris. Ce qui représente trois à quatre personnes par jour, plus les familles. Les membres de cercles étrangers affiliés peuvent organiser à l'Interallié des réceptions, des mariages, des déjeuners d'affaires. Bien entendu la réciproque va de soi pour les membres de l'Interallié se rendant à l'étranger.

Philippe Denis, ancien président de SOS Paris, banquier, administrateur de sociétés, descend au Knickerbocker lorsqu'il est de passage à New York. Ce cercle occupe un hôtel particulier édifié à côté du Plaza, un palace situé en bordure de Central Park. « Ce club offre des chambres très agréables à ses hôtes de passage. Le personnel est charmant et met à la disposition de ceux qui ne dorment pas là des sous-sols bien aménagés pour que les membres puissent se changer avant le dîner. Mais les traditions se perdent, regrette Philippe Denis, et les jeunes ne font plus cet effort et passent à table dans des tenues variées. » Le Golf de Chantilly a des accords avec des golfs à l'étranger, comme celui de Saint Andrews en Écosse. « Les Écossais viennent plusieurs fois par an à Chantilly. La semaine dernière, ajoute Christian de Luppé, le grand club de Bruxelles, le Ravenstein [Royal Golf Club de Belgique], était à Chantilly. »

Ces liens internationaux sont également présents dans certains cercles parisiens par l'affiliation de membres étrangers qui représentent jusqu'au quart des effectifs à l'Interallié, où l'on dénombre 64 nationalités, et ne sont jamais absents même au Jockey ou au Nouveau Cercle de l'Union. C'est au Travellers que le caractère international est le plus accusé. Il rassemble des hommes d'affaires du monde entier (environ 800 membres) et l'on n'y parle qu'anglais. Son président et ses deux vice-présidents doivent, selon les statuts, être de nationalités différentes. On y compte nombre de membres américains, britanniques et de bien d'autres nationalités. En réalité, le Travellers ne fait que porter à son degré le plus explicite l'une des logiques des cercles : celle d'être aussi des lieux internationaux de rencontres. Par leur maillage, les élites du monde entier sont en contact. Les clubs sont aussi une multinationale des hautes classes, qui leur assurent, entre autres avantages, celui de trouver en tout point du globe, à l'occasion de voyages d'agrément ou de séjours professionnels, des lieux où rencontrer, dans le confort et la discrétion, leurs pairs, leurs homologues par la position sociale.

Des militants spécialisés

Parallèlement, les membres des cercles s'investissent dans des engagements ponctuels. Ils participent à des associations qui œuvrent pour la sauvegarde du patrimoine ou des causes caritatives. Sans oublier la politique et le syndicalisme patronal. La multidimensionnalité des engagements de la grande bourgeoisie va de pair avec celle de ses différentes formes de richesse. Et comme tout change, pour que rien ne change la mobilisation est sur tous les fronts.

L'un des champs privilégiés de la militance grande-bourgeoise est celui des monuments historiques, des lieux de mémoire, des espaces urbains de caractère. La Demeure Historique, association très active, a comme terrain de lutte la défense des monuments habités, classés ou inscrits. La Ligue Urbaine et Rurale œuvre en faveur de « l'aménagement du cadre de la vie française », pour la « défense du patrimoine naturel et construit » et « la promotion d'un urbanisme contemporain ». L'Association des Amateurs de Jardins n'est que l'une de celles qui s'intéressent à cet art. La Sauvegarde de l'Art Français se consacre aux édifices religieux. Il faudrait citer aussi toutes les associations qui œuvrent à la protection d'un lieu, comme La Sauvegarde de Senlis ou Les Amis de Versailles. La liste serait interminable de ces associations dont beaucoup sont mentionnées dans le *Bottin Mondain* parce qu'elles concernent la population qui y est recensée.

Paris est un terrain de première grandeur où les associations abondent, avec des compositions sociales et des motivations variables. La bourgeoisie est présente avec SOS Paris, mais également dans de nombreuses autres associations qui se consacrent à un monument ou à un quartier. Les sociétés d'histoire et d'archéologie de chaque arrondissement ont été créées dès le XIXe siècle. Les grandes familles se mobilisent après le traumatisme haussmannien qui a bouleversé le paysage parisien. Des sociétés savantes, puis des associations vont agir afin de préserver ce qui reste du vieux Paris. Les combats menés ne se limitent pas à la défense des monuments historiques, ni des vieilles rues pittoresques. La Société Historique et Archéologique du 8e arrondissement, fondée en 1899, veille à la préservation des bâtiments remarquables et tente de pallier le bouleversement sociologique que l'emprise des banques et des compagnies d'assurances ne cessait d'exercer sur les Grands Boulevards.

SOS Paris

SOS Paris a été créée en 1973 par Marthe de Rohan Chabot et Marie de La Martinière. Il s'agissait de tenter d'empêcher la réalisation de projets, chers à Georges Pompidou, visant à permettre une meilleure pénétration de la circulation automobile dans la capitale. En plus de cet objectif marqué du sceau de l'urgence, l'association se proposait de lutter contre la construction de tours, la destruction de marchés couverts, la démolition d'immeubles anciens et leur remplacement par des bureaux. Par la mobilisation des habitants pour créer un réseau d'alerte sur les projets et les permis de construire et par l'organisation d'« un lobby permanent en faveur de [ces] objectifs auprès des députés et des sénateurs », SOS Paris entend « défendre le patrimoine architectural de Paris, son environnement et le cadre de vie des Parisiens[1] ». Cette association comprend, parmi ses centaines d'adhérents, des membres dont la position sociale donne une grande efficacité à leur action.

Jean d'Harcourt a été l'un des premiers adhérents de SOS Paris. « Je voyais tellement d'horreurs se faire sur le plan architectural, dit-il, que j'ai décidé de m'engager, d'ailleurs avec des amis comme Philippe Denis [président de l'association de 1986 à 2006], Marthe de Rohan Chabot ou l'écrivain Philippe Jullian. Il n'y avait vraiment aucun respect pour l'architecture. Maintenant il y en a un peu plus. » Marthe de Rohan Chabot, elle, était « indignée par des discours clivés, avec d'un côté un discours officiel rassurant sur la protection de Paris et la loi Malraux, et de l'autre les bulldozers et la construction de tours, de radiales et d'autoroutes urbaines ». On a là un bel exemple de contradiction interne à la classe dominante, entre les partisans du tout automobile et de la modernisation sans mesure et ceux qui souhaitent conserver l'unité architecturale et urbaine de la capitale.

1. Voir le site de l'association : <sosparis.free.fr>.

Philippe Denis en a été le président pendant vingt ans. Ancien banquier, il est membre de l'Automobile-Club de France, du Polo de Paris, et du Maxim's Business Club. Marthe de Rohan Chabot, l'une des fondatrices, issue d'une grande famille de la noblesse, est une parente du vicomte Olivier de Rohan qui préside aux destinées de La Sauvegarde de l'Art Français, et de la Société des Amis de Versailles, tandis que Louis de Rohan Chabot, un autre cousin, est vice-président du Club de la Chasse et de la Nature. Le président actuel, Olivier de Monicault, dont l'épouse, Catherine de Sauville de La Presle, a été auditrice à l'IHEDN, est aussi membre de La Demeure Historique. Louis Goupy a été recruté par son amie Marthe de Rohan Chabot, après une carrière de fonctionnaire international à la Communauté européenne à Bruxelles.

En 1992, SOS Paris comptait 800 membres. En 2006, la crise du militantisme semble avoir frappé là aussi : selon Louis Goupy, secrétaire général de 1990 à 2002, actuel vice-président, les contours sont plus flous. L'association revendique 500 adhérents permanents, fidèles et payant leurs cotisations. 2 500 autres se montrent motivés, mais sur un mode irrégulier. Et il y a tous les sympathisants prêts à aider et à soutenir, mais dont la pratique est réduite. Entre 5 000 et 10 000 personnes, selon Louis Goupy, ont été ou sont adhérentes à SOS Paris. Elles sont représentatives de tout l'éventail social parisien.

À travers des actions de lobbying auprès des pouvoirs publics, des manifestations sur la voie publique et des actions diverses, SOS Paris a pour objectif de faire que la capitale reste une ville vivante, avec son atmosphère, le charme de ses marchés et de ses petits bistrots de quartier, avec la diversité de ses rues et des architectures. Marthe de Rohan Chabot et Philippe Denis n'ont jamais dit qu'ils défendaient les beaux quartiers et le Paris de la bourgeoisie, du moins qu'ils les défendaient en priorité. Il y a d'ailleurs un délégué de l'association et des militants dans chaque arrondissement, aux professions diverses : journalistes, instituteurs, employés de banque, photographes, maquettistes, employés de la Ville de Paris.

Toutefois les beaux quartiers sont surreprésentés. « C'est vrai, reconnaît avec regret Louis Goupy, qu'une bonne partie de nos membres se recrutent dans le *Bottin Mondain*. Nous avons d'ailleurs cherché à nous démarquer de cette étiquette mondaine en recrutant des gens d'autres quartiers, et même de sensibilité politique marquée à gauche ! Certains sont partis en nous traitant de bourgeois ! »

La première grande manifestation de l'association a eu pour cadre le Palais de la Mutualité, rue Saint-Victor, dans le 5e arrondissement, un haut lieu des réunions publiques les plus agitées. « On se souvenait de Maurice Thorez et de tous ceux qui y avaient harangué les foules », savoure Philippe Denis. La séance fut présidée par Philippe Saint Marc, qui fut conseiller maître à la Cour des comptes et professeur à l'Institut d'études politiques de Paris, « un homme très remarquable, qui venait de publier un livre sur la défense de la nature. Ce fut un succès avec la projection du plan des hauteurs et de nombreuses explications sur les POS (plans d'occupation des sols) et autres ZAC (zones d'aménagement concerté). La foule était très chaude, il y avait une véritable agitation émotionnelle », se souvient encore Marthe de Rohan Chabot.

Olivier de Monicault, l'actuel président, s'est ainsi inquiété du sort du cinéma Louxor, abandonné depuis des années. L'immeuble, aux allures de temple égyptien, se dresse à l'angle des boulevards de La Chapelle et Magenta, au métro Barbès-Rochechouart : un quartier populaire s'il en est[1]. Depuis, le Louxor a été racheté par la Ville de Paris pour en faire un lieu culturel. Les actions des adhérents ont pu être spectaculaires : s'enchaîner à un arbre menacé, ou à la grille d'un petit marché couvert condamné à la démolition. L'association a également soutenu la lutte d'artisans et d'artistes d'une cour industrielle du 11e arrondissement menacés d'expulsion « pour réaliser une opération de promotion[2] ». Les militants de SOS Paris sont sensibles à cette diversité, « qui fait partie du charme de Paris, de son atmosphère », selon Marthe de Rohan Chabot. « Mais nous ne subordonnons pas la défense du patrimoine à la défense du social. Nous n'avons pas vocation à nous prononcer sur des problèmes sociaux », précise Louis Goupy.

Ce combat est facilité par l'insertion de certains membres de l'association dans des réseaux d'influence. Ce peut être utile pour faire aboutir une revendication sur un immeuble, une rue, tout un quartier. L'avocat de SOS Paris « a gagné beaucoup de procès ». Les recours juridiques ont été très nombreux. « Il fallait agir sur tous les fronts, juridique, dans la presse, et dans la rue », selon Marthe de Rohan Chabot. SOS Paris s'est opposé au projet d'agrandissement du Jeu

1. Voir le *Bulletin 63 de SOS Paris*, consultable sur le site de l'association : <sosparis.free.fr>.

2. *Bulletin 56 de SOS Paris.*

de Paume. « J'ai invité la presse et la télévision sur la terrasse de l'Automobile-Club, place de la Concorde, endroit idéal pour avoir une vue d'ensemble du site concerné. Le projet, démesuré, a été retiré, pour être remplacé par un projet plus raisonnable que M. Léotard, alors ministre de la Culture, finit par accepter. Quand on a les moyens de la persuasion, il faut savoir s'en servir », explique Philippe Denis.

Il y a eu des périodes où « la lutte était au couteau, se souvient Marthe de Rohan Chabot. On avait même des espions à l'Apur [Atelier parisien d'urbanisme], qui nous disaient tout ce qui se tramait ». Mais l'action de lobbying a toujours été très importante. « Quand j'étais président de SOS Paris, confirme Philippe Denis, je rendais visite régulièrement à tous les maires d'arrondissement. »

Olivier de Monicault représente l'association au sein de la Commission du Vieux Paris, organisme présidé par le maire de la capitale, qui comprend 55 membres : outre des présidents d'associations, des experts, des universitaires, des journalistes, des élus, des représentants de l'administration. La Commission « se réunit chaque mois, afin d'examiner les permis de démolir déposés à la Direction de l'urbanisme de la Ville de Paris, les faisabilités, et de débattre de l'actualité patrimoniale parisienne ». Son avis est consultatif. SOS Paris siège aussi, en la personne de son vice-président, Louis Goupy, à la commission départementale des sites, où Philippe Denis l'avait précédé. On y discute des espaces verts, et notamment des bois de Boulogne et de Vincennes.

En agissant pour préserver une certaine diversité parisienne, tant urbanistique que sociologique, SOS

Paris allie la défense de la capitale à la préservation d'espaces qui sont chers à ses adhérents. Cette mobilisation se décline sous de nombreuses modalités, mais elle met en évidence l'intérêt de la haute société pour Paris. Ayant les moyens d'agir, la grande bourgeoisie ne se prive pas de la possibilité qu'elle a de peser sur les conditions de l'évolution des paysages urbains et ruraux. Un tel engagement doit se comprendre comme une réponse aux menaces pouvant venir de tous les horizons pour le contrôle d'un bien rare et précieux, l'espace, que la seule richesse matérielle ne parvient pas toujours à contrôler.

Le Comité Vendôme

Créé en 1936, le Comité Vendôme est contemporain du Front populaire. Dû à l'initiative d'un assureur, son but était de lutter contre les menaces qui pesaient sur le quartier, c'est-à-dire la place elle-même, la rue de la Paix, la rue de Castiglione et une partie de la rue Saint-Honoré. Selon un banquier qui en fut le président, « la place périclitait. C'était l'époque du Front populaire et des grandes bagarres place de la Concorde. De plus la place Vendôme, avec le développement de l'automobile, était devenue un véritable parking. C'était aussi le début de la poussée vers l'ouest avec le développement du 16e arrondissement ».

Ce comité n'est pas unique en son genre : de nombreux quartiers chics se sont dotés de structures semblables. Dès 1902, il existe une Union du Faubourg Saint-Honoré. En 1916, en pleine Grande Guerre,

Louis Vuitton crée Les Amis des Champs-Élysées. Ce malletier de luxe était installé au numéro 70 de l'avenue, dans un immeuble encore orné aujourd'hui d'un écusson sur lequel est gravé « Immeuble Vuitton, 1912 ». En 1976 naissait le Carré Rive Gauche qui regroupe les grands antiquaires entre le quai Voltaire et la rue de l'Université. Exemple imité en 1987 par les galeristes du Triangle Rive Droite, délimité par les rues du Faubourg-Saint-Honoré, de Miromesnil et La Boétie, et traversé par l'avenue Matignon. Les comités Montaigne et George V datent de 1978 et 1979, et Remontons les Champs-Élysées de 1988.

Le Comité Vendôme réunit les grands noms de la banque et de la haute joaillerie. Ces entreprises prestigieuses occupent, comme sur les Grands Boulevards, sur les Champs-Élysées ou avenue Montaigne, des immeubles qui furent longtemps à vocation résidentielle et occupés par des familles de la haute société. La place Vendôme est le résultat de l'une des premières opérations immobilières de grande ampleur de la capitale à la fin du règne de Louis XIV. Mais le renom des familles qui vivaient là, les belles adresses qu'elles avaient créées par leur présence attirèrent la convoitise d'entreprises à la recherche de localisations valorisantes. De grands couturiers, puis de plus en plus de joailliers investirent la place pour lui donner son cachet actuel[1].

En 2006, le Comité Vendôme est composé par les représentants de 81 sociétés, parmi lesquelles le luxe

1. Voir, sur ce thème de l'évolution des quartiers sous la pression des entreprises à la recherche de localisations de prestige, notre ouvrage, *Quartiers bourgeois, Quartiers d'affaires*, *op. cit.*

est prédominant, avec la joaillerie, mais aussi la haute couture et les palaces (Ritz, Lotti, Westin et Meurice). Le mardi 28 novembre, le comité organise une soirée sur le thème des lumières de Noël. Il y avait eu des soirées semblables au début des années 1990. Les attentats de 1995 interrompirent la tradition pour plus de dix ans. En 2006, le comité tente une remise en route de ces fêtes. L'ambiance est magique : candélabres aux bougies électrifiées, appliques lumineuses à hauteur des premiers étages des hôtels particuliers qui dévoilent la richesse des décorations architecturales, une voûte de pampilles qui scintillent au-dessus des rues de la Paix et de Castiglione. Bref, un décor chargé d'évoquer le luxe et les lumières de la haute joaillerie.

Toutefois les discours recueillis auprès des joailliers, au lieu d'insister sur la qualité exceptionnelle des lieux, la richesse de la décoration et la magnificence des objets proposés dans les vitrines, mettaient en avant une volonté d'ouverture. Un thème nouveau et aujourd'hui récurrent, dans lequel s'inscrit le remplacement des rideaux de fer par des vitres, certes blindées, mais plus accueillantes pour le badaud et qui rendent la place plus attrayante le soir. La présence, en tant qu'invité d'honneur, d'Henri Salvador, venu en voisin puisqu'il est l'un des rares habitants de la place, est un autre signe de cette volonté d'ouverture. Il aura l'honneur de déclencher les illuminations en appuyant sur le bouton *ad hoc*.

« C'est d'autant plus important que la place Vendôme est un but, un lieu de destination. On n'y vient pas se promener par hasard, elle est à l'écart des circulations. On y vient parce qu'on a envie d'acheter un bijou. Nous devons essayer de générer un trafic, que la place devienne un lieu visité pour lui-même », affirme Lorenz Bäumer, nouveau venu sur la place. Ses locaux, situés au premier étage, donc sans vitrine sur la voie publique, offrent une vue remarquable sur la colonne Vendôme. « La joaillerie doit se démocratiser, dit-il. Bien qu'ils représentent beaucoup d'argent, je suis toujours content de montrer mes bijoux. Et puis les gens simples, peu fortunés, peuvent toujours devenir des clients. Pour un achat exceptionnel, une fois dans leur vie. Mais, même fortunés, certains clients n'osent pas franchir le pas, entrer, tellement il y a de sacré dans cet univers des pierres précieuses. » En effet, le pas est délicat à franchir : pour entrer chez Lorenz Bäumer il faut passer par un sas électronique digne de la Banque de France. Un salon intime et confortable attend les visiteurs. On n'ose pas dire clients tant la relation est personnalisée, l'art étant d'ajuster le bijou par la taille, par les couleurs et l'éclat, avec la nuance des yeux et la chevelure et tout ce qui passe de l'âme par le visage, la posture, le maintien.

Les joailliers de la place Vendôme sont perplexes devant le succès que rencontrent leurs bijoux lorsque ceux-ci sont présentés au rez-de-chaussée des grands magasins parisiens. Peut-être parce que ces lieux n'éveillent pas la timidité sociale que suscitent la place Vendôme, les vitrines des grands joailliers, et leur personnel affable, d'une élégance raffinée et s'exprimant avec aisance. Même avec des ressources suffisantes, de nouveaux enrichis ne possédant pas les codes sociaux hésiteront à pénétrer dans ces salons, auront de l'appréhension, selon Thierry Fritsch, le PDG de la maison Chaumet, ce que les sociologues appellent de la violence symbolique, et les intéressés de la timidité.

La maison Chaumet a été créée en 1780. C'est l'une des plus anciennes de la place, même si elle appartient maintenant à la nouvelle grande fortune en tête des palmarès, Bernard Arnault, puisqu'elle est contrôlée par le groupe LVMH. Son PDG, Thierry Fritsch, accueille ses visiteurs avec une politesse exquise, une affabilité qui n'a rien d'obséquieux et un plaisir évident à leur présenter un immeuble exceptionnel. L'ascenseur aux parois de verre fait passer en un instant du XXIe siècle au XVIIIe, de salons à la modernité chaleureuse aux fauteuils, moulures, dorures et tentures datant des Lumières. À l'image de la maison qui a toujours su faire « cohabiter l'histoire prestigieuse et la modernité dans un aristocratique excentrisme maîtrisé ».

Les clients d'une telle maison ne sont pas n'importe qui : ils sont clients de Chaumet. En tant que tels, ils sont inscrits sur le grand-livre, et, aujourd'hui, dans la mémoire de l'ordinateur. Une pratique systématique chez les joailliers qui immortalisent ainsi des immortels. « On enregistre tout, depuis Napoléon Ier, tout est archivé. Le nom de la personne, ses achats et leurs dates. Il en va de même pour toutes les réparations. » Feuilleter un registre ancien, c'est feuilleter l'histoire de France et l'histoire du monde. Une certaine histoire du moins, car n'y apparaissent que les puissants. « Quand vous avez des racines profondes, conclut Thierry Fritsch, vous vous sentez plus à l'aise pour avoir un grain de folie. » Et par exemple acheter un bijou chez Chaumet.

Cette maison est attentive à accorder à ses fidèles clients les soins auxquels ils s'attendent. Ils peuvent être invités à dîner dans l'un des magnifiques salons du XVIIIe siècle. Ou à des concerts privés. Le champagne est l'accompagnement naturel, et élégant, à l'occasion d'un passage place Vendôme pour faire exécuter une réparation. Si celle-ci peut être effectuée immédiatement, le client est installé dans un salon, flûte à la main, tandis que dans un atelier un ouvrier s'affaire sur le bijou ou la montre. Car, comme dans la haute couture, la haute joaillerie a ses ateliers dans le même immeuble que la boutique.

Le métier évolue face à l'internationalisation de la clientèle. Des familles étrangères, très fortunées, sont toujours venues du monde entier. Mais aujourd'hui les pays émergents, l'accumulation financière ultra rapide dans les anciens pays communistes, l'apparition de nouvelles sources d'enrichissement avec les technologies informatiques, sont à l'origine d'une profonde diversification de la clientèle. Aussi « nous formons les équipes de vente à recevoir n'importe qui, sans idées préconçues, déclare Thierry Fritsch. Aujourd'hui il n'y a plus aucune logique pour savoir qui vient de rentrer. Il n'y a plus d'uniforme, les gens riches peuvent s'habiller décontractés. Bref, avec l'internationalisation, les cartes se brouillent ». L'élargissement de l'espace de recrutement des grandes fortunes introduit donc du flou dans les classements usuels. Il s'ensuit un trouble dans les espaces consacrés de la grande bourgeoisie. Les halls d'entrée des palaces parisiens réservent des surprises : des Américains en baskets et *blue-jean*, des Moyen-Orientaux en *tee-shirt* et pantalon sans pli. Les repères deviennent incertains. Pour autant, étant donné les prix pratiqués par les grands joailliers et les palaces, la richesse reste un point commun à ces clients. La démocratisation de la haute joaillerie vise les grandes fortunes nouvelles qui peuvent hésiter à franchir le seuil des maisons anciennes. Les joailliers, en initiant cette nouvelle clientèle à leurs codes, peuvent espérer les fidéliser.

Agnès Cromback, présidente de Tiffany & Co France, une joaillerie de la rue de la Paix, est aussi présidente du Comité Vendôme. Elle paraissait comblée en cette soirée du 28 novembre 2006, à laquelle elle avait consacré beaucoup de temps. Henri Salvador venait d'illuminer la place et avait dit quelques mots au public. Et la colonne était sortie de la nuit, Napoléon se détachant de manière magique en ombres chinoises gigantesques sur les nuages bas. « Faire rayonner la place Vendôme avec la mise en lumière de la colonne », le but était atteint. « Je suis fière de cette belle décoration de Noël, nous cherchons à mettre en valeur notre patrimoine, poursuit Agnès Cromback, à communiquer la gaîté de Noël dans ce bel écrin qu'est la place Vendôme. »

En plus des joailliers, la place et ses environs immédiats hébergent des sièges de banques, des palaces, des compagnies d'assurances, des princes orientaux et Henri Salvador, le ministère de la Justice, de grands couturiers, des cabinets d'avocats, des cabinets de conseil, des cabinets immobiliers. Les activités restent haut de gamme, mais le comité est ouvert et a du reste accueilli le président du groupe Swatch, qui a une boutique sur la place. Swatch fait partie du groupe Bréguet, vieille maison de l'endroit. Sans doute pour se faire mieux accepter, Swatch a produit des modèles « spécial place Vendôme ». Ce qui était une manière comme une autre de reconnaître le caractère exceptionnel du lieu. « On ne se fait pas d'ombre, on tire tous ensemble vers le haut », affirme Agnès Cromback.

La soirée portes ouvertes, des expositions et de nombreuses animations contribuent à mettre la place en valeur « et à améliorer le *business* de chacun ». Le Comité Vendôme veille au moindre détail. Lorsqu'un joaillier fait des travaux, ceux-ci doivent être cachés par une bâche dont la décoration est soumise à l'appréciation du comité. La griffe des joailliers est en interaction avec celle de la place, elles baissent ou montent parallèlement : le lieu est consacré par les activités qui s'y sont établies, et en retour il consacre celles qui viennent s'y installer. Lorenz Bäumer collectionne les photographies historiques et artistiques de la colonne et il en expose une partie dans le hall de ses locaux. Là encore, ses bijoux et ses clichés interagissent pour dire et redire que l'on se trouve dans un espace hors du commun.

La Sauvegarde de l'Art Français

L'association a ses locaux dans un immeuble au 22, rue de Douai, dans le 9e arrondissement. « C'est un immeuble de rapport du XIXe siècle, précise son président, le vicomte de Rohan. Il a été construit par un certain M. Cruchet, reconnu comme un grand décorateur sous la monarchie de Juillet et le Second Empire. Ce quartier était très à la mode, surtout chez les intellectuels. Cet immeuble a été acheté par un de mes parents. Sa fille unique, Aliette de Rohan

Chabot, marquise de Maillé, en a hérité et elle en a fait don à la Sauvegarde de l'Art Français à sa mort. »

Dans un quartier qui fut un haut lieu de l'intelligentsia et des arts, la Nouvelle Athènes, ce bel immeuble abrite une association, créée en 1921, dont le but est aujourd'hui de veiller sur le patrimoine religieux de France : les églises et les œuvres d'art qu'elles contiennent. Son président, depuis un an à la retraite, après une carrière professionnelle de conseiller d'entreprise, est issu d'une grande famille noble. Il est également président de la Société des Amis de Versailles. Par ailleurs il est membre du Jockey et de l'Auto.

« La Sauvegarde a été créée par un personnage tout à fait étonnant dont le portrait est derrière moi, dit Olivier de Rohan, en se retournant. Édouard Mortier, duc de Trévise, qui a été président de la Sauvegarde de l'Art Français jusqu'en 1946, était un passionné de patrimoine. Il est parti en guerre contre le dépeçage des cloîtres et des châteaux que l'on envoyait aux États-Unis. Il s'est investi dans cette défense contre la démolition des églises et des maisons anciennes, avec une volonté de fer. Ses investissements ont été couronnés de succès parce qu'il avait un don exceptionnel pour ce qu'on appelle aujourd'hui la communication, sachant user de tous les médias et de ses immenses relations, avec une force de conviction remarquable. Il a été en outre le précurseur du "fund raising", notamment aux États-Unis. Il pouvait mobiliser la terre entière, de l'opinion publique à des académiciens et au maréchal Foch, en passant par le président de la République. » Olivier de Rohan Chabot est vicomte de Rohan, son frère, Josselin, président du groupe UMP au Sénat, étant duc de Rohan. Au

XVIIe siècle, par volonté royale, le nom de Rohan a été substitué, et non ajouté, à celui de Chabot dans cette branche de la famille qui a néanmoins souhaité conserver le nom de Chabot, qui n'est pas le sien : c'est pourquoi il n'y a pas de trait d'union.

Aliette de Rohan Chabot, veuve du marquis de Maillé, succéda au duc de Trévise, dont elle était la collaboratrice depuis l'origine, à la tête de la Sauvegarde. « Elle était passionnée de belles choses et elle était extrêmement savante. » Son grand-oncle, Ludovic Vitet, licencié en droit, historien et critique d'art, était conseiller d'État. C'est lui qui inaugure cette longue dynastie d'un nouveau grade de la haute fonction publique, celui d'inspecteur général des monuments historiques. Dès 1830, toute la problématique du monument historique est résumée par les caractéristiques des premiers inspecteurs, tout à la fois juristes et professionnels des arts et des lettres : il est affaire de droit et d'esthétique.

La marquise de Maillé a légué l'essentiel de sa fortune à la Sauvegarde en précisant dans son testament qu'elle souhaitait « qu'elle en fît usage pour participer à la restauration de préférence des églises, édifices antérieurs au XIXe siècle, non classés, mais de préférence inscrits à l'inventaire supplémentaire des monuments historiques ». À la tête de la Sauvegarde de l'Art Français, Olivier de Rohan a succédé en 2005 au comte Édouard de Cossé Brissac, qui lui-même avait succédé à son propre père en 1990. La mère d'Édouard de Cossé Brissac est née Herminie de Rohan Chabot. Les Rohan Chabot honorent comme il convient la mémoire de leur parente Aliette, grande donatrice en faveur d'une association qui fait un peu partie de la famille. Les tableaux accrochés dans les locaux pourraient l'être tout aussi bien aux murs du château familial. Olivier de Rohan doit se sentir familier de cet environnement qui lui rappelle sans cesse ses proches : une forme de militantisme où l'engagement public se confond avec les souvenirs et l'histoire familiale. Un rapport assez original à la vie associative, peu courant dans d'autres milieux. Marthe de Rohan Chabot, qui elle aussi a beaucoup combattu pour le patrimoine, est adhérente de la Sauvegarde, comme d'autres membres de la famille.

Olivier de Rohan est très actif dans le domaine de la défense du patrimoine. Depuis 1987, il est aussi président des Amis de Versailles, association créée en 1907 et qui est donc centenaire. À ce titre il vient d'être promu officier de la Légion d'honneur. Ce qui, à ses yeux, confirme la considération des pouvoirs publics pour le rôle de cette association ; il a été directeur, puis délégué général et conseiller du président de la Fondation du patrimoine ; il est membre de la Société de l'histoire de France et de la Société des Océanistes, de l'Association bretonne. Son cousin Édouard de Cossé Brissac rivalise avec lui sur ce terrain : il appartient à la Commission régionale du patrimoine et des sites et à la Corephae (Commission régionale du patrimoine historique, archéologique et ethnologique) de Picardie. Tous deux se retrouvent rue de Douai ou à l'Auto, place de la Concorde. Ils revendiquent l'un comme l'autre « l'investissement de certaines familles dans le bien public ». Mais ils sont d'accord aussi pour souligner l'importance d'un copieux carnet d'adresses, tout en rappelant que « ce carnet d'adresses, c'est bien, mais le véritable talent, c'est de savoir approcher les gens que l'on ne connaît pas, de savoir comment s'ouvrent les portes et de savoir qui est vraiment important ». Olivier de Rohan estime que, si son carnet d'adresses comporte des relations sociales héritées, beaucoup furent accumulées pendant son service militaire et surtout ensuite, pendant les vingt années durant lesquelles il fut chasseur de têtes. « Un métier qui oblige à découvrir et à prendre langue avec tous ceux qui ont le plus d'avenir dans la vie des entreprises, estime-t-il. Il faut pour cela avoir le goût des rencontres et des contacts et en rechercher de nouveaux dans le plus de secteurs et de milieux possible. Et ensuite savoir conserver le contact, ce qui ne saurait se faire sans réciprocité de goût et d'intérêt. »

On a là un bel exemple d'une famille de la noblesse qui a su se mobiliser et sait mobiliser pour les vieilles églises qui symbolisent dans la pierre, plus encore que les châteaux, l'histoire des villages et de tout un peuple. Ce sont aussi des symboles de la religion chrétienne et les témoins de l'histoire de la France. Deux entités qui ne font pas l'unanimité. Pour autant rares sont les Français qui accepteraient l'idée de raser de tels bâtiments, même pour faire passer une ligne de TGV ou construire un hôpital. Ces points de repère nationaux sont appréciés de tous et en défendre la pérennité est un combat qui rencontre un écho très favorable, quelles que soient les opinions religieuses ou politiques et quelles que soient les positions dans la société.

On trouve dans la Société des Amis du Louvre un autre exemple de mobilisation des grands pour une cause culturelle. « La Société des Amis du Louvre rassemble aujourd'hui près de 70 000 membres dont les cotisations et les dons lui permettent de disposer chaque année d'un budget moyen d'acquisitions d'œuvres d'art d'environ 3 millions d'euros (20 millions de francs). Ses dons au musée se comptent par centaines et beaucoup figurent parmi les plus illustres chefs-d'œuvre conservés au Louvre : la *Pietà de Villeneuve-lès-Avignon*, *Le Bain turc* d'Ingres, le Diadème de l'impératrice Eugénie, etc. Ce qui la place au premier rang des mécènes les plus généreux et les plus constants du musée[1]. » L'effectif important des adhérents, qui suppose une certaine diversité sociale, n'empêche pas le conseil d'administration d'être d'un niveau très élevé. On y trouve, parmi les 31 membres :

Baronne Bich, née Laurence Courrier de Méré	Veuve du baron Bich, président-fondateur de la Société Bic.	Résidence en Suisse. Collectionneurs, mécènes des Musées nationaux.
Princesse Jeanne-Marie de Broglie, née Maillé de La Tour Landry	Diplômée d'art et d'archéologie, collectionneuse.	
Mme Nicole Dassault	Épouse d'Olivier Dassault, vice-président du groupe industriel Marcel Dassault, président de Dassault Communication, député de l'Oise, secrétaire national de l'UMP.	Collectionneuse et amateur.

1. Site de l'association : <amis-du-louvre.org>.

M. Michel David-Weill	PDG de Lazard Frères Banque	Automobile-Club de France, Club des Cent, Cercle de l'Union Interalliée. Membre de l'Institut. Président du Conseil artistique des Musées nationaux.
M. Marc Fumaroli		Membre de l'Académie française, professeur honoraire au Collège de France.
M. Marc Ladreit de Lacharrière	Président de Fimalac (groupe international de services financiers), grand mécène du musée du Louvre, président de la *Revue des Deux Mondes*	Membre de l'Institut (Académie des beaux-arts), Cercle de l'Union Interalliée, Association d'Entraide de la Noblesse Française.
M. Georges Pébereau	Ingénieur en chef des Ponts et Chaussées, administrateur de sociétés (Bolloré technologies)…	Cercle de l'Union Interalliée. Chargé de mission pour la préparation de loi de 1987 sur le mécénat…
Mme Maryvonne Pinault	épouse de François Pinault (groupe PPR)	Collectionneuse, donatrice des Musées nationaux.
Baron Éric de Rothschild	Gérant de Château Lafite-Rothschild, administrateur de N. M. Rothschild & Sons (Grande-Bretagne), de Rothschild North America Inc., de Christie's…	Président de la Fondation nationale des arts graphiques et plastiques, du Mémorial de la Shoah.

M. Ernest-Antoine Seillière	Président de Wendel Investissement, membre du conseil de surveillance de Peugeot SA, d'Hermès International, ancien président du Medef, président de l'Union des confédérations de l'industrie et des employeurs d'Europe (Unice).	Automobile-Club de France, Réunion de la Noblesse Pontificale.

SOURCES : site de la Société des Amis du Louvre, <amis-du-louvre.org>, *Bottin Mondain* et *Who's Who*.

Réseaux nationaux et internationaux

Pour le patrimoine religieux, celui des églises, des chapelles, des abbayes, des cloîtres, des synagogues ou des mosquées, les associations sont au rendez-vous. Mais, comme le fait remarquer Olivier de Rohan, pour trouver un mécène disposé à financer la restauration de telle ou telle église, en totalité ou en partie, faut-il encore que l'existence en soit connue et que le problème de sa remise en état soit notoire. D'où l'idée de créer un Observatoire du patrimoine religieux, un projet développé par Béatrice de Andia, en collaboration avec la Sauvegarde de l'Art Français. Les bâtiments à vocation religieuse, quel qu'en soit le dogme, catholique, protestant, juif, musulman, bouddhiste ou autre, ainsi que les objets de culte, le mobilier et les éventuels éléments d'ornementation (statues, tableaux…), seront recensés sur un site interactif qui, selon Béatrice de Andia, « réunira ainsi sur le plan géographique, historique, juridique, artistique et architectural, les éléments du patrimoine religieux qui peuvent intéresser leurs propriétaires, affectataires ou usagers, les historiens et historiennes de l'art, les professionnels du tourisme et de la culture ainsi que le grand public ».

Béatrice de Andia a pour cela mobilisé tous ses réseaux, la présidence de la République et le ministère de la Culture, des préfets, et de très nombreux responsables dans le domaine du patrimoine. À 74 ans, elle a déjà une vaste expérience à son actif sur ces questions. Elle possède un château près d'Azay-le-Rideau, dont les jardins viennent de bénéficier du label officiel de « remarquable ». Elle a dirigé et coordonné 260 ouvrages sur le patrimoine architectural, urbain et sociologique de la capitale, en tant que déléguée générale à l'Action artistique de la Ville de Paris. Cette délégation avait été créée en 1977 par Jacques Chirac, qui venait d'être élu maire de la capitale, et dont elle avait été une condisciple à l'Institut d'études politiques de Paris[1]. Elle a également occupé des responsabilités dans des associations de défense du patrimoine. Elle est membre de la Commission du Vieux Paris. Depuis 2006, Béatrice de Andia a été nommée au conseil d'administration du Rayonnement des Châteaux de la Loire, une association franco-américaine équivalente aux Amis de Versailles. Au cœur des dispositifs mis en place pour veiller sur les monuments

1. Nous avons collaboré à cinq de ces ouvrages, en rédigeant chaque fois une contribution apportant un éclairage sociologique sur le sujet traité.

et les œuvres d'art, elle est en contact avec Olivier de Rohan, Louis Goupy, Christian Pattyn, et bien d'autres militants et / ou hauts fonctionnaires qui œuvrent dans le domaine du patrimoine historique.

Les châteaux ne risquent pas d'être oubliés. Outre Les Vieilles Maisons Françaises, qui ont une vocation plus large, La Demeure Historique veille sur les tourelles, les mâchicoulis et les escaliers à double révolution[1]. Denis de Kergorlay en est un vice-président actif. La vie associative en ce domaine est intense. Le Comité des Parcs et Jardins de France, dont Didier Wirth est le président, a été créé en 1990 à l'initiative de l'Association des Parcs Botaniques de France, des Vieilles Maisons Françaises, de La Demeure Historique, et d'associations régionales. La vitalité dont témoignent toutes ces institutions se traduit aussi par l'existence de réseaux qui en relient les membres : un maillage serré de regards et d'actions pour les vieilles pierres et les jardins qui les mettent en valeur. Didier Wirth, président du Comité des Parcs et Jardins, est également, à ce titre, membre du conseil d'administration de La Demeure Historique.

Pour chacune de ces causes, le milieu de la grande bourgeoisie est mobilisé. Pour la protection et la mise en valeur des parcs et jardins, outre le président, Didier Wirth, font partie du bureau et du conseil d'administration du Comité *ad hoc* quatorze personnes, dont la moitié portent un nom à particule. La plupart figurent dans le *Bottin Mondain* mais un seul, Henri Carvallo, représentant de La Demeure Historique, a une notice

1. Voir notre ouvrage *Châteaux et Châtelains*, Paris, Anne Carrière, 2005.

dans le *Who's Who*. Sans doute les parcs et jardins mobilisent-ils davantage dans un milieu plus féminin et provincial. D'ailleurs nombre de ces membres représentent des associations régionales. L'extension des réseaux s'étend au-delà d'un milieu parisien. C'est aussi largement parmi les élites locales que se tissent les réseaux de la haute société.

Le militantisme associatif existe dans d'autres milieux sociaux. Ce serait une entreprise de grande ampleur que d'essayer de créer des indicateurs de militantisme, mesurant les mobilisations des uns et des autres. Ce n'est pas l'objet de ce livre, mais la mise en évidence de l'existence de ces réseaux dans la bourgoisie, dont nous n'avons pas épuisé l'exploration, est un apport original à la connaissance de la société française. En effet, si les études sociologiques sur les jardins ouvriers et les cités des banlieues nord et est de Paris sont nombreuses, il n'en existe pas, à notre connaissance, sur les associations où militent les ducs et les énarques. Or le pouvoir social passe aussi par la défense d'un patrimoine lié aux modes de vie aristocratiques. Le militantisme associatif tisse sans répit des liens et des solidarités qui ont des effets en retour dans tous les domaines de la vie sociale, et ce, à l'échelle du monde.

Comme pour les cercles et clubs, qui constituent une internationale de fait, les associations de défense des beaux espaces, du patrimoine et des parcs et jardins ont des liens avec de nombreuses associations semblables à travers le monde. C'est aussi le cas pour le syndicalisme patronal et dans le domaine des affaires. Le cosmopolitisme est inhérent au pouvoir et à la haute société. Depuis très longtemps : les patrons n'ont pas attendu la délocalisation des entreprises textiles pour envoyer leurs enfants à Harvard, ou pour créer des filiales aux quatre coins du monde. Ernest-Antoine Seillière a cédé sa place à la présidence du Medef pour prendre la présidence de l'Unice (Union des confédérations de l'industrie et des employeurs d'Europe). Quel que soit le domaine abordé, tirer le fil dévide la pelote : tout se tient, les réseaux sont tellement connectés entre eux qu'en saisir un bout permet de voir se dérouler l'ensemble.

Denis de Kergorlay, vice-président de La Demeure Historique, exerce des responsabilités également en qualité de vice-président dans une autre organisation, Europa Nostra, dont l'ambition est de donner une dimension européenne à la défense du patrimoine. Europa Nostra, selon Denis de Kergorlay, « fonctionne sur le réseau relationnel que chacun se crée. C'est du lobbying en vue d'influencer des hommes politiques, mais on ne peut le faire que si on est crédible ». L'organisation a été créée en 1963 par des Européens de la première génération qui travaillaient au Conseil de l'Europe. Ils voulaient se doter d'un outil associatif de type ONG pour défendre le patrimoine historique du Vieux Continent. La construction de l'Europe pouvait s'appuyer, selon leur idée, sur son patrimoine comme fondement d'une identité et d'une citoyenneté européennes.

Mais les moyens financiers n'ont pas été, et ne sont toujours pas, à la hauteur des ambitions. Europa Nostra reçoit une subvention de 40 000 € de l'Europe et elle doit ses moyens financiers à des familles mécènes : les Leventis, des Chypriotes, dont l'un d'eux fut longtemps le trésorier d'Europa Nostra, et les de Koster, une famille hollandaise de laquelle fut issu, un temps, le président de l'organisation. Il faut également ajouter des fonds liés à du mécénat d'entreprise. Denis de Kergorlay pense que le militantisme et le mécénat en faveur du patrimoine, à l'échelle du continent, devraient se développer. C'est en tous les cas pour lui une dimension fondatrice de la construction européenne qu'il tente de mettre en œuvre de façon concrète et pragmatique.

Henri-François de Breteuil, président d'honneur de La Demeure Historique, est aussi vice-président du World Monuments Fund France. Olivier de Rohan est en contact avec des mécènes américains, dont les dons fournissent une part des moyens d'action des Amis de Versailles. Pour le centenaire de cette association, il a organisé un dîner de 600 convives en l'honneur des donateurs, dans l'orangerie de Versailles. De chaque association se préoccupant de plantes rares, de fleurs, de jardins, d'hôtels particuliers, de châteaux ou de centres historiques urbains poussent des ramifications internationales.

La passion du militant

« Au cours des deux derniers siècles, les Kergorlay se sont distingués dans les domaines de la politique et de l'action sociale où ils ont cherché à servir le bien public[1]. » Élus députés dans la circonscription de Saint-Lô où se trouve Canisy, les Kergorlay s'investissent dans le scoutisme, dans les mouvements catholiques sociaux et dans le saint-simonisme. « Quelle que soit la nature de leurs activités et leurs opinions politiques, les Kergorlay se sont tous comportés avec honneur et droiture. Bon sang ne saurait mentir. Ils se sont attiré le respect et la considération de toutes les catégories sociales[2]. » Au-delà du caractère hagiographique de ce texte, l'engagement dans la vie politique et sociale est indéniable. Denis de Kergorlay lui-même en donne des exemples probants. « C'est une famille traditionnelle, très catholique et très sociale, dit-il. Ma grand-mère était présidente de la Croix-Rouge de la Manche. Ma tante Brigitte, une femme hors du commun, a été convoyeuse de l'air en Indochine. »

1. Jacques Dumont de Montroy, *Les Kergorlay dans l'Oise et en Normandie*, *op. cit.*, p. 179.
2. *Ibid.*

Lui-même a poursuivi dans l'humanitaire, comme trésorier de Médecins sans frontières. Étant en Thaïlande au milieu des années 1970, il a été confronté au génocide cambodgien et il s'est engagé auprès de Xavier Emmanuelli, cofondateur et alors vice-président de l'association.

À son retour des États-Unis où il avait passé deux ans de 1970 à 1972, fasciné par l'effervescence de la jeunesse et de la musique, Denis de Kergorlay s'était déclaré « écolo » en formulant le vœu d'être « un militant associatif ». Ce qui lui a paru incompatible avec la propriété du château de Canisy, qui lui était pourtant destinée en tant que fils aîné. Son projet était en phase avec l'actualité : l'élection à la présidence de la République se profile pour 1974 et René Dumont se porte candidat comme fédérateur de la mouvance écologique. « Je parcours la Manche en essayant de grappiller des signatures et je rencontre René Dumont sur sa péniche », se souvient Denis de Kergorlay. « Mais le militantisme ne nourrit pas son homme », et il lui faut donc chercher un métier, qui toutefois lui laissera assez de temps pour militer. Il devint alors professeur dans un lycée, puis dans un institut d'études politiques pour des étrangers, à Paris. Cet emploi lui permet de décrocher un poste d'attaché culturel en Thaïlande, où il partira en août 1976.

Durant ce séjour en Asie, son père meurt d'une crise cardiaque. Denis de Kergorlay apprend alors que son frère cadet, qui avait accepté de reprendre Canisy à sa place, va entrer en religion, mais il se prépare à le faire dans le cadre du mouvement intégriste impulsé et contrôlé par Mgr Lefebvre, depuis Écône, avec l'intention de transformer Canisy en monastère. Revirement de Denis de Kergorlay qui est surpris par la brutale conversion de ce frère polytechnicien et ingénieur des Ponts et Chaussées. À trente ans, il décide de reprendre le château à sa charge. L'héritage est lourd à assumer : Canisy est un monument imposant, dont l'entretien est un problème permanent.

L'héritier fait alors alliance notamment avec sa tante Brigitte, et ils créent ensemble une association à but non lucratif, Les Amis de Canisy. L'idée de base est que « les amis de mes amis sont mes amis », comme dit le dicton. Chaque invité de Canisy sera accueilli avec ses amis, une idée fondée sur le principe de la confiance. « Un système de cooptation souple, puisqu'il y avait des praticiens de Médecins sans frontières, des politologues, des gens de gauche et des gens de droite. Des conseillers de François Mitterrand se réconciliaient ainsi avec l'idée de château. Chacun participait aux frais. Mon intention, quand je l'ai repris, c'était de le faire vivre. Ce sont mes copains qui m'ont conduit vers l'idée des Amis de Canisy. Joan Baez en faisait partie. Canisy est un lieu vivant où l'amitié, l'échange d'idées et l'émotion prévalent. »

Pour pérenniser les Amis de Canisy, Denis de Kergorlay s'est employé, en 2003, à mettre sur pied une Fondation pour Canisy. Il en avait eu l'idée dès le départ, mais la fondation est devenue réellement nécessaire à la mort des membres de sa famille qui aidaient le château à vivre. « Je n'avais pas une réputation excellente auprès de ma famille, j'étais considéré comme un panier percé. » Du coup la fondation est apparue à ses proches comme un garde-fou. L'utilisation des fonds, un capital inaliénable, est contrôlée par l'autorité de tutelle, ici la Fondation de France, mais celle-ci laisse l'initiative au bénéficiaire qui garde la liberté d'entreprendre, le contrôle se faisant sur l'observation des résultats. Ces fonds ont été rassemblés par des oncles, des tantes et des cousins. La solidarité familiale a permis de dégager un capital dont les revenus sont affectés à l'entretien du château et de son parc.

« Les biens culturels ne sont pas des biens comme les autres, estime Denis de Kergorlay. Ils doivent être protégés. La vie culturelle a besoin de soutiens financiers, et je ne connais pas de meilleure solution que la fondation. Le principe de base étant que vous allouez une somme d'argent à laquelle on ne peut plus toucher, mais dont les revenus servent au financement de l'objet, de la cause que vous voulez défendre. En France on a l'esprit associatif, il y a énormément d'associations. Une fondation, c'est une association dotée. Une fondation dédiée à un monument historique, c'est une garantie de pérennité ; parce que ça permet de traverser les aléas. Notamment au moment du passage de génération. Je l'ai négociée moi-même, à l'aide d'amis qui m'ont permis d'avoir des rendez-vous, mais il m'a fallu convaincre, confie Denis de Kergorlay. Avec un accord de Bercy, un rescrit fiscal spécifique pour Canisy. J'ai convaincu de l'intérêt de la perpétuation d'un ensemble comme Canisy. Le château est classé et nombre d'éléments du domaine sont inscrits à l'inventaire supplémentaire des monuments historiques, donc l'État reconnaissait déjà la valeur historique de l'ensemble. J'ai vendu l'idée que cette valeur historique ne pouvait perdurer qu'à condition que la famille puisse continuer à faire vivre ce lieu. C'était donc l'intérêt général que de me permettre de le pérenniser. Et cela a été accepté. C'était une innovation, ce n'est pas une tradition. »

Le château de Canisy bénéficie de la passion que lui vouent son propriétaire et sa famille. Les moyens mis en œuvre sont à la hauteur de cette passion et des frais inhérents à ce type de demeure. Ils permettent d'atteindre un niveau d'entretien et une qualité des conditions d'hébergement tout à fait exceptionnels. Aux revenus du capital géré sous forme de fondation, s'ajoutent ceux liés à l'activité commerciale réalisée dans le cadre du Cercle de Canisy : le château reçoit des hôtes payants, mais avec l'idée du cercle qui garantit un entre-soi chaleureux et quasi familial.

Par ailleurs le châtelain donne beaucoup de son temps aux associations de défense du patrimoine et aux clubs parisiens dans lesquels il a des responsabilités. Le temps consacré à la demeure historique de sa famille s'inscrit dans cet ensemble d'investissements qui s'emboîtent et forment un tout. Canisy, La Demeure Historique, Europa Nostra, French Heritage Society pour le patrimoine, le Nouveau Cercle de l'Union, le Cercle de l'Union Interalliée, le Jockey Club, les Fils de la Révolution Américaine, pour l'entretien du capital social. Les réseaux où s'inscrit la vie de Denis de Kergorlay sont d'une densité remarquable. Cette inscription se fait avec une certaine distance réflexive. Mais elle traduit un attachement profond de l'intéressé à ses origines et à un monde qui n'est pas ordinaire. Un attachement qui se manifeste, parmi tant d'autres responsabilités, dans le rôle de président du Nouveau Cercle de l'Union.

Conclusion

Le fonctionnement d'une classe sociale solidaire apparaît de façon nette et éloquente lorsqu'on étudie les lieux, les patrimoines familiaux et leur transmission, moins difficiles à mettre en lumière que les questions financières ou le pouvoir économique. C'est l'une des forces des dominants d'avancer sous le masque de l'individualisme et du mérite personnel tout en pratiquant dans la discrétion le collectivisme, le souci de l'héritage et de la transmission des avantages acquis. En empruntant des exemples qui pourraient paraître anecdotiques face aux rapports de production eux-mêmes, on démontre que, dans ce groupe, il n'y a précisément rien qui soit anecdotique. On se situe toujours dans un système, une classe, un filet, une toile d'araignée où tout se tient. Chaque partie, chaque particule renvoie au tout. Cette classe puissante, organisée, efficace qui chapeaute la société et la contrôle est intolérable dès qu'elle est entrevue par ceux qui auraient mission, par leur position dans le monde intellectuel et scientifique, d'en dévoiler l'existence et son emprise sur la vie sociale. Elle provoque le sarcasme, le dénigrement, voire, paradoxalement, l'acceptation heureuse de son statut dans une comparaison faussée avec la représentation erronée des dominants comme classe obsolète, historiquement dépassée, hors jeu. Seule la connaissance de son fonctionnement peut donner des réponses aux questions que posent la reproduction et l'accroissement des inégalités.

La classe dominante dispose de deux formes de capitaux spécifiques en cela qu'elles sont transmises et donc héritées. Le capital patrimonial et le capital mondain restent à peu près inaccessibles à qui n'en bénéficie pas par la naissance.

Le capital patrimonial combine, dans une configuration originale, le capital économique, le capital culturel, le capital social et le capital symbolique. Les richesses accumulées représentent de l'argent, beaucoup d'argent, mais aussi de la culture, des savoirs, et encore des relations, une inscription dans des réseaux, le tout se condensant dans la notoriété du nom. L'hôtel particulier ou le grand appartement dans le faubourg Saint-Germain, la maison de famille, souvent un château, les collections de vieux livres, d'objets et d'œuvres d'art, les alliances familiales et les réseaux de connaissances, tout cela symbolise aussi la position dominante. De plus cette richesse patrimonialisée n'est jamais personnelle. Elle appartient à la famille et au groupe. Dans le présent, le passé et l'avenir. Chacun est toujours ce qu'il est par les autres et pour les autres. Par les ancêtres et pour les héritiers. Par et pour les membres du cercle. Le nouveau riche n'entre pas dans ce schéma. Il devra faire ses preuves : et pour cela passer le test de la transmission et devenir ancêtre de ses héritiers. Et montrer son sens du collectif par l'inscription, qu'il paiera au prix fort, dans de nombreux réseaux.

Le capital mondain n'est pas réductible au capital social car il met en jeu l'ensemble des qualités des personnes. En posséder, c'est être devenu soi-même ce capital de richesses diverses, partagées, héritées, à transmettre. Le corps doit traduire cet état d'excellence. Le grand bourgeois est au-dessus de la définition par la profession car il est grand bourgeois dans toute l'intimité de sa personne. Il est sa classe, pleinement. Il faut voir là l'une des raisons de sa recherche systématique et obstinée de l'entre-soi, du vivre ensemble en se séparant de tous les autres. Aucun autre groupe social n'est à ce point pénétré et uniformisé par l'intériorisation de ce qui lui fait être ce qu'il est. Lorsqu'on parle des ouvriers, des employés, des cadres moyens ou supérieurs, ces qualifications renvoient aux positions dans les rapports de production, à la place dans le monde du travail. D'autres variables viennent interférer pour moduler ces appartenances sociales, par exemple l'origine géographique ou le sexe. Des variations qui, dans le monde bourgeois sont inversées : c'est le fait d'être bourgeois qui module les manières d'être homme ou femme, grand ou petit, élève brillant ou cancre. L'essence bourgeoise précède l'existence sociale. C'est une donnée à partir de laquelle s'organise tout le rapport au monde social, dont les rapports internes à la classe sur le mode inattendu du collectivisme.

Le capital mondain se réalise dans le groupe et pour le groupe dont il est indissociable. Il est mis en commun, collectivisé. Les qualités ne sont jamais individuelles, tant elles expriment d'abord celles du groupe. L'anoblissement, fondé sur des prouesses individuelles, concernait une famille dont le patronyme familial, transformé, porte depuis lors les signes de la sanctification. La collectivisation est également matérielle, par le partage, à travers une sociabilité intense, des valeurs d'usage, comme celles des résidences. Elle s'imprime enfin dans les manières d'être et dans le maintien du corps. Chacun représente tous les autres. La grande bourgeoisie défend avec pugnacité et pragmatisme l'intérêt collectif de sa classe.

Ce collectivisme pratique est difficile à déceler dans le monde de l'économie, ou de la politique. Les réseaux et les lieux de décision sont inaccessibles. Par contre les beaux quartiers, cristallisation spatiale de toutes les richesses accumulées, se laissent plus aisément analyser. Le collectivisme s'y donne à l'observation. Disposant des ressources suffisantes pour vivre où bon lui semble, le grand bourgeois choisit en priorité ses semblables. Il soigne les espaces de sa vie, les entretient avec soin, et les protège efficacement. Pour cela il s'appuie sur ses alliés naturels, autres grands bourgeois avec qui il met en commun pouvoirs et compétences. La classe se matérialise dans des espaces qualifiés de beaux, classés historiques et remarquables.

La classe dominante est organisée. Depuis l'entreprise, avec ses syndicats patronaux, jusqu'à la charité qui a ses associations, parfois anciennes, comme l'ordre de Malte. Elle est très présente dans la défense du patrimoine historique, c'est-à-dire de l'histoire réifiée des familles qui la composent. Dans cette construction d'une nébuleuse de cercles, d'associations et autres comités, c'est l'ensemble de la classe qui se mobilise. Chacun apporte sa pierre à l'édifice, à partir de ce qui le passionne, ou par conscience du devoir et de la nécessité d'être actif pour défendre les acquis.

Dans tous les champs, scolaire, culturel, économique, politique, ce sont les caractéristiques sociales et humaines des grands bourgeois qui sont peu ou prou les critères d'évaluation de l'excellence. Tout au long de leur cursus, scolaire, universitaire et professionnel, leurs enfants ne pourront éviter cette prédestination attribuée à leurs qualités personnelles, dont ils sont redevables à leur milieu. Ils se retrouvent ainsi dans les pôles dominants de tous les champs sociaux. L'un des objectifs des cercles, non explicite mais réel, est de rassembler en un même lieu les élites de tous les champs de l'activité sociale.

Outre les cercles, les associations, les comités et les commissions concentrent des agents sociaux dotés des attributs du pouvoir efficace. Inscrits dans de multiples réseaux où leur position personnelle s'enrichit de celle de tous les autres, armés des diplômes qui valent surtout pour les techniques de travail et d'efficacité sociale qu'ils supposent, esprit de synthèse, aisance dans la communication orale, culture générale dans laquelle ils baignent dès le premier âge. Ils mènent le monde, avec tout le respect qui leur est dû. Car, accumulant sur leurs têtes toutes les richesses, ils disposent aussi de cette richesse symbolique qui transfigure en qualités personnelles les richesses du groupe. À ces richesses collectives, chaque membre du groupe participe en bénéficiaire mais aussi en agent chargé d'en accroître le volume avant de les transmettre.

L'expression spatiale de cette classe sociale contraste avec le flou des localisations des autres groupes sociaux, dont les itinéraires résidentiels, les différents lieux habités, évoluent en fonction de l'histoire professionnelle et de la taille de la famille. Si les lignes de division de la société peuvent se lire dans les lignes de division de l'espace géographique, cette homologie n'est parfaitement lisible que pour l'aristocratie de l'argent. Dans les autres groupes sociaux, la précarisation croissante, la mobilité tant vantée, les effets dévastateurs de la spéculation immobilière, induisent une instabilité résidentielle qui brouille l'inscription des fractures sociales dans la ville. Par contraste, la stabilité des dominants et l'inscription de leurs vies dans des espaces ségrégués les rend de plus en plus visibles par le traitement d'exception dont ils bénéficient. Dans ses Mémoires, le duc de Brissac, qui avait été président de Schneider et qui avait parcouru le monde en tous sens pour ses affaires, se gaussait des ouvriers qui, attachés à leur travail, à leur entreprise et à leur pavillon, « comme la patelle à son rocher », étaient rétifs à toute mobilité. On imagine qu'il écrivait cela depuis son château de Brissac, sis à Brissac-Quincé, dans le Maine-et-Loire.

Les nantis multiplient pour eux les enracinements, dans la multiterritorialité, dans les réseaux les plus divers, dans des familles qui cousinent large et qui sont solidaires entre les générations, mais ils n'ont d'autre pensée pour tous les autres que de les imaginer comme des électrons libres dans un champ magnétique dont eux seuls contrôleront le sens et l'intensité des ondes.

Faut-il casser les œufs et faire l'omelette pour arrêter le processus sans fin de la reproduction dans une société dite démocratique, mais profondément inégalitaire ? Cela a été tenté, l'omelette a brûlé. Il reste la devise : Liberté, Égalité, Fraternité, mise à mal par l'aristocratie de l'argent qui a remplacé l'aristocratie d'Ancien Régime et qui a su entremêler deux principes de légitimité, l'héritage et le mérite personnel. La haute naissance est alors (re)devenue synonyme de qualités innées, et le mérite, perverti par le poids des origines, se retrouve compagnon de route de l'hérédité.

L'ancien maire de Neuilly, qui durant toutes les années où il présida aux destinées de la ville la plus bourgeoise de France se garda bien d'introduire le ver dans le fruit, contribuant ainsi à maintenir à son plus haut niveau la ségrégation sociale et spatiale, a été élu à la présidence de la République. Or l'aggravation de la discrimination sociale dans l'espace urbain renforce de manière considérable toutes les autres injustices sociales liées aux origines, à l'école, à l'emploi. Les jeunes des cités qui mettent le feu à la voiture de leurs voisins ne sont-ils pas victimes d'une violence, plus discrète, plus feutrée, mais quotidienne et qui leur enlève tout espoir ? La désespérance qui est au principe de ces violences urbaines, il serait judicieux de l'affronter. Pour cela, pourquoi ne pas commencer à rompre le silence complice sur les beaux quartiers et ceux qui y travaillent patiemment à la reconduction du même monde ? À commencer par les chercheurs qui, même lorsqu'ils sont spécialisés en sociologie urbaine, abordent rarement les problèmes urbains à partir de l'une de leurs causes, à savoir cette agrégation des familles de la haute société dans les mêmes espaces qui, en cascade, génère la spéculation immobilière, rend les centres urbains inabordables, et reproduit dans l'espace physique les discriminations et les injustices de l'espace social.

ANNEXE

Retours sur l'enquête

Le rapport des sociologues à leur objet

Le métier de sociologue est difficile. Pierre Bourdieu, Jean-Claude Chamboredon et Jean-Claude Passeron y consacrèrent, en 1968, un gros livre, composé d'un texte collectif suivi d'extraits d'auteurs, sociologues, philosophes, savants de toutes disciplines. Une sorte de manifeste, un manuel fondateur de l'esprit scientifique pour les étudiants en sociologie et les futurs chercheurs, très utile pour appréhender avec la juste distance l'implication du chercheur en sciences sociales dans son objet[1]. Parler de sa recherche, c'est parler de soi. Car le chercheur est en interaction avec les sujets de son objet. Pas de travail dans les sciences sociales qui n'interagisse avec celui qui le mène et ceux sur lesquels il porte. C'est ce que nous avons toujours ressenti, dès nos premières enquêtes, et que nous vivons encore plus vivement depuis que nous travaillons sur la grande bourgeoisie.

Ce retour sur l'enquête nous permettra de développer

1. Pierre Bourdieu, Jean-Claude Chamboredon et Jean-Claude Passeron, *Le Métier de sociologue*, Paris, Mouton/Bordas, 1968.

nos premières analyses parues dans *Voyage en grande bourgeoisie*[1]. Par ailleurs, cette recherche a été filmée, depuis ses prémices jusqu'à sa réception par ceux qui furent interviewés et par les lecteurs. Ce regard extérieur sur notre travail, la mise en perspective de notre pratique, nous a conduits à de nouvelles réflexions.

Ces exercices sont loin d'être narcissiques. Bien au contraire, ils ont ravivé les douleurs d'une expérience qui fut parfois très dure, voire traumatisante, à l'insu des enquêtés et du milieu professionnel. Il nous a paru utile d'ajouter cette annexe qui, à sa mesure, doit aider le jeune chercheur à surmonter ses angoisses devant une entreprise qui n'est jamais anodine.

La réception de nos travaux par les enquêtés

Dans notre journal d'enquête, *Voyage en grande bourgeoisie,* nous avons noté le sentiment de malaise que nous éprouvions envers nos interviewés. Notre travail consiste à dévoiler une partie de leur vie, alors même que leur milieu cultive la discrétion. Le malaise qui en résulte aurait pu trouver une issue positive dans une écriture hagiographique qui serait venue atténuer notre sentiment de trahison. Mais si la restitution que nous faisons de la parole des aristocrates et des grands bourgeois se veut rigoureuse et respectueuse, elle est sans concession sur le fond. En effet, notre souci constant a été de mettre au jour

1. Michel Pinçon et Monique Pinçon-Charlot, *Voyage en grande bourgeoisie*, Paris, PUF, « Quadrige », 2005.

des inégalités et des privilèges mal connus et d'en souligner les effets sociaux. Or, en général, nos textes sont bien acceptés par le milieu fortuné de la noblesse et de la grande bourgeoisie ancienne. Ce qui nous étonne d'autant plus que nous utilisons le système théorique élaboré par Pierre Bourdieu. Nos travaux ayant pour objet la reproduction des positions dominantes et les déterminismes sociaux qui en sont au principe, nous soumettons ces rapports sociaux à l'analyse à partir des concepts d'habitus, de champ, de capital économique, social, culturel et symbolique. Nous les faisons vivre et fonctionner dans notre restitution des discours et des observations. La référence à Bourdieu, en raison de ses engagements à l'extrême gauche, aurait pu effrayer et provoquer la fermeture de la grande bourgeoisie à nos enquêtes. Il n'en a rien été.

Les intéressés se montrent en accord avec nos textes et ils nous disent parfois les préférer à des approches laudatives qui ne leur apprennent pas grand-chose sur eux-mêmes. Nos livres, agrémentés du label scientifique que nous procure l'appartenance au CNRS, leur ouvrent de nouveaux espaces de compréhension de leurs propres pratiques. Bien plus, ils peuvent instrumentaliser nos analyses des processus de la reproduction sociale pour affiner leurs stratégies. Une sociologie critique peut devenir une arme pour la défense de positions dominantes dont elle dévoile le fonctionnement. Dans les années 1970, une certaine sociologie urbaine marxiste, dont nous faisions partie, a pu être financée, et utilisée, par des gouvernements de droite, sous la présidence de Valéry Giscard d'Estaing. Cette recherche contractuelle sur fonds publics venait nourrir la réflexion des cabinets ministériels. Un regard sans complaisance pouvait leur apprendre plus sur les stratégies à mettre en œuvre que les louanges des cours (au sens de celle de Versailles) et des clientèles, toujours portées à flatter le bienfaiteur au pouvoir.

De là sans doute vient une certaine réticence de nos collègues, en particulier de ceux qui furent proches de Pierre Bourdieu, pour nos travaux, jugés à la limite de la complaisance envers notre objet. C'est oublier que la lucidité sur le monde social est doublement nécessaire : aux dominants, qu'elle aide dans leur domination, et aux dominés, qui, sans cette connaissance, sont portés à l'estimer inéluctable et légitime, en raison des qualités supposées des dominants.

Que l'instrumentalisation de la sociologie critique aide la grande bourgeoisie à mieux se connaître et à mieux lutter pour maintenir ses prérogatives n'enlève rien à la valeur subversive du savoir qui, en mettant en évidence que la terre tourne autour du soleil et non l'inverse, remet en cause l'ordre infondé du monde[1].

Des repères brouillés

Le sexe, le rapport à la famille et l'âge interfèrent directement avec les conditions de l'enquête, et pèsent, positivement ou négativement, sur ses conditions de réalisation.

1. Ces réflexions sur les réappropriations de la sociologie de Pierre Bourdieu doivent beaucoup à nos échanges avec Paul-Emmanuel Pasquali.

Les grandes familles fortunées de la noblesse et de la bourgeoisie ancienne ne rentrent pas dans les catégories usuelles de classement du monde ordinaire, telles que définies par l'Insee. Les professions et catégories socio-professionnelles ne sont guère pertinentes pour la grande bourgeoisie. Être cadre supérieur ne dit rien sur l'appartenance ou non à ce groupe social. D'autres critères entrent en jeu, dont les liens familiaux et les réseaux amicaux et professionnels. L'opposition entre la noblesse et la bourgeoisie, ces catégories héritées de l'histoire nationale, est en grande partie obsolète. Aujourd'hui ces deux groupes se sont fondus dans ce que l'on peut appeler une aristocratie de l'argent. Familles, cercles, rallyes, écoles, lieux de villégiature : les anciens ennemis célèbrent en commun leur victoire partagée sur les espérances en un monde plus égalitaire. Cette classe sociale, transversale aux ordres de l'Ancien Régime, est suffisamment consciente d'elle-même pour gérer en toute connaissance de cause ses propres limites. Pour cela elle utilise la technique de la cooptation sociale qu'elle met en œuvre dans les rallyes, les cercles et les conseils d'administration.

Autre catégorie récurrente dans les tableaux statistiques, le sexe. Elle aussi est brouillée dans l'univers bourgeois. La femme, avant d'être elle-même, est l'ambassadrice de sa famille. Le statut de l'épouse est de représenter la lignée, dont elle est issue, au sein d'une autre lignée. Agent plénipotentiaire en quelque sorte. Être un homme ou une femme est secondaire par rapport à la naissance dans le milieu. C'est le représentant d'un groupe familial qui est le véritable partenaire de l'alliance matrimoniale. Même si les mariages ne sont pas négociés directement entre familles, ils font preuve d'une endogamie sociale systématique : miracle de l'habitus, les goûts amoureux aussi passent par les déterminismes de la classe. Le mariage réalise la mise en commun de positions dominantes qui, en s'alliant, se valorisent mutuellement.

La famille est au cœur du dispositif de la reproduction sociale car c'est elle qui conditionne le passage du relais à la génération suivante. D'où la solidité de l'institution du mariage. Le concubinage n'est pas bien perçu. Le divorce est évité. Alors que le nombre d'enfants moyen par ménage est de 1,9 en France, il atteint 3,9 pour les couples figurant dans le *Bottin Mondain*. La grande bourgeoisie paraît se tenir à l'écart des processus de désintégration de la cellule familiale traditionnelle qui conduisent aux familles monoparentales ou recomposées.

L'âge n'a pas, non plus, la même signification que dans les autres milieux sociaux. Il positionne avec précision l'agent dans la lignée familiale, en lui donnant une importance et des devoirs spécifiques. L'adulte est celui qui est en position de mettre en place la transmission à la génération suivante. La génération des grands-parents, celle qui a déjà transmis, bénéficie du respect que l'on doit à ceux qui ont accompli leur devoir. Ici, ce ne sont donc pas la jeunesse et l'innovation qui correspondent aux critères de l'excellence sociale. Rien ne vaut la patine de l'ancienneté et du temps écoulé pour asseoir une réputation, consolider une fortune et assurer une position sociale éminente.

Ce brouillage des catégories de classement nous a permis de nous faire accepter dans ce milieu fermé. Nous n'avons jamais cherché à tromper sur notre position sociale. Mais travailler en couple nous a permis d'être au diapason dans un milieu pour lequel la famille est un élément fondamental de l'identité sociale. Cette proximité nous a ouvert les portes pour de multiples événements mondains et familiaux. Cocktails, dîners en ville, week-ends au château sont autant d'occasions d'étudier cet entre-soi. C'est l'authenticité de la classe qui s'exprime. D'où l'importance pour le sociologue d'être de la fête, de la célébration. Ce qui aurait été infiniment plus délicat pour un chercheur ou une chercheuse, travaillant seul(e).

L'âge fut également un atout. Nous avions dépassé la quarantaine l'un et l'autre en 1987, lorsque nous avons commencé à explorer le 16e arrondissement et Neuilly. Un âge mûr, celui justement où le devoir de transmettre décuple le sens des responsabilités. Entre l'âge et l'ancienneté de notre couple, nous avons inspiré confiance.

Le poids des origines

Est-ce à dire que cette proximité d'état civil avec les enquêtés était à même de combler la distance sociale qui nous sépare de ce milieu ? Certainement pas : nous en étions trop loin pour pouvoir faire naître cette illusion. Bien que nos origines soient différentes l'une de l'autre, elles sont toutes deux très éloignées du milieu social où nous avons mené nos recherches durant ces vingt dernières années. Mais ces différences entre nos origines ont tout de même généré des disparités dans le rapport au terrain.

Monique est née dans la petite bourgeoisie provinciale. Son père était magistrat, son grand-père paternel a été médecin dans une petite ville de la Loire, Boën-sur-Lignon. Du côté maternel l'aïeul était un modeste industriel de la soie à Saint-Étienne où il faisait tisser des rubans. À leur époque et dans ce milieu, les femmes ne travaillaient pas à autre chose qu'à servir leur mari et à élever les enfants.

Des deux côtés, les maisons familiales ont permis les grandes assemblées et les vacances en commun avec cousins et cousines. Le médecin de Boën habitait et avait son cabinet dans une vaste bâtisse au milieu du bourg, agrémentée d'un grand jardin composé de plusieurs terrasses se surplombant. Le soyeux de Saint-Étienne habitait au-dessus des ateliers de tissage, dans un bel appartement d'une rue sévère du centre, suffisamment grand pour autoriser la pratique de la trottinette. Ayant sept enfants et trente-cinq petits-enfants, les grands-parents achetèrent les bâtiments de l'ancienne école des frères de Marlhes, gros village situé à 25 km de Saint-Étienne. Ces demeures, peu luxueuses mais vastes, offraient des terrains de jeu variés, où les petits-enfants pouvaient à loisir se perdre et se cacher, et nourrir leur imagination à souhait. La maison de Marlhes, avec ses salles de classe désaffectées, les immenses greniers transformés en dortoirs, où les grands-parents avaient table ouverte de Pâques à la Toussaint, a laissé des souvenirs impérissables. Les grandes tablées, la cueillette des myrtilles et le ramassage des champignons, les intrigues entre le dortoir des filles et celui des garçons, les baignades dans les étangs glacés sont autant de bonheurs partagés qui ont permis à la cousine devenue sociologue d'entrer de plain-pied dans le monde enchanté des châteaux et de percevoir tout le charme que pouvaient avoir de tels lieux pour les enfants. Déléguant beaucoup la gestion de sa petite entreprise à un régisseur, le grand-père occupait ses loisirs à lire, peindre et filmer la tribu. À Marlhes, lorsqu'il n'était pas parti avec son chevalet réaliser sur le motif un paysage de ces hauts plateaux de la Loire qu'il affectionnait, il s'improvisait réalisateur et tournait avec ses petits-enfants quelque saynète dont ils étaient souvent les scénaristes, et bien sûr les acteurs.

Mais l'enfance et l'adolescence de Monique, ce fut aussi Mende, la préfecture de la Lozère où son père était procureur. Un quasi-désert culturel, à l'époque, dans lequel la télévision elle-même n'est arrivée qu'au début des années 1960. Bien loin de Paris et des grandes cités, la bonne société mendoise avait toutefois ses rites, dont le bal de la préfecture où la fille du procureur était invitée. Ces origines sociales et géographiques induisent un rapport à la fois d'éloignement et de proximité avec la haute société de la capitale. La Lozère est loin des beaux quartiers de l'ouest parisien. En même temps, passer son adolescence en compagnie des enfants des hauts fonctionnaires locaux, de ceux des petits entrepreneurs, cela donne une certaine aisance dans les rapports avec la grande bourgeoisie. Une aisance relative mais réelle dans l'art de la conversation, le langage et les manières.

Il en va autrement pour les expériences de l'enfance et de l'adolescence de Michel. Né dans un petit village des Ardennes, Lonny, où il a vécu jusqu'à l'âge de 8 ans, l'expérience première est rurale. Son père, fils d'un ouvrier métallurgiste de Nouzonville, dans la partie industrielle de la vallée de la Meuse, orphelin à 15 ans, partit travailler très tôt en région parisienne où il rejoignit un frère, polisseur dans les usines Renault de Billancourt. Lui-même y apprit ce métier, puis retourna dans les Ardennes où il l'exerça jusqu'à la guerre. Après la débâcle et l'Occupation, les poussières de métal inhalées dans les années antérieures ne lui permettant plus d'exercer son métier de polisseur, il trouva un emploi de garçon de recettes à la succursale de Charleville de la Banque nationale pour le commerce et l'industrie, la BNCI devenue BNP, puis BNP Paribas.

Nous sommes en 1950. La sœur unique de Michel, de douze ans son aînée, se marie, et la famille quitte Lonny pour le chef-lieu. Où Michel prit progressivement conscience de sa position dans la société et de l'existence d'autres mondes sociaux que le sien. Du côté maternel, son grand-père avait ouvert un modeste garage à Lonny, après avoir été ouvrier cloutier. Mais il mourut jeune, de même que le grand-père paternel. Les grands-mères aussi disparurent prématurément. La première guerre mondiale est en partie responsable de la mort des grands-parents de Nouzonville, affaiblis par le très dur régime de zone interdite imposé à la région par l'armée d'occupation.

Le père de Michel devint donc employé de banque, au plus bas échelon, vers 1945, alors qu'il avait déjà plus de 40 ans. Mais la condition ouvrière était toujours celle dont on se réclamait à la maison, un appartement de trois pièces minuscules, sans salle d'eau. « On n'est que des ouvriers. »

En raison de ce passé, Michel a écrit en 1987 un livre sur la crise du travail ouvrier dans la vallée de la Meuse, *Désarrois ouvriers*, aux éditions L'Harmattan. Ce retour sociologique sur les origines familiales était une manière de rendre hommage à ses ancêtres inconnus. Depuis 2006, en commun cette fois, nous avons engagé un travail sur la même région. Vingt-cinq ans plus tard, il s'agit de retrouver les familles ouvrières interrogées alors, de voir ce qu'elles sont devenues et d'explorer le devenir des familles patronales. Une démarche qui a retenu l'attention de Marcel Trillat qui a entrepris le tournage en parallèle d'un documentaire sur la région, avec notre collaboration, *Silence dans la vallée*, diffusé en octobre 2007 sur France 2.

La mère de Michel, elle non plus, n'a pas eu d'emploi salarié permanent. Mais le faible salaire du père, le coût de la scolarité du fils l'ont obligée certaines années à faire des ménages dans le quartier. Michel quant à lui a dû travailler dès l'âge de 18 ans, alors qu'il était en classe de philo. Certes Charleville n'était pas Mende : il y avait des salles de cinéma d'art et d'essai et des librairies, dont l'une au rez-de-chaussée d'un immeuble où avait vécu Rimbaud enfant. Mais la distance envers la grande bourgeoisie était infinie. La scolarité secondaire fut plutôt chaotique et l'adolescence difficile. Les longues parties de belote le dimanche après-midi, avec la tante Lucie et l'oncle André, dans la loge de gardien de la fonderie Jubert, aujourd'hui disparue, ne valaient sans doute pas, pour la culture générale, une visite au Louvre ou un concert salle Pleyel. Ni pour la sociabilité, ces loisirs en milieu familial ne développant guère le sens des mondanités et engendrant quelques difficultés dans les relations avec les autres.

Il est étrange que les sociologues mènent leurs recherches sans presque jamais dire d'où ils viennent. Il doit y avoir à cela nombre de raisons. Il en est au moins une qui nous paraît décisive : le sociologue fait de la science. Il est donc pur esprit, intelligence tombée du ciel. Que son père soit éboueur ou marquis, cela n'est jamais mentionné sur les cartes professionnelles. Tous égaux, c'est la loi de la République qui oublie la puissance des expériences premières. Tout le monde fait comme si être docteur en sociologie suffisait à escamoter les joies, les peines, les espoirs et les désespoirs, les apprentissages et les ignorances, tout ce temps d'avant qui est encore là. Mais qui a intérêt à ce silence ? Pourquoi masquer les inégalités de départ est-il si facilement admis ? Dans les sciences sociales la connaissance des éléments de la trajectoire des sociologues permet pourtant de mieux comprendre leur rapport à leur objet.

La distance sociale était certes plus grande pour le fils et le petit-fils d'ouvriers polisseurs que pour la descendante de la petite bourgeoisie de la Loire ; mais la distance sociale est en chaque cas redoublée par des origines profondément provinciales, surtout pour qui a passé enfance et adolescence dans les profondeurs du sud du massif Central.

Avant de mener ces enquêtes, nous n'avions, ni l'un ni l'autre, idée de l'existence de ces familles qui cumulent toutes les formes de richesses. Étudiants en sociologie, nous n'avions pas les clefs pour penser le monde social jusqu'en haut. Même habitant un petit studio avec toilettes sur le palier, dans le 7e arrondissement de Paris, rue Saint-Dominique, nous n'avons qu'à peine entrevu les hôtels particuliers du noble faubourg, et nous ne nous sommes guère intéressés aux fortunes que nous avons pourtant côtoyées quotidiennement. À l'inverse, depuis 1987, nous percevons l'espace social et l'espace urbain dans toute leur amplitude. Nous avons désormais conscience de toutes les vies possibles. Nous sommes toujours étonnés du niveau de méconnaissance des conditions réelles d'existence de la haute société chez la plupart de nos collègues.

Du livre au film

Depuis que nous enquêtons sur les grandes familles, nous avons participé à de nombreuses émissions de télévision car l'une des formes de la valorisation sociale du travail de recherche en sociologie passe par une diffusion des résultats bien au-delà du cercle étroit des spécialistes. La télévision accorde peu de place à la réflexion sur la société et aux analyses sociologiques. Faire passer quelques éléments de notre travail auprès du public très large de ce média nous a paru une démarche positive, justifiée par le souci de donner à connaître le résultat de notre activité, pour laquelle nous sommes payés sur des fonds publics.

En juillet 2006, lorsque Jean-Christophe Rosé, réalisateur, et Jean-Baptiste Péretié, responsable des projets en développement dans la société Roche Productions, sont venus nous proposer de réaliser un documentaire sur notre façon de travailler avec les familles fortunées de la noblesse et de la grande bourgeoisie, nous avons mis peu de temps à accepter leur proposition. Ce projet nous est apparu comme un nouvel apport à notre effort constant de transparence. Il y a quelques années notre journal d'enquête relatait le récit de nos tribulations dans ces zones peu visitées des beaux quartiers. Nous avons pensé que nous pourrions, cette fois avec le support de l'image, montrer, de sa conception à sa publication, comment se conduit une recherche en sociologie, du moins comment nous, nous procédons. Comment nous menons les entretiens, comment nous arrivons à nous mêler à la population enquêtée, comment les tâches se répartissent à l'intérieur du couple.

Nous pensions aussi qu'à quelques mois de la retraite, du moins de la cessation officielle d'activité, ce film pouvait être une excellente occasion pour transmettre aux sociologues jeunes, et parfois découragés devant la difficulté du métier, l'enthousiasme qui nous anime, même si l'exercice de la sociologie n'exclut pas les phases arides, austères et parfois désespérantes. Au-delà des tâches répétitives, de la difficulté à maîtriser la masse d'informations qui bien vite submerge le chercheur, la sociologie, c'est aussi le bonheur de découvrir et de comprendre.

Nous avions été favorablement impressionnés par des documentaires réalisés par Jean-Christophe Rosé, mettant en scène le personnel et les clients d'un palace de Deauville, ou les coureurs, les soigneurs et les suiveurs du Tour de France. Mais le langage utilisé était celui du cinéma de fiction, sans recours aux commentaires ou aux explicitations en voix off. Or le langage sociologique est un commentaire permanent, envahissant au point, parfois, de devenir à lui seul tout le texte. Rien de tel avec l'écriture cinématographique de Jean-Christophe Rosé, ce qui induit un travail d'explicitation par l'image autrement lourd et complexe. Cette contrainte se justifie par une exigence de fluidité et d'accessibilité du film. Le téléspectateur devrait pouvoir entrer dans ce document comme dans une fiction. Pour nous qui souhaitons faire sortir notre travail du ghetto intellectuel, cette écriture nous est apparue efficace. Mais elle complique le travail d'enquête. Il faut se rendre sur le lieu d'un entretien, en étant filmé. Sur le chemin, les deux sociologues doivent s'arranger pour parler, « naturellement », des personnes qu'ils vont rencontrer. À l'arrivée, le téléspectateur sait déjà où il se trouve, qui sont les interviewés, et en gros les raisons pour lesquelles l'entretien a été sollicité. Après l'entretien, nous sommes de nouveau filmés pour commenter le travail de terrain et les interviews dans des séances dites de *débriefing*. Laisser le téléspectateur devant un document brut ne serait pas pédagogique et pourrait induire des incompréhensions. Ces contraintes nous ont conduits à changer notre pratique habituelle de mener séparément les entretiens. Ici, le fait d'être deux simplifiait le problème posé par l'absence de commentaires en voix off.

Le plus lourd dans cette aventure est certainement la présence de toute l'équipe au cours des interviews :

outre le réalisateur, un cameraman, un preneur de son et le représentant de la production. La taille et l'apparence de la caméra, ses déplacements incessants, ceux du technicien du son, avec ses micros à installer sur les personnes filmées, son casque et la perche virevoltante, tout cela crée un environnement qui n'a rien à voir avec l'outil habituel du sociologue : le petit magnétophone miniaturisé au point de passer presque inaperçu. Toutefois tout ce remue-ménage étrangement silencieux, chacun sachant très bien ce qu'il a à faire, donne aussi de l'importance aux acteurs qui assistent à la mise en place et aux branchements du matériel. Cela donne un tour très professionnel à l'entretien, et il est bien possible que les personnes interrogées soient plus mobilisées, plus impliquées dans leurs propos que devant un sociologue solitaire armé seulement d'un magnétophone de petit calibre.

Il reste qu'il est miraculeux de voir comment cette équipe arrive à se faire oublier, à devenir transparente, malgré le ballet continu de chacun et la lourdeur du matériel. Dans la grande bourgeoisie, l'habitude de la sociabilité facilite cette présence qui serait perçue ailleurs comme envahissante. Au cours des mondanités multiples auxquelles participent les gens de ce milieu, l'obligation de s'exprimer en public est une circonstance banale.

Il ne s'agit pas de tourner quelques séquences courtes et de nous laisser travailler le reste du temps comme à l'ordinaire. Ce sont en fait des heures et des heures de tournage pour quelques minutes qui seront effectivement montées. Donner un minimum de rythme au film est à ce prix. Une heure de document final représentera plus de cent heures de tournage. Ce qui est en jeu, pour reprendre l'expression du réalisateur, c'est de pouvoir capter des moments privilégiés qui donnent une vraie densité aux personnages. Faute de quoi les idées peuvent être intéressantes à écouter, mais lassantes à regarder.

Le document réalisé par Jean-Christophe Rosé ne se limite pas aux entretiens. Il comporte quelques séquences sur la préparation du projet, l'élaboration de sa problématique. Pour l'enquête elle-même, des séquences d'observations ont été filmées : un dîner au cours duquel des contacts ont été pris avec des personnes qui seront interviewées plus tard, une soirée organisée par le Comité Vendôme, qui regroupe les joailliers de la place. Le film ne s'arrête pas non plus à l'enquête : le travail de rédaction, les discussions entre nous sur le plan, l'organisation des matériaux recueillis, les références à mobiliser, cela est filmé par Jean-Christophe Rosé. De même le travail de publication sera suivi chez l'éditeur, les discussions, inévitables, sur le titre, l'illustration de la couverture et le texte de la quatrième. Enfin la promotion du livre ne sera pas ignorée. Les rencontres avec les journalistes et surtout avec les interviewés, après qu'ils auront lu le texte, permettront d'apprécier l'accueil fait à ce travail et de mesurer l'intérêt et les critiques qu'il pourra soulever.

Enfin quelques séquences sont consacrées aux activités annexes du chercheur : la réédition d'un ouvrage paru il y a quelques années, et la concertation avec la maison d'édition pour le mettre à jour, une séance de séminaire où nous exposons nos recherches devant des étudiants de DEA de Paris VIII, une conférence dans le cadre du Salon du livre de Blois dont le thème était, en 2006, l'argent.

Nous sommes conscients que les conditions spécifiques de cette enquête, du fait de l'intervention d'une équipe de télévision, ne peuvent pas ne pas avoir d'effets sur son contenu et sur ses résultats. Nous n'aurions pas fait certains entretiens ni pratiqué certaines observations en l'absence de ce tournage. La nécessité de faire de l'image, de trouver des occasions qui permettent de réaliser des séquences pouvant retenir l'intérêt du téléspectateur a peut-être orienté l'enquête vers des aspects plus spectaculaires.

Le sociologue, dans la plupart des enquêtes, ne rend compte de la méthode utilisée, au mieux, qu'à ses pairs. Les enquêtés, et les éventuels lecteurs ou auditeurs, ne savent pas grand-chose de la manière dont le travail a été mené, et ils sont encore moins renseignés sur la personnalité du chercheur lui-même, sur ses origines, sa trajectoire, ses engagements. Alors que l'enquêté voit ses propos rapportés, ses pratiques décrites, les lieux où il vit visités. Après tout le film est un juste retour des choses : pour une fois on verra le sociologue dans sa cuisine, on le verra préparer ses plats. La pièce montée ne va pas arriver toute faite, sur un plateau. On saura ce qu'elle coûte d'efforts, mais aussi les petits secrets des tours de main et les tricheries parfois sur les ingrédients. Un coin du voile sera levé sur les secrets de la fabrication d'un livre de sciences sociales.

Remerciements

Nous sommes reconnaissants à Patrick Rotman et Anne Sastourné de nous avoir fait confiance il y a près de vingt ans pour notre premier ouvrage sur la grande bourgeoisie. *Dans les beaux quartiers* est aujourd'hui épuisé et nous sommes heureux que ce nouveau livre, dont la sortie coïncide avec notre départ à la retraite du CNRS, soit édité par leurs soins. Nous leur exprimons ici notre profonde gratitude.

Cette enquête doit beaucoup à tous ceux qui ont accepté de nous consacrer de leur temps avec amabilité, disponibilité et efficacité. Dans l'impossibilité de les remercier tous ici individuellement, nous les prions d'accepter l'expression collective de notre reconnaissance.

Nous avons été sensibles à l'intérêt que Jean-Christophe Rosé, réalisateur, et Jean-Baptiste Pérétié, producteur, ont porté à ce travail dont ils ont filmé les différentes péripéties. Nous avons apprécié leur professionnalisme, leur discrétion et leur amitié.

Merci à Paul Rendu d'avoir une fois encore pris la peine de relire ce manuscrit qui a bénéficié de ses remarques et de ses suggestions. Nous sommes reconnaissants à Pierre-Paul Zalio d'avoir sacrifié de son temps pour nous aider à améliorer ce texte.

Enfin, c'est avec une certaine émotion que nous remercions nos collègues du CSU (Cultures et Sociétés urbaines) d'avoir eu la patience de nous supporter pendant trente-sept ans ! Le fonctionnement démocratique de ce laboratoire en fait un lieu de travail particulièrement favorable à la recherche.

Toutefois le contenu de cet ouvrage n'engage que ses auteurs.

Bibliographie

Agulhon, Maurice, *Le Cercle dans la France bourgeoise, 1810-1848. Étude d'une mutation de sociabilité*, Paris, Armand Colin, 1977.

Alkemade, Valérie d', *Sang bleu belge. Noblesse et anoblissement en Belgique*, Bruxelles, Labor, 2003.

Assouline, Pierre, *Le Dernier des Camondo*, Paris, Gallimard, 1997.

Augé, Marc, *Domaines et Châteaux*, Paris, Seuil, « La librairie du XXe siècle », 1989.

Birnbaum, Pierre, *La Classe dirigeante française. Dissociation, interpénétration, intégration*, Paris, Presses universitaires de France, 1978.

Boltanski, Luc, « L'espace positionnel. Multiplicité des positions institutionnelles et habitus de classe », *Revue française de sociologie*, XIV, 1973.

Bothorel, Jean, Sassier, Philippe, *Seillière. Le baron de la République*, Paris, Robert Laffont, 2002.

Bouffartigue, Paul (sous la dir. de), *Le Retour des classes sociales. Inégalités, domination, conflits*, Paris, La Dispute, 2004.

Bourdieu, Pierre, Chamboredon, Jean-Claude, et Passeron, Jean-Claude, *Le Métier de sociologue*, Paris, Mouton / Bordas, 1968.

Bourdieu, Pierre, avec Saint Martin, Monique de, « Anatomie du goût », *Actes de la recherche en sciences sociales*, nº 5, octobre 1976.

Bourdieu, Pierre, « La perception sociale du corps », *Actes de la recherche en sciences sociales*, nº 14, avril 1977.

Bourdieu, Pierre, *La Distinction, critique sociale du jugement*, Paris, Minuit, « Le sens commun », 1979.

Bourdieu, Pierre, « Le capital social, notes provisoires », *Actes de la recherche en sciences sociales*, nº 31, janvier 1980.

Bourdieu, Pierre, *La Noblesse d'État. Grandes écoles et esprit de corps*, Paris, Minuit, « Le sens commun », 1989.

Breteuil, Henri-François de, *Un château pour tous. Cinq siècles de souvenirs d'une famille européenne*, Paris, Philippe Gentil, 1975.

Chaline, Jean-Pierre, avec la coll. de Duval, Nathalie, *Le Cercle du Bois de Boulogne. Tir aux pigeons : cent ans d'histoire, 1899-1999*, Paris, publié par le Cercle du Bois de Boulogne, 1999.

Chavagneux, Christian, et Palan, Ronen, *Les Paradis fiscaux*, Paris, La Découverte, « Repères », 2007 (nouvelle édition).

Chevalier, Gérard, *Sociologie critique de la politique de la ville. Une action publique sous influence*, Paris, L'Harmattan, 2005.

Cohen, Jean-Louis, et Lortie, André, *Des fortifs au périf. Paris, les seuils de la ville*, Paris, Picard éditeur / Éditions du Pavillon de l'Arsenal, 1992.

Coignard, Sophie, et Guichard, Marie-Thérèse, *Les Bonnes Fréquentations. Histoire secrète des réseaux d'influence*, Paris, Grasset / Le Livre de Poche, 1997.

Corbin, Alain, *Le Territoire du vide. L'Occident et le désir du rivage, 1750-1840*, Paris, Flammarion, « Champs », 1990.

Désert, Gabriel, *La Vie quotidienne sur les plages normandes du Second Empire aux Années folles*, Paris, Hachette, 1983.

Elias, Norbert, *La Société de cour*, Paris, Flammarion, « Champs », 1985.

Fralon, José-Alain, *Albert Frère, le fils du marchand de clous*, Bruxelles, Lefrancq, 1998.

Fumaroli, Marc, Broglie, Gabriel de, Chaline, Jean-Pierre (sous la dir. de), *Élites et Sociabilité en France*, Paris, Perrin, 2003.

Gaulejac, Vincent de, *L'Histoire en héritage. Roman familial et trajectoire sociale*, Paris, Desclée de Brouwer, « Sociologie clinique », 1999.

Geuens, Geoffrey, *Tous pouvoirs confondus. État, capital et médias à l'ère de la mondialisation*, Anvers, EPO, 2003.

Gobin, Bertrand, avec d'Herblin, Guillaume, *Le Secret des Mulliez. Révélations sur le premier empire familial français*, Rennes, Éditions La Borne Seize, 2006.

Grafmayer, Yves, *Quand le Tout Lyon se compte. Lignées, alliances, territoires*, Lyon, Presses universitaires de Lyon, 1992.

Grange, Cyril, « La "Liste mondaine". Analyse d'histoire sociale et quantitative », *Ethnologie française*, 1990 / 1.

Grange, Cyril, *Les Gens du* Bottin Mondain. *Y être c'est en être*, Paris, Fayard, 1996.

Guilluy, Christophe, et Noyé, Christophe, *Atlas des nouvelles fractures sociales en France*, Paris, Autrement, 2004.

Halbwachs, Maurice, *Les Cadres sociaux de la mémoire*, Paris-La Haye, Mouton, 1976.

Joly, Hervé, *Patrons d'Allemagne. Sociologie d'une élite industrielle, 1933-1989*, Paris, Presses de sciences politiques, 1996.

Kakpo, Nathalie, *L'Islam, un recours pour les jeunes*, Paris, Les Presses de Sciences-Po, « Sociétés en mouvement », 2007.

Kocka, Jürgen (sous la dir. de), *Les Bourgeoisies européennes au* XIXe *siècle*, Paris, Belin, « Socio-Histoire », 1996.

Lemoine, Bertrand, « Le fer et la route : les infrastructures », dans Lemoine, Bertrand (dir.), *Paris en Île-de-France, histoires communes*, Paris, Éditions du Pavillon de l'Arsenal, 2006.

Lewandowski, Olgierd, « Différenciation et mécanismes d'intégration de la classe dirigeante. L'image sociale de l'élite d'après le *Who's Who in France* », *Revue française de sociologie*, 15 (1), 1974.

Maurin, Éric, *Le Ghetto français. Enquête sur le séparatisme social*, Paris, Seuil, 2004.

Maurin, Louis (dir.), *L'État des inégalités en France*, Paris, Belin, 2007.

Michel, Hélène, *La Cause des propriétaires. État et propriété en France, fin* XIXe-XXe *siècle*, Paris, Belin, 2006.

Milési, Gabriel, *Les Nouvelles 200 Familles. Les dynasties de l'argent, du pouvoir financier et économique*, Paris, Belfond, 1990.

Nicolay-Mazery, Christiane de, et Naudin, Jean-Baptiste, *La Vie de château*, Paris, Le Chêne, 1991.

Nivelle, Pascale, et Karlin, Élise, *Les Sarkozy, une famille française*, Paris, Calmann-Lévy, 2006.

Périssé, Xavier, et Dunglas, Dominique, *La Privilégiature. Du Jockey Club à l'Ordre du Clou*, Paris, RMC édition, 1988.

Pinçon, Michel, et Pinçon-Charlot, Monique, *Dans les beaux quartiers*, Paris, Seuil, « L'épreuve des faits », 1989.

Pinçon, Michel, et Pinçon-Charlot, Monique, *Quartiers bourgeois, Quartiers d'affaires*, Paris, Payot, « Documents », 1992.

Pinçon, Michel, et Pinçon-Charlot, Monique, *Paris mosaïque. Promenades urbaines*, Paris, Calmann-Lévy, 2001.

Pinçon, Michel, et Pinçon-Charlot, Monique, *Sociologie de Paris*, Paris, La Découverte, « Repères », 2004.

Pinçon, Michel, et Pinçon-Charlot, Monique, *Voyage en grande bourgeoisie*, Paris, PUF, « Quadrige », 2005.

Pinçon, Michel, et Pinçon-Charlot, Monique, *Châteaux et Châtelains. Les siècles passent, le symbole demeure*, Paris, Anne Carrière, 2005.

Pinçon, Michel, et Pinçon-Charlot, Monique, *Grandes Fortunes. Dynasties familiales et formes de richesse en France*, Paris, Payot, « Petite bibliothèque Payot », 2006 (nouvelle édition).

Pinçon, Michel, et Pinçon-Charlot, Monique, *Sociologie de la bourgeoisie*, Paris, La Découverte, « Repères », 2007 (nouvelle édition).

Préteceille, Edmond, « La ségrégation sociale a-t-elle augmenté ? », *Sociétés contemporaines*, n° 62, 2006.

Prévost-Marcilhacy, Pauline, *Les Rothschild, mécènes et bâtisseurs*, Paris, Flammarion, 1996.

Quemin, Alain, *Les Commissaires-Priseurs. La mutation d'une profession*, Paris, Anthropos, 1997.

Rennes, Juliette, *Le Mérite et la Nature. Une controverse républicaine : l'accès des femmes aux professions de prestige*, Paris, Fayard, 2007.

Saint Martin, Monique de, *L'Espace de la noblesse*, Paris, Métailié, 1999.

Tissot, Sylvie, *L'État et les Quartiers. Genèse d'une catégorie de l'action publique*, Paris, Seuil, 2007.

Toscer, Olivier, *Argent public, Fortunes privées*, Paris, Denoël, « Impacts », 2002.

Urbain, Jean-Didier, *Sur la plage. Mœurs et coutumes balnéaires*, Paris, Payot, 1994.

Wacquant, Loïc, *Parias urbains. Ghetto, banlieues, État*, Paris, La Découverte, 2006.

Wagner, Anne-Catherine, *Les Classes sociales dans la mondialisation*, Paris, La Découverte, « Repères », 2007.

Wagner, Anne-Catherine, *Les Nouvelles Élites de la mondialisation. Une immigration dorée en France*, Paris, Presses universitaires de France, « Sciences sociales et sociétés », 1998.

Zalio, Pierre-Paul, *Grandes Familles de Marseille au XXe siècle*, Paris, Belin, 2000.

Table

3. La puissance des puissants sur la ville

4. Concurrences pour l'espace

7. Le collectivisme pratique

DES MÊMES AUTEURS

Ouvrages de Michel Pinçon et Monique Pinçon-Charlot

Dans les beaux quartiers
Seuil, 1989 et 2001

Quartiers bourgeois, quartiers d'affaires
Payot, 1992

La Chasse à courre, ses rites et ses enjeux
Payot, 1996

Grandes Fortunes
Dynasties familiales et formes de richesse en France
Payot, 1996
et « Petite Bibliothèque Payot », 1998 et 2006

Voyage en grande bourgeoisie
Journal d'enquête
PUF, 1997
et « Quadrige », 2002 et 2005

Les Rothschild
Une famille bien ordonnée
La Dispute, 1998

Nouveaux Patrons, Nouvelles Dynasties
Calmann-Lévy, 1999

Sociologie de la bourgeoisie
La Découverte, « Repères », 2000 et 2007

Paris mosaïque. Promenades urbaines
Calmann-Lévy, 2001

Justice et Politique, le cas Pinochet
Syllepse, 2003

Sociologie de Paris
La Découverte, « Repères », 2004 et 2008

Châteaux et Châtelains
Les siècles passent, le symbole demeure
Anne Carrière, 2005

Paris. Quinze promenades sociologiques
Payot, 2009
et « Petite Bibliothèque Payot », 2013

Le Président des riches
Enquête sur l'oligarchie dans la France de Nicolas Sarkozy
Zones, 2010
et « La Découverte poche », n° 353

Les Millionnaires de la chance
Payot, 2010
et « Petite Bibliothèque Payot », 2012

L'Argent sans foi ni loi
(avec Régis Meyran)
Textuel, 2012

La Violence des riches
Chronique d'une immense casse sociale
Zones, 2013

Ouvrages de Monique Pinçon-Charlot

Ségrégation urbaine
Classes sociales et équipements collectifs
en région parisienne
(avec Edmond Prèteceille et Paul Rendu)
Anthropos, 1986

Ouvrages de Michel Pinçon

Cohabiter
Groupes sociaux et modes de vie dans une cité HLM
Plan Construction, 1982

Désarrois ouvriers. Familles de métallurgistes
dans les mutations industrielles et sociales
L'Harmattan, 1987

RÉALISATION : NORD COMPO À VILLENEUVE-D'ASCQ
IMPRESSION : CPI FRANCE
DÉPÔT LÉGAL : MARS 2010. N° 102151-13 (2049473)
IMPRIMÉ EN FRANCE